Ingrid Werner (Hrsg.) • Mordsmäßig Münchnerisch

Ingrid Werner (Hrsg.)

Mordsmäßig Münchnerisch

20 Stadtteilkrimis & Rezepte

HIRSCHKÄFER
verlag

Für Ruth

Handlung und Personen sind frei erfunden. Jede Ähnlichkeit mit tatsächlichen Ereignissen, lebenden oder toten Personen wäre rein zufällig.

2. Auflage, März 2018

Cover und grafische Gestaltung von Hirschkäfer Design/Coriander P.
Coverfoto: Martin Arz
Druck: AZ Druck und Datentechnik, Kempten

ISBN 978-3-940839-55-8

Besuchen Sie uns im Internet:
www.hirschkäfer-verlag.de

Mit Liebe gemacht.

Vorruhestand
B.a. Robin

Meine Umsätze sind rückläufig. Egal, was das Ifo-Institut berichten mag, für mich ist die Konjunkturlage schlecht. Nun bin ich schon mein ganzes Erwerbsleben als Einzelhändler im Gebrauchtwarenbereich tätig und weiß, wovon ich rede.

Mein Geschäftsmodell ist simpel, doch leider recht arbeitsintensiv. Ich erwerbe von unaufmerksamen Touristen Smartphones, Uhren, Geldbörsen und gebrauchte Pässe für einen Einstandspreis von Null Euro. Diese Waren gebe ich dann weiter an einen Zwischenhändler, der sie in den Hinterhöfen des Bahnhofsviertels wieder dem Wirtschaftskreislauf zuführt. Doch durch chinesische Billigimporte sinkt der Wiederverkaufswert von Secondhand-Produkten und meine Gewinnspanne schrumpft.

Einzig der Markt für Ausweispapiere und Kreditkarten ist nicht eingebrochen, aber da ist die Beschaffung zunehmend mit Problemen belastet. Die Kundschaft wird immer anspruchsvoller und verlangt immer elaboriertere Ablenkungsmanöver. Früher konnte man sich noch während Glockenspielzeiten durch den Marienplatz arbeiten und kam fast regelmäßig zu einem Geschäftsabschluss. Fünfzehn Minuten lang starrten sie mit ihren Camcordern und Kameras aufs Rathaus und lauerten mit dem Finger am Auslöser auf den entscheidenden Moment. Da konnte ich völlig entspannt meinem Gewerbe nachgehen. Doch ich weiß nicht, was in die Leute gefahren ist. Heutzutage krallen sie sich an ihren Rucksäcken und Brustbeuteln fest wie der Teufel an die armen Seelen am Tag des Jüngsten Gerichts. Das ist doch kein Geschäftsgebaren!

Überhaupt hatte ich früher gedacht, dass ich mich in meinem Alter längst zur Ruhe gesetzt haben würde. Aber durch diverse berufsbedingte Aufenthalte in Stadelheim war es mir nicht möglich, regelmäßig in meinen Vorsorgesparplan einzuzahlen und so tut sich nun eine Versorgungslücke auf.

Deshalb muss ich also auch an diesem Tag meine Runde machen. Mein Stammgebiet liegt nordöstlich vom Marienplatz, und ich versuche mich meist zuerst an der Statue der Julia direkt hinterm Alten Rathaus. Da betätige ich mich als freundlicher, älterer Herr, der den Damen galant zu Hilfe eilt, wenn sie der Julia Blumen in den Arm legen und nachher eine Hand brauchen, um von dem Podest wieder herabzusteigen.

Aber an diesem Tag wird das nichts. Da sind nur junge Männer, die Julia die Brust reiben, damit sich ihr Glück beim anderen Geschlecht steigert. Dieses Marktsegment verfügt jedoch erfahrungsgemäß über zu wenig liquide Mittel, um als Klientel attraktiv zu sein.

Dafür liegen hinter der Stadtsparkasse eine Reihe Touristenshops und ein beleibter Berliner streckt mir bei der Postkartenauswahl seine Gesäßtasche mit Geldbörse zum unentgeltlichen Erwerb entgegen. Leider überwacht ihn dabei seine bessere Hälfte und so kommt es zu keiner Warenübergabe.

Eine Gruppe Japaner fotografiert das Schaufenster vom Haxnbauer, wo sich Dutzende Schweinshaxen und Rollbraten auf langen Spießen im Blitzlichtgewitter drehen. An erfolgreichen Tagen genieße ich hier ein spätes Frühstück. Bedauerlicherweise scheucht der Fremdenführer seine Schützlinge weiter, bevor ich mit einem von ihnen in Verhandlungen treten kann. Daher mache ich mich nun auf zur besten Touristenmeile meines Reviers: dem Platzl.

Ich sehe es als meine Aufgabe, dass die Besucher unserer schönen Stadt bei der Rückkehr in ihre Heimat – außer ein paar Souvenirs und hunderten Digitalfotos – auch noch einige handfeste Erinnerungen mitnehmen. Was ist befriedigender als eine Anekdote über ein geradezu magisch verschwundenes Handy?

Bedauerlicher Weise kann sich unser Amt für Tourismus meiner Meinung nicht anschließen, und so begegnet mir ein uniformierter Angehöriger unseres besonderen Gewerbeaufsichtsamts. Zum Glück liegen die Tage aktiver Auseinandersetzungen mit den Ordnungskräften schon lange hinter mir und dieser junge Mann kennt mich nicht durch meine berufliche Tätigkeit, sondern nur seitens der Bemühungen meiner hervorragend aufgestellten PR-Abteilung. Ich pflege das Image eines freundlichen, harmlosen Rentners, der jeden Tag dieselbe Runde dreht, um fit und agil zu bleiben.

Wir lächeln uns freundlich zu, als wir uns begegnen. Aber das kann mich nicht darüber hinwegtrösten, dass seine Anwesenheit einen massiven Einschnitt in meine marktwirtschaftliche Entfaltung bedeutet. Dabei bin ich gerade jetzt vor dem Schaufenster eines börsennotierten internationalen Globalplayers, der hier eine Außenstelle unterhält. Dem Fan-Shop des FC Bayern. Hier klebt gerade ein Mann an der Scheibe, hingebungsvoll schmachtend und blind für seine Umwelt. Doch in Sichtweite der Polizei muss ich dieses Geschäftsangebot leider ausschlagen. Vielleicht bietet sich ja fünfzig Meter weiter vor dem 60er-Laden eine ähnliche Business-Möglichkeit?

Doch nein, nicht an diesem Tag. Kein Wunder, die 60er haben ja letztes Wochenende schon wieder verloren. Das schlägt sich auch negativ in meiner Bilanz nieder, weswegen ich weiter darben muss. Denn ohne Geschäftsabschluss ist es mir nicht erlaubt, beim Augustiner einzukehren und meine Mittagspause mit einer knusprigen Schweinshaxn zu genießen. Seit Wochen führt mein rückläufiger Umsatz zu einer Gesundschrumpfung meines Anlagevermögens in Hüftgold.

Also weiter.

Da steht ein Gstanzlsänger mit Lederhosen und geht seinem Broterwerb nach. Der Schorsch – also mit richtigem Namen heißt er Jens, aber das wär geschäftsschädigend – also der Schorsch und ich kennen uns schon seit Jahren, und ich versuche, ihn so weit wie möglich zu respektieren. Aber ich kann einfach nicht verstehen, wie ein erwachsener Mann so einen despektierlichen Beruf ergreifen kann. Er lungert nur dumm rum, zupft an seiner Gitarre und wartet völlig passiv darauf, dass ihm jemand ein Almosen zusteckt. Dabei könnte er mit dieser Fingerfertigkeit doch aktiv sein Geld verdienen, statt der Allgemeinheit auf der Tasche zu liegen.

Doch ein Blick in seinen Hut beweist mir, dass sein Umsatz höher ist als der meine. Wen wunderts. Seit die FDP aus dem Bundestag geflogen ist, vertritt niemand mehr die Interessen von uns Kleingewerblern.

Mein leerer Magen drückt mir aufs Gemüt, aber ich lasse mir nichts anmerken und werfe dem Schorsch einen Euro in seinen Hut. Imagepflege ist wichtig in meiner Profession, und außerdem kenne ich einen umgeschulten Feinmechaniker, der mir eine ganze Palette Ein-Euro-Münzen für einen Einstandspreis von dreißig Cent das Stück überlässt.

»Ni hao«, ruft der Schorsch einem Chinesen zu. Der lacht und schaut sich daraufhin tatsächlich die selbstgebrannten CDs vom Schorsch an. So leicht verdienen manche Leute ihr Geld, manchmal könnt man an der Gerechtigkeit des Wirtschaftskreislaufs verzweifeln.

Normalerweise wäre ich jetzt beim Hofbräuhaus eingekehrt und hätte mir dort ihre Schweinshaxen schmecken lassen. Die bieten die zartesten Kartoffelknödel. Oder ich wäre zum Ayinger gegangen, wo sie eine Spanferkelhaxen mit herzhaften Brezenknödeln servieren. Aber es ist mein Prinzip, dass ich mich nicht belohne, bevor ich nicht mindestens einen Abschluss getätigt habe. Gerade als Freiberufler ist eine strikte Selbstdisziplin eine echte Benchmark.

Darum würd ich auch nie so einer Schicki-Micki-Bude wie der vom Schuhbeck einen Besuch abstatten. Der Eingang ist rechts von mir, aber die haben ja noch nicht mal eine Schweinshaxn auf der Karte. Der Schuhbeck ist sich wohl zu fein für eine ordentliche Hauptmahlzeit für die arbeitende Bevölkerung!

Dennoch stelle ich mich hinter eine Familie, die die Karte studiert. Doch sie betreten das Restaurant, bevor ich den Geldbeutel des Vaters akquirieren kann. Souverän signalisiere ich Verständnis für die Position meines Verhandlungspartners und gehe weiter.

Leider bin ich nun aber bereits am Ende der Fußgängerzone angelangt und werde beim Schauspielhaus auch noch fast von einem Rudel Segway-Touristen über den Haufen gefahren. Dabei bin ich wegen meines niedrigen Blutzuckerspiegel ohnehin schon etwas zittrig auf den Beinen.

In solchen Momenten trennt sich die Spreu vom Weizen, und ich biege entschlossen in die Maximilianstraße ein. Ich weiß, dies ist der Tag, an dem ich den Geschäftsabschluss tätige, der mich dauerhaft sanieren wird.

Schon bald werde ich das iPhone finden, das für seinen Ersteigentümer einen hohen Wiederbeschaffungswert hat!

Die Digitalisierung hält auch in meinem Geschäftszweig immer mehr Einzug, und bevor ich ein Smartphone erneut in Umlauf bringe, prüfe ich es regelmäßig auf seinen Gehalt an wirtschaftlich verwertbaren Daten.

Bisher hatte ich nur zweimal Glück. Einmal mit Fotografien von unbedeckten Oberweiten, die ich für zweihundert Euro eintauschen konnte, und das andere Mal mit einer Whatsapp-Kommunikation, die einem verheirateten Speditionsangestellten fünfhundert Euro wert war. Mir ist klar, dass im digitalen Markt die Zukunft liegt. Ich muss nur den richtigen Kunden finden.

Darum erwäge ich einen Besuch in den Vier Jahreszeiten. Eigentlich gehört die andere Seite der Maximilianstraße nicht mehr zu meinem Sprengel, aber Gewerbegebiete sind ein wettbewerbsverzerrender Eingriff in die Niederlassungsfreiheit, und viele Kollegen wissen gar nicht zu schätzen, wie sie von ihrer wohlhabenden Kundschaft subventioniert werden. Mein Magen knurrt und so ein Smartphone, nach dessen Erwerb man fürstlich speisen oder sich gar zur Ruhe setzen könnte, findet sich nun mal am ehesten in den gediegenen Lounges eines Nobelhotels.

Gerade möchte ich die Straße überqueren, da öffnen sich die Glastüren des Vier Jahreszeiten und er tritt heraus!

Dem durchschnittlichen Zeitungsleser mag dieses Gesicht fremd sein, aber ich habe die Gepflogenheit kultiviert, mich gerade mit den Grauen Eminenzen und Strippenziehern hinter den Kulissen vertraut zu machen. Nervös zupft er an seinen Manschetten und blickt sich um, ob ihn auch niemand beobachtet. Ich verberge mich hinter einem parkenden Kleinlaster.

Das ist der Kunde, auf den ich mein ganzes Erwerbsleben gewartet habe!

Nun nur nichts überstürzen. Aber ich bin ein Meister der nonchalanten Geschäftsanbahnung. Völlig unauffällig folge ich dem Mann die Maximilianstraße entlang. Das ist nicht einfach, denn er hat es offensichtlich eilig, und ich muss mich sputen, damit ich ihn nicht aus den Augen verliere.

Wir gehen zum Max-Josephs-Platz. Dort bauen zwei Damen mit fortschrittlicher Gesinnung und ebensolchem Alter einen Stand auf. Sie sind mit dem Aufhängen ihres Banners ›Freiheit für Palestina‹ so okkupiert, dass es leicht zu einer Befreiung von Wirtschaftsgütern kommen könnte. Doch ich muss ihr Angebot ausschlagen, denn meine Kapazitäten sind begrenzt. Darum gibt es auch gleich keine Schweinshaxen im Spatenhaus, wo das Kraut am feinsten ist, und auch nicht nebenan beim Franziskaner, der die schmackhafteste Soße hat.

An der Feldherrnhalle verliere ich fast meinen Kunden, aber dann erspähe ich ihn wieder, wie er gerade in den Hofgarten einbiegt. Das ist ideal, denn dort steht alles in voller Blütenpracht, und so kann leicht ein begeisterter Hobbyfotograf versehentlich rückwärts in eine andere Person hinein stolpern und einen Warenaustausch einleiten.

Doch was muss ich sehen? Als sich mein Kunde hinter dem Dianatempel auf einer Parkbank niederlässt, macht mir ein Wettbewerber meinen Marktanteil streitig. Anders kann ich es nicht bewerten, dass sich dieser Mensch ausgerechnet auf dieselbe Bank setzt.

Und nun fängt er auch noch ein Gespräch mit ihm an!

Doch selbst diese Planabweichung bietet Möglichkeiten für proaktives Handeln. Wenn ich ein unlauteres Geschäftsgebaren seitens meines Konkurrenten aufdecke, stärkt das die Vertrauensbasis meines Kunden zu mir und im Gegenzug kann es leichter zu einer Vermögensübereignung kommen.

Während ich also fleißig mit meiner Digitalkamera Fotos schieße, nähere ich mich der Parkbank von hinten.

Mein Konkurrent holt sein Smartphone hervor und scheint meinem Kunden etwas zu zeigen. Diese Strategie der Kundengewinnung ist mir fremd. Also trete ich, innovativ und lernbegierig wie ich nun mal bin, noch etwas näher.

»Wie heißt es doch so schön: Ein Bild manipuliert mehr als tausend Worte«, sagt mein Konkurrent. »Und ich muss es wissen, denn ich werde nach Zeilen bezahlt.«

Mein Kunde dreht angewidert sein Gesicht vom Display fort.

»Ja, so gings mir auch«, sagt der Zeilenschreiber. »All das Blut, wer mag das schon sehen?«

»Sie sollten damit zur Polizei gehen, statt mich zu belästigen.« Mein Kunde macht Anstalten aufzustehen.

»Erkennen Sie den Mann nicht wieder?«

Mein Kunde verharrt und der Zeilenschreiber holt mit souveräner Geste eine Zeitung hervor und zeigt ihm das Foto auf der Titelseite. »Ich weiß, es war gut gemeint. Man will dem Volk zeigen, dass man immer noch ein Mensch mit Herz und Mitgefühl ist. Da drückt man gerne mal jemanden an die Brust.«

»Das ist nicht strafbar!«

»Das ist ja die Ungerechtigkeit.« Der Zeilenschreiber nickt. »Die Leute machen die Politiker ständig verantwortlich, statt sich in deren schwierige Lage zu versetzen. Die schauen sich die Bilder an und denken nur: Von mir gibts kein Selfie mit einem Axtmörder.«

Mein Kunde gibt sich cool, aber seine Hand auf der abgewandten Seite zittert. »Und nun wollen Sie die Bilder an die meistbietende Zeitung verkaufen?«

»Ich bitte Sie«, der Zeilenschreiber klingt ehrlich beleidigt. »Und was ist mit dem Pressekodex? Diskriminierungsverbot etcetera p.p.« Empört schnieft er. »Wenns mir nur um die Wahrheit ging, wäre ich nicht Journalist geworden. Wir tragen schließlich gesellschaftliche Verantwortung!«

Er beugt sich zu meinem Kunden und flüstert kaum hörbar. »Ich will nicht schuld sein, wenn diese Bilder das Klima vergiften. Damit ist niemandem gedient. Das Leben ist für uns alle schwer genug.«

Er schweigt.

Dann fügt er hinzu: »Im Printbereich streichen sie Stellen wie verrückt.«

Die Hand meines Kunden hört auf zu zittern. »Bei den Öffentlich-Rechtlichen herrscht Arbeitsplatzgarantie.«

Sie lächeln sich an.

Dabei drehen sie sich einander zu und könnten mich aus den Augenwinkeln sehen.

Ergo ich muss mich wieder eifrigst meinen Fotografien widmen und Abstand halten. Es hat den Anschein, als ob sie nun in intensive Verhandlungen eintreten. Bedauerlicherweise kann ich kein Wort mehr verstehen.

Kurz darauf erhebt sich mein Kunde, und das ist der Moment, in dem ich mich entscheiden muss. Folge ich ihm oder wechsle ich meinen Kundenstamm?

Ich bleibe an Ort und Stelle und fotografiere beherzt weiter. Rein zufällig dokumentiere ich dabei, wie mein Ex-Kunde am Kriegerdenkmal vorbei die Treppen zur Staatskanzlei hinaufsteigt.

Dann steht mein journalistischer Neukunde auf und stößt dabei versehentlich mit mir zusammen. Ich entschuldige mich vielmals, aber er hat es eilig fortzukommen, und so lasse ich ihn ziehen.

Auch ich gehe meiner Wege. Zum Ratskeller, denn da servieren sie die Schweinshaxen mit Apfelblaukraut. Ich spüre, ich habe etwas zu feiern. Mein Schritt ist so beschwingt, wie schon seit Jahrzehnten nicht mehr. Zum ersten Mal seit ewigen Zeiten muss ich mich wahrhaft beherrschen, um die Neuware nicht gleich in Augenschein zu nehmen. Aber das wäre natürlich völlig unprofessionell. Stattdessen lächle ich den Leuten zu, die bei Vinzenz Murr anstehen. Diese Zeiten sind vorbei, nie wieder Leberkässemmel für mich!

Ein Penner fischt eine Pfandflasche aus dem Mülleimer. Das hat man davon, wenn man keinen ordentlichen Beruf erlernt hat. Doch ich bin großzügig und stecke ihm eine von meinen Sondereditionsmünzen zu. Selbiges mache ich auch mit dem Geiger vor der Theatinerkirche, der eine erbarmungswürdige Version von Doktor Schiwago fiedelt. Es ist ein sonniger Tag, und da ist es indiziert, meine positive Konjunkturlage zu teilen.

Halt! Mein Lächeln verschwindet. Dort vorn sehe ich meinen Erstkunden. Der sollte eigentlich an seinem Schreibtisch in der Staatskanzlei sitzen. Doch nun steht er hier, Ecke Theatiner-/Maffeistraße und erteilt drei stattlichen Männern Anweisungen. Ich drücke mich in einen Eingang, obwohl ich mir eigentlich sicher bin, dass ihm mein Gesicht fremd ist. Denn mein Sicherheitskonzept ist erstklassig und durch meine Firewall kommt keiner durch!

Trotzdem: Vorausschauendes Risikoassessment hat Priorität! Ich eile gemessenen Schrittes von dannen. Im Gewusel unter dem Marienplatz gelingt es mir gewiss unterzutauchen.

Aber nein, hundert Meter vor mir taucht der Journalist auf. Er mustert mit angespannter Miene alle Passanten, die ihm entgegenkommen. Noch hat er mich nicht entdeckt, und ich biege sofort rechts ab. Nach dem Verhalten meiner Gegenspieler zu urteilen, bin ich wohl auf eine echte Goldgrube gestoßen. Die Versuchung, einen Blick aufs Smartphone zu werfen, ist riesig. Aber ich bleibe Profi.

Also die Löwengrube hinauf, Richtung Polizeipräsidium in der Ettstraße. Früher haben die hier immer die Außenaufnahmen für den Derrick gedreht, und während Harry den Wagen geholt hat, waren die umstehenden Zuschauer so abgelenkt, dass ich unter Vollauslastung arbeiten konnte. Heutzutage will das Publikum jedoch all dieses exotische Zeug, Tatort Istanbul, CSI Miami, Rosenheim Cops und so weiter. Deshalb ist es fast menschenleer auf der Straße. Aber das macht nichts, denn es gibt stattdessen Überwachungskameras. Sie schützen mich vor meinen Verfolgern.

Außerdem, scheint es, hab ich sie abgehängt. Seit fünfzehn Minuten zeigte sich keine verdächtige Person mehr. Darum mache ich am Stachus kehrt und spaziere die Fußgängerzone zurück zum Marienplatz. Flexibilität ist Regel Nummer eins des Projektmanagements, und so manövriere ich meine Gegner aus, indem ich zu dem Ort zurückkehre, an dem sie mich am wenigsten erwarten. Im Geiste beginne ich schon einen Investitionsplan für die Einnahmen, die mir zufließen werden. Ob es wohl einen Lieferservice gibt, der außer Pizza und Sushi auch Schweinshaxen auf der Karte hat?

Nun bin ich zurück am Dom und keine zwielichtige Seele ist in Sicht. Ich trete ein. Ein Fremdenführer erklärt ein paar italienischen Touristen, was es mit dem Fußabdruck des Teufels auf sich hat. Dankbar für meinen erfolgreichen Tag lasse ich eine von meinen Sondermünzen in den Opferstock fallen. Niemand soll mir nachsagen, ich sei mit der Abführung meiner Sozialabgaben in Rückstand.

Hinter dem Dom gibt es eine kleine Passage mit Schaufenstern für Kommunionkerzen. Jetzt im Sommer interessieren die keine Menschenseele, und ich nutze diese Location als mein Part-time-Office. Ich bleibe stehen. Die Versuchung ist unwiderstehlich. Ich muss wissen, welch inkriminierende Fotos auf dem Smartphone sind.

Also packe ich es hervor. Der Bildschirm ist dunkel. Ich drücke auf den Knopf.

Und dann wird mir schwarz vor Augen.

Hier oben hingegen ist alles weiß. Das liegt an den Wolken. Alles ist irgendwie gleichzeitig, und darum kann ich auch nicht genau sagen, wie lange ich schon hier bin. Aber wohl noch nicht lange genug, denn mein Harfenspiel ist noch immer unter aller Sau. An die Birkenstocksandalen und die Flügel hab ich mich allerdings inzwischen gewöhnt.

Bis heute weiß ich nicht, wem genau ich meinen Vorruhestand zu verdanken habe. Ging ja alles viel zu schnell. Aber im Bereich der organisierten Bandenkriminalität aus Politik und Medien ist es fast schon egal, wer die ausführende Hand war.

Mein Körper – früher mein Anlagevermögen, das ich gehegt und gepflegt hatte – wurde irgendwann in stark vermodertem Zustand aus dem Stauwehrbecken in Oberföhring gefischt. Da hat mich wohl die Isar hin gespült.

Das Smartphone und meine Digitalkamera haben sie natürlich nicht bei mir gefunden. Dafür aber meine Münzen aus der Sonderprägung, und so mutmaßte die Polizei, dass ein Streit im Bereich des Copyrights meine Geschäftstätigkeit terminiert hat. Mei, die vom Gewerbeaufsichtsamt, die liegen halt immer falsch.

Aber das stört mich kaum. Insgesamt bin ich viel entspannter, und meine Work-Life-Balance ist endlich im Gleichgewicht, seit ich hier oben eine unlimitierte Mitgliedschaft erworben habe. Und man sollte es nicht glauben, aber die Schweinshaxen in unserer Betriebskantine sind erstklassig!

Gewiss, ein wenig ärgert es mich schon, dass ich – und wohl auch der Rest der zeitungslesenden Menschheit – nie erfahren werde, was wirklich auf diesem einen speziellen Smartphone war. Darum treibt mich immer wieder die Neugierde, in meinem alten Stammgebiet vorbeizuschauen. Himmel hin oder her – ein Münchner bleibt ein Münchner.

So sitze ich auch jetzt auf einer Schäfchenwolke am bayerisch-blauen Firmament und schau hinunter auf meine Stadt. Was ich da zu sehen bekomm, ja, das lässt nur den einen Schluss zu: In München gehts mordsmäßig rund.

SCHWEINSHAXE MIT BIERSOßE

ZUTATEN

1½ kg Schweinshaxe(n)
Salz
200 g Suppengrün
2 Zwiebeln
20 Pfefferkörner
4 Lorbeerblätter
2 TL Kümmel
¾ l Fleischbrühe
1 Flasche dunkles Bier

FÜR SOßE UND MARINADE

1 TL Honig
2 TL Speisestärke
Zucker

ZUBEREITUNG

Schweinshaxe unter fließendem Wasser abspülen, trocken tupfen und mit Salz einreiben. Suppengrün putzen und in grobe Stücke schneiden. Zwiebeln häuten und vierteln. Schweinshaxe zusammen mit Suppengrün und Zwiebeln in einen großen Topf geben. Mit etwa einer ⅓ Flasche Bier und der Fleischbrühe aufgießen. Gewürze hinzufügen. Die Schweinshaxe sollte ganz mit Flüssigkeit bedeckt sein. Einmal aufkochen und dann für 60 bis 90 min ziehen lassen.

Backrohr auf 180 bis 200 °C vorheizen, eine Marinade aus Honig und etwas Bier anrühren.

Haxen aus dem Wasser nehmen, abtropfen lassen. Mit der Marinade bestreichen und Scharte mit einem scharfen Messer einschneiden.

Für eine gute Stunde auf dem Rost (mittlere Schiene, Fettpfanne darunter nicht vergessen!) knusprig braten. Dabei immer wieder mit Sud bestreichen und einmal wenden.

FÜR DIE SOßE:

Sud absieben. Mit Speisestärke und dem Rest des Biers aufkochen. Zucker hinzufügen, mit Salz und Pfeffer abschmecken.

Mit Kartoffelknödeln und/oder Kraut servieren.

Max der Große
Ingrid Werner

Wann immer es möglich ist, nimmt Max Reger die Tram. Aus alter Tradition. Weil er als Bub auch immer Trambahn gefahren ist. Und weil er da gut nachdenken kann. Außerdem hat er es nicht eilig, nach Hause zu kommen.

Und so quetscht er sich auch heute mit seinem schmalen schwarzen Koffer am Hauptbahnhof in die Neunzehner, die jetzt am Feierabend all die Pendler und die vom Shopping müde Gelaufenen einsammelt und nach Haidhausen bringt. Da diese Linie sogar vom Tourismusamt als kostengünstige Sight-Seeing-Tour angepriesen wird, ist sie meistens gestopft voll. Ein altes Mütterchen drängelt sich an ihm vorbei und schnappt ihm den letzten Sitzplatz weg. Er seufzt, stellt seinen Koffer neben ihr auf den Boden und hält sich an einer der Halteschlaufen fest, die von der oberen Stange herunterhängen. Bei seiner Größe kein Problem.

Sie rumpeln die Maximilianstraße entlang. Die Straßenlaternen leuchten, obwohl es noch nicht einmal dämmert. Aber der Abend ist jetzt im Oktober nicht mehr fern. Im gemächlichen Tempo an den exklusiven Geschäften vorbeizuzuckeln, ohne anzuhalten, so findet Max einen Schaufensterbummel erträglich.

Hermes, Gucci, Escada. Ja, die Monika hat auch immer gemeint, dass nur Escada ihren Typ richtig unterstreichen würde. Ha. Lachhaft. Und dann damals natürlich auch noch Pelz. Das war so richtig teuer. Da musste er einschreiten. Mit so einem toten Viech um die Schultern schauen die Weiber ja auch nicht besser aus. Oder jünger. Ab einem gewissen Alter ist es eh egal, was die anziehen.

An den Kammerspielen steigen noch ein paar ein. Meine Herren, was ist denn heute los! Er wird gegen den Sitz der alten Frau gedrückt. Fast bereut er es, dass er die Straßenbahn genommen hat.

Den Schmarrn mit den Klamotten hat die Sabine zumindest nicht gemacht. Dafür war sie kulturnarrisch. Jeden Monat einmal ins Theater und dann am besten noch in die Oper und ins Ballett. Das geht ins Geld. Bei den Preisen, die die heutzutage nehmen.

Max merkt, wie sein Magengeschwür sich meldet. Er steckt die Hand in seine Anzugjacke, findet die Tabletten, drückt eine aus dem Blister und schluckt sie trocken hinunter.

Eben fahren sie in das Rondell am Maxmonument ein, als die alte Frau ihn vehement am Ärmel zupft.

»Ach, bitte schön, Herr Schaffner, Max-Weber-Platz?«

Meint die ihn? Spinnt die? Er zieht sein dunkelblaues, auf Taille geschnittenes, sündhaft teures Armani-Jackett zurecht und überprüft den Sitz der Ermenegildo Zegna-Krawatte. Wie kann die ihn für einen Schaffner halten? Außerdem gibt es gar keine mehr in der Tram. Schon seit ewigen Zeiten.

Die Alte sieht verzagt lächelnd zu ihm auf, mit beiden Händen klammert sie sich an den Henkel ihrer abgewetzten Handtasche.

Er hat sich wieder in der Gewalt. »Noch nicht, gnädige Frau. Das dauert noch. Wir müssen erst über die Isar.«

Sie nickt und wischt sich mit einem zerknitterten Taschentuch über den Mund.

So alt ist sie gar nicht, fällt ihm beiläufig auf, nur heruntergekommen. Der würd ein Lippenstift und einmal zum Friseur auch nicht schaden. Auf jeden Fall möchte er Abstand gewinnen zu ihr, aber es ist zu voll. Nicht einmal ein paar Zentimeter kann er abrücken von der Frau. Er dreht den Kopf und sieht wenigstens auf der anderen Seite aus dem Fenster. Sie sind auf der Maximilianbrücke und überqueren gerade die Praterinsel.

Fesch zurechtgemacht war die Sabine schon. Sie hat es eher mit den Farbtöpfen und den Cremes übertrieben. Er hätt ja beinahe einen Herzinfarkt bekommen, wie er gesehen hat, was so eine lausige Gesichtscreme kosten kann! Ist da Gold drin, hat er die Sabine angeschrien. Nein, aber

Perle und Kaviar, hat die gemeint. Frech ist sie auch noch geworden. Aber nicht mit ihm. Das hätt sie sich sparen können. Das war der letzte Tropfen.

Die Tram kämpft sich die gekrümmte Steigung der Max-Planck-Straße zum Maximilianeum hoch. Das Laub der hohen Bäume glänzt braungelb-rot im Abendlicht. Der Oktober ist kalt, aber sonnig dieses Jahr. Ein junges Pärchen neben Max schaut suchend nach draußen. Die Neuzehner nähert sich der nächsten Haltestelle.

»Gehts da zum Friedensengel?«, wollen die beiden von ihm wissen.

Schon wieder. Max beißt die Zähne zusammen. Was haben die heute alle? Schaut er aus wie ein Fremdenführer? Sicher nicht. Am liebsten würd er denen jetzt mal so richtig Bescheid geben – aber er darf nicht ausfällig werden. Ruhig, Max, ruhig.

»Nein. Da sind Sie in der falschen Straßenbahn.« Er gibt mit gepresster Stimme Auskunft. »Entweder Sie steigen hier aus und laufen an der Isar entlang zur nächsten Brücke. Da leuchtet er nämlich, der Engel, den finden Sie schon. Oder Sie steigen am Max-Weber-Platz in die Sechzehner um und fahren eine Station.«

»Ach, bitte schön, Herr Schaffner, Max-Weber-Platz?«

»Noch nicht!«, knurrt er.

Die beiden Touristen drängen zur Tür vor. Nicht einmal bedanken können die sich! Darum sagt Max auch nichts, als er sieht, dass ein kleiner schmaler Mann seine Hand in die Tasche der jungen Frau steckt und etwas herauszieht. Geschieht ihnen ganz recht.

Max' Blick hat der Taschendieb wohl bemerkt, denn er schlüpft eilig hinter ihnen aus der Bahn.

Endlich ist es ein wenig leerer. Max geht durch die schwankende Tram weiter nach hinten und setzt sich.

Wenn sie nur ein bisserl bescheidener gewesen wären, die Damen, dann hätte es nicht zum Ultimativen kommen müssen. Aber sie wollten es ja nicht anders. Er lässt sich doch nicht den letzten Blutstropfen aussaugen und schaut dabei seelenruhig zu. Dafür geht er nicht in sein Büro und auf Geschäftsreisen und langweilt sich durch Konferenzen, damit die Weiber sein hart verdientes Geld zum Fenster hinausschmeißen. Nicht mit ihm.

Die Tram quietscht am Max-Weber-Platz um die Ecke, schleicht durch die Kirchenstraße, quietscht um die Ecke zum Johannisplatz, bleibt stehen. An der Haltestelle gibt es wieder Gedränge. Die einen steigen aus, um zur U-Bahn zu kommen, die anderen, die von der U-Bahn kommen, steigen ein. Das alles berührt Max aber nicht mehr, er hat ja jetzt einen Sitzplatz.

Vor dem Johannis Café hocken ein paar Gestalten. Da war er auch schon ewig nicht mehr drin. Aber vielleicht morgen. Oder auch erst übermorgen oder nächste Woche. Das Brimborium wird ja ein bisserl dauern. Aber dann hat er wieder mehr Zeit. Mal schaun, ob ihn der Olaf noch kennt. Und ob der immer noch so gute Schinkennudeln macht. Fast so gut wie früher bei seiner Mama daheim. Gott hab sie selig. Sie war eh die Beste. Eine Frau, die noch gewusst hat, wo ihr Platz war. Keine großen Sperenzchen. Und jeden Mittag um zwölf das Essen auf dem Tisch. Oft halt die Schinkennudeln. Manchmal mit Ei, manchmal ohne. Manchmal wars nur Bierschinken, der war billiger. Aber mit viel Schmalz gebraten hat die Mama die Nudeln. So wie im Johannis. Da gibts eine richtig große Portion, mit ein bisserl Petersilie als Deko und dazu ein Weizen. Da freut er sich jetzt schon drauf.

Ab und zu hat Max richtig Heimweh nach früher. Als er noch nicht geldig war und in einem Anzug eingesperrt. Er steckt zwei Finger in den Hemdkragen und zerrt an der Krawatte.

Aber es ist auch praktisch, so ein Image. Und die Geschäftsreisen. Sehr praktisch. Für das Alibi. Hat schon einmal geklappt. Wird auch wieder klappen.

Der Gemüsetandler in der Preysingstraße hat noch auf. Fleißige Leut. Eigentlich könnte der Max schon an der Haltestelle Wörthstraße raus und dann die paar Schritte vor an den Bordeauxplatz spazieren, wo seine Wohnung liegt. Erster Stock. Beletage. Sechs Zimmer mit altem Parkett und Stuck und neuem Wellnessbad. Aber diese Haltestelle erinnert ihn an die nicht so schöne Seite seiner Kindheit. Comeniusstraße, Hinterhof, Parterre. Ein dunkles, feuchtes Zimmer mit Wohnküche für ihn und die Mama. Jetzt ist dahinten wahrscheinlich auch schon alles hochsaniert. Trotzdem mag er die Haltestelle nicht, fährt lieber weiter zum Ostbahnhof.

Außerdem will er sich da heute jemanden mitnehmen. Jemand, der bezeugen kann, dass sie schon tot ist, die Sabine, wenn er die Tür aufschließt. Und der aussagen kann, wie tief getroffen der Max ist, wenn er seine Frau da liegen sieht. Mal schaun. Am Orleansplatz findet sich immer jemand. Ein Penner, der noch laufen kann, oder ein noch nicht völlig durchgeknallter Junkie.

Max blickt aus dem Fenster auf den Bordeauxplatz und schaut auf die an ihm vorbeiziehende Grünanlage mit den Bäumen im Herbstlaub. Mütter mit schicken Kinderwägen umrunden den Brunnen, kleine Buben mit ihren Laufrädern sausen voraus. Männer im dunklen Anzug eilen nach Hause, den Blick aufs Smartphone gesenkt. Die kann Max alle nicht gebrauchen, Kinder sind ihm ein Gräuel und die anderen sind zu beschäftigt. Aber er wird schon jemand Passenden finden. Als die Tram den Bordeauxplatz verlässt, steht er auf und geht zur Tür vor.

Die Alte sitzt ja immer noch da! Warum ist die denn nicht vorhin schon raus? Nervös schaut sie in das dunkel werdende Haidhausen. Die hat ihm gerade noch gefehlt! Max will sich umdrehen und zur hinteren Tür, als sie ihn entdeckt.

»Ach, bitte schön, Herr Schaffner, Max-Weber-Platz?«

Er erstarrt. Schnauft tief durch. Sein Magen zwickt. »Der war zwei Haltestellen früher«, sagt er und sieht auf sie herab.

Sie schlägt die Hand vor den Mund. »Was? Aber warum? Ja, was mach ich denn da jetzt?«

Max überlegt. Ja, wieso eigentlich nicht? In den ersten Stock wird sie schon noch hochkommen.

Er drückt auf den roten Knopf, das Signal für den Fahrer. »Dann steigens eben hier aus. Ich helf Ihnen weiter.«

»Ja?« Sie rappelt sich hoch und wackelt durch die bremsende Tram zur Tür. »Da bin ich Ihnen aber recht dankbar.«

»Ist schon gut.«

Umständlich holt sie Handschuhe aus ihrer Tasche und zieht sie über. »Kalt draußen«, meint sie mit zittriger Stimme und schließt den obersten Knopf ihres Mantels.

Die beiden steigen aus, wandern langsam die abendliche Wörthstraße wieder zum Bordeauxplatz zurück. Schon von Weitem sieht er, dass kein Licht brennt in seiner Wohnung. Dann hat es geklappt. Ein freudiger Schauer rieselt durch seinen Körper. Dann hat Sabine wie üblich am

21

Morgen nach dem Duschen ihre Haare geföhnt. Leider war der Föhn defekt. Er hat da ein bisserl nachgeholfen. Auch den FI-Schalter manipuliert, damit die Sicherung nicht rausspringt. Und die Lüftung müsste auch nicht funktioniert haben. So ein Wasserdampf ist ganz hilfreich bei einem Stromschlag. Beim ersten Mal, bei der Moni, wars ein Toaster. Damals war das auch noch leichter mit den Sicherungen. Aber jetzt ist ihm das egal. Sein Plan ist aufgegangen.

»Da wohn ich«, sagt er zu ihr und sperrt schon die Haustür auf. »Ich bring nur schnell meinen Koffer nach oben, dann können wir weiter.«

Die Alte zögert.

»Oder wollen Sie eine Tasse Tee? Kommen Sie, ich mach Ihnen einen schönen Tee auf den Schreck.« Er hält einladend die schwere Haustür auf. Das Licht springt automatisch an und zeigt das restaurierte Gründerzeit-Treppenhaus.

»Welchen Schreck?«, fragt sie.

»Na, dass Sie die Haltestelle verpasst haben.«

Sie nickt und tritt ein. »Das ist jetzt aber wirklich nett von Ihnen, dass Sie mir helfen. Das müssten Sie doch gar nicht, wo Sie doch nur Schaffner sind.«

Max wär beinahe gestolpert.

Ohne darauf einzugehen, steigt er die Treppe nach oben. Die Alte keucht hinter ihm. Er steckt den Schlüssel ins Schloss, sie ist inzwischen auch im ersten Stock angekommen. Er öffnet die Tür, sie nestelt etwas aus ihrer Handtasche. Er macht Licht und stellt den Koffer ab, da spürt er einen harten Gegenstand im Rücken. Die Tür schlägt zu.

»Ganz langsam, Herr Schaffner«, sagt sie und ihre Stimme ist nicht mehr brüchig und schwach, sondern trieft vor Sarkasmus. »Keine hastigen Bewegungen, sonst könnte meine kleine Pistole ein hässliches Loch in Ihren teuren Anzug pusten. Wäre ja ewig schad drum. So ists gut. Wir gehen ins Wohnzimmer, da ist es gemütlicher.«

Max bricht der Schweiß aus. Was soll das? Wer ist die verdammte Alte, die gar nicht alt ist? Das hört er nicht nur, das sieht er jetzt auch. Im hellen Licht des Deckenleuchters betrachtet er sie. Ihr Gesicht ist nur auf alt geschminkt. Das Make-up verbirgt eine Frau in mittleren Jahren, die sich selbstbewusst an den Nussbaumsekretär lehnt und Max mit dem Lauf ihrer Pistole in einen der Sessel dirigiert. Er lässt sich hineinfallen.

»Und?«, fragt er und schluckt. Langsam, um sie zu keiner unbedachten Reaktion herauszufordern, wischt er seine Hände an den samtbezogenen Lehnen des Sessels ab.

Sie lächelt ihn an. »Ach, ich werde Sie jetzt erschießen …«

»Nein!«, schreit Max. Seine Muskeln spannen sich an. Doch als er in ihre eisigen Augen blickt, unterdrückt er den Impuls aufzuspringen.

Die Frau holt einen Schalldämpfer aus der Manteltasche und schraubt ihn seelenruhig an ihre Pistole. »Wenn Sie Mätzchen machen, tut es weh. Wenn nicht, haben Sie es gleich hinter sich. Ich an Ihrer Stelle würde Letzteres bevorzugen.«

Obwohl sich sein ganzer Körper wie gelähmt anfühlt und sein Gehirn leer gefegt, weiß er am Rande seines Bewusstseins, dass er mit ihr reden muss. Reden, bis ihm einfällt, wie er überleben kann.

Er öffnet den Mund, bringt jedoch keinen Ton heraus. Als er es noch einmal versucht, entweicht ihm wenigstens ein Krächzen, das sich entfernt nach »Polizei« anhört.

»Polizei?« Sie lacht. »Was soll mit der sein? Ich hole mir den Schmuck aus dem Schlafzimmer, knacke den Tresor hinter dem Carl Rottmann …«, sie zeigt auf ein Landschaftsgemälde über dem Kamin, »lege ein paar falsche Spuren und verschwinde dann. Da draußen auf der Straße kümmert sich niemand um eine alte Frau, die aus einem Haus kommt. Alte Frauen werden gerne übersehen. Das ist nicht nett, allerdings manchmal von Vorteil.«

»Aber Sabine.« Sein Blick fliegt zur Tür.

»Die hat mich bezahlt.« Ihre Augen leuchten. »Und nicht schlecht. Sie war sehr großzügig. Oder auch sehr wütend, als sie herausgefunden hat, was Sie mit ihr vorhaben.« Sie sieht ihn mit gespielter Strenge an. »Das ist aber auch nicht nett.«

Max hustet. »Wie?«

»Wie sie es erfahren hat? Sie wollen wohl Zeit schinden, he? Egal. Plaudern wir noch ein wenig.« Sie geht zum zweiten Sessel und setzt sich auf die Seitenlehne. Die Pistole hält sie dabei locker in der Hand. »Ihre Frau hat letztens einen alten Freund von Ihnen kennengelernt, einen aus der früheren Johannis-Clique. Der hat ihr von Ihrer ersten Frau erzählt und was mit ihr passiert ist. Da ist sie stutzig geworden und hat ein wenig nachgefragt. Man sollte nicht glauben, was eine hübsche Frau so alles aus den Männer herausbekommt, wenn sie es richtig anstellt.«

Josef. Das kann nur Josef sein. Nur vor ihm hat er einmal angegeben. Im Suff. Die Erinnerung bohrt sich wie ein eiskaltes Messer in seinen Magen. Max schließt die Augen.

»Na, wenn Sie schon einschlafen, kann ich ja zum Erzählen aufhören. Ist eh schon alles gesagt.«

Max reißt die Augen wieder auf. »Kann ich«, er räuspert sich, »kann ich mal ins Bad?«

Sie lacht auf. »Wollen Sie noch einen letzten Blick auf Ihre Frau werfen? Haben Sie nicht kapiert, dass Ihr toller Plan das zweite Mal nicht funktioniert hat? Sabine hat die Zeichen richtig gedeutet: die unnötigen Streitereien in letzter Zeit plus die Geschäftsreise plus das plötzliche Interesse am Föhn. Sie hat kombiniert – und wie es sich jetzt zeigt, hat sie genau ins Schwarze getroffen.« Die Frau wartet einen Moment. »Wenn Sie Sabine noch mal sehen wollen,« sagt sie dann, »müssen Sie schon weiter gehen als bis ins Bad. Die ist beim Wellness. Thalassotherapie auf Juist.«

Max starrt in die Mündung des Pistolenlaufs. Thalassotherapie? Das ist bestimmt sauteuer, denkt er. Dann denkt er nichts mehr. Nie mehr.

Die Worte »Ach, bitte schön, Herr Schaffner, Max-Weber-Platz?« sind eine Zeile aus dem Lied ›Der Wagen von der Linie 8‹ vom Weiß Ferdl (1883– 1949). Dieses Lied fand ich als Kind sehr lustig und erinnert mich an meine Großeltern. Die Linie 8 fuhr von Fürstenried West zum Hasenbergl und wurde am 22. November 1975 eingestellt.

SCHINKENNUDELN

ZUTATEN

500 g Nudeln (Band- oder Spiralnudeln)
200 g Schinken
1 Zwiebel
1 – 2 Eier
Butterschmalz
Salz, Pfeffer
Petersilie für die Dekoration

ZUBEREITUNG

Die Nudeln nach Gebrauchsanweisung in Salzwasser bissfest kochen. In der Zwischenzeit die kleingeschnittene Zwiebel im Schmalz goldgelb anbraten. Dann den in circa 1 x 1 cm große Quadrate geschnittenen Schinken dazugeben und ebenfalls mitbraten. Die abgetropften Nudeln dazugeben. Umrühren. Die Eier in einer Schüssel verquirlen, mit Salz und Pfeffer würzen und über die Schinkennudeln gießen. Bei niedriger Hitze stocken lassen. Zum Schluss vorsichtig umrühren und mit der Petersilie bestreuen.

Mord am Friedensengel
Werner Gerl

Er fiel auf. Das war ihm klar und völlig egal, zumal das Publikum über-schaubar war. Genau genommen tummelte sich lediglich ein Pärchen am Friedensengel in dieser immer frostiger werdenden Oktobernacht. Belustigt betrachteten die beiden Jungverliebten den Mann, der im Stechschritt über die Prinzregent-Luitpold-Terrasse lief und sich vor der Grottennische aufbaute.

»Spacige Skibrille hat der auf«, meinte der junge Mann, »vielleicht gibts heute eine Haserl-Nacht im P1.«

In der Schickeria-Diskothek, die ihren englischen Kurznamen bekom-men hatte, weil die amerikanischen GIs nach dem Krieg Prinzregenten-straße nicht aussprechen konnten, war Martin Weisgerber zwar gelegent-lich anzufinden, an diesem Abend hatte er jedoch andere Pläne. Er baute sich zentral vor dem Friedensdenkmal auf und begann mit der Arbeit. Für das Pärchen sah es aus, als fuchtle er sinnfrei herum.

»Der macht Tai-Chi«, sagte die junge Frau belustigt.

»Ein Schattenboxer in der Nacht«, lachte ihr Freund. »Der hat echt nen Schatten.« Dann machten sie noch ein paar Selfies von sich mit dem im Scheinwerferlicht goldglänzenden Friedensengel im Hintergrund und verließen die Anlage.

Martin Weisgerber hingegen scannte die korinthische Säule mit der Nike, drehte sich um und verpflanzte das – natürlich nur für ihn sicht-bare – Hologramm direkt auf die Prinzregentenstraße. Dann spielte er mit der Projektion, ließ ihre Maße berechnen und veränderte sie nach Belieben. Ja, alles funktionierte. Auch in der Nacht. Er speicherte das

Hologramm, um sich der Tempelanlage zu widmen. Wieder schnellen Schrittes, er hatte oft etwas Gehetztes an sich, eilte er die Treppen zu den Reliefs hinauf.

»Hallo Martin«, sagte plötzlich Cortana, die Computerstimme von Microsoft, aus der HoloLens zu ihm. Weisgerber war irritiert. »Du hast noch zehn Sekunden zu leben.«

Fluchend blieb Weisgerber stehen und blickte sich um. Da erschien ein spätmittelalterlicher Landsknecht vor ihm mit einer Armbrust in Händen. Eine Projektion, zweifellos. Doch wer steuerte sie? Dann sah er einen Schatten. Und dieser hatte offensichtlich ebenfalls eine Armbrust.

»Oleg, bist das du?«, stieß Weisgerber hervor, der nicht wusste, ob er lachen oder Angst haben sollte.

»Drei, zwei, eins, Tod.« Cortana sprach die letzten Worte, die Martin Weisgerber in seinem lediglich achtunddreißig Jahre währenden Leben hören sollte.

Die Wachpolizisten hatten das Denkmal schon weiträumig abgesperrt, als die Kommissare bei Morgengrauen eintrafen. Diese stellten ihren Wagen kurzerhand im Parkverbot ab und bahnten sich ihren Weg durch die Meute aus Schaulustigen und Journalisten, die sich trotz der frühen Stunde schon eingefunden hatte.

»Mord am Friedensengel, den Leuten heute ist nichts mehr heilig«, seufzte Hauptkommissarin Barbara Tischler.

»Genau genommen handelt es sich um ein Siegesdenkmal, denn der Engel ist kein Engel, sondern eine Nike, also eine griechische Siegesgöttin«, klärte sie Ralf Mangel auf. Tischlers rechte Hand, ein gebürtiger Hallertauer, der im Gegensatz zu seiner Chefin noch das bayerische Idiom pflegte, plauderte gern wie aus der Enzyklopädie. »Der Sieg gegen die Franzosen im Einigungskrieg 1870/71 ...«

»Ist gerade zweitrangig, Herr Geschichtslehrer, wir haben eine Leiche.«

Sie hatten den Tatort erreicht. Die Spurensicherung sowie der forensische Arzt waren mit dem Toten bereits fertig, sodass die beiden Kommissare freien Zugang hatten. Martin Weisgerber lag auf dem Rücken, Mund und Augen offen, die Arme etwas verdreht von sich gestreckt. Er trug eine Designer-Jeans und eine sündhaft teure Lederjacke von Bally, die allerdings nicht mehr für ein Second Hand Geschäft taugte, denn in ihr steckte ein schwarzer Bolzen, der von angetrocknetem, dunklem Blut umrahmt wurde.

»Gift können wir als Todesursache wohl ausschließen«, meinte Tischler trocken und ging dann einmal langsam um den Toten herum, um sich in aller Ruhe jedes Detail einzuprägen.

Mangel wusste, dass er sie dabei nicht stören sollte, auch wenn es ihn vor Spannung innerlich zerriss.

»Aber warum läuft der in einer Oktobernacht mit einer Skibrille durch die Gegend? Oder ist es sogar eine Sonnenbrille?«, rätselte Tischler.

»Ha, das dachte ich mir, dass du die HoloLens nicht kennst«, rief Mangel triumphierend aus.

»Holo… was?«, fragte die Kommissarin erstaunt nach. Sie kniete sich nieder und betrachtete das seltsame Gerät genauer. Es bestand aus zwei Ringbügeln, einem gepolsterten inneren und einem harten äußeren. Die Linsen bestanden aus verschieden farbigen Gläsern und hinter ihnen dunkelten mehrere technische Einrichtungen, die erst auf den zweiten oder eher dritten Blick erkennbar waren.

»Da sind verschiedene Sensoren eingebaut, zum Beispiel um das Licht zu messen, dazu Lautsprecher, Mikrofon, eine Tiefenkamera und eine fotografische Videokamera«, erklärte Mangel seiner wenig technikaffinen Vorgesetzten so einfach wie möglich.

»Und was soll das Ganze? Wieder so ein virtueller Quatsch?«

»Nein, das nennt man AR, Augmented Reality.«

»Auf Deutsch?«

»Erweiterte Wirklichkeit. Du siehst, was um dich herum passiert, kannst das aber um diverse Projektionen ergänzen.«

»Und woher weißt du das alles?« Tischler runzelte die Stirn.

»Weil ich seit einem Jahr meinen rechten Arm hergeben würde, um das Ding auszuprobieren.« Mangels Augen leuchteten. Er konnte dem Drang, dem Toten die HoloLens abzunehmen und zu testen, nur mit äußerster Beherrschung widerstehen.

»Wenn es so etwas Besonderes ist, wieso läuft dann einer in der Nacht damit am Friedensengel herum?« Tischler blickte Mangel fragend an.

»Der wird was ausprobiert haben, schätze ich mal.«

»Auf dem Kopf die Technik der Zukunft, aber erlegt mit einer Waffe aus dem Mittelalter.« Tischler strich sich durchs Haar und schüttelte leicht den Kopf ob des Widerspruchs. »Dann schauen wir mal, woher unser Toter das Super-Gerät hatte.«

Das Opfer war der wirtschaftliche Kopf der Firma HoloTram. Deren Büro war zu dieser frühen Tageszeit erwartungsgemäß noch verwaist. Deshalb betätigten sich die Polizisten als Weckdienst. Nach einer gefühlten Stunde des Sturmläutens vernahm Tischler die schlaftrunkene wie mürrische Stimme von Gero Brunwald, einem der beiden Programmierer. Er war offensichtlich aus einer Tiefschlafphase gerissen worden. Kaum hatte er vom Tod seines Geschäftspartners gehört, verwandelte sich seine Schroffheit in Bestürzung und er bat die Polizisten herein.

Brunwalds großzügige Wohnung inmitten von Bogenhausen, genauer gesagt in einer luxuriösen Villa im Herzogpark, hielt von innen, was sie von außen versprach. Eine extravagante Einrichtung, die es nicht in klassischen schwedischen und artverwandten deutschen Möbelhäusern gab. Auch die technischen Geräte wirkten eher wie ein Vorgriff auf die Zukunft. So befanden sich in der kompletten Wohnung weder Fotos noch gedruckte oder gar gemalte Bilder, sondern ausschließlich digitale Erzeugnisse, die sich entweder langsam veränderten oder wie bei einer Dia-Show das Motiv wechselten.

Der Programmierer hatte einen Drei-Tage-Bart und dunkle Augenringe. Sein doggenartiges Gesicht wurde von dünnen blonden Haaren umrahmt. Auf dem Kopf trug er eine Baseballmütze und ein T-Shirt mit dem Aufdruck SoftMice. Er bat die Polizisten an einen schwarzen Metalltisch. Betroffen erkundigte er sich nach den Umständen von Weisgerbers Tod, wurde aber mit wenigen Fakten abgespeist.

»Was macht Ihre Firma genau?«, wollte Tischler wissen.

»Und wie sind Sie an die HoloLens gekommen?«, ergänzte Mangel.

»Das war keine Hexerei oder Diebstahl«, Brunwald huschte ein mattes Lächeln über das müde Gesicht. »Die wird von Microsoft seit 2016 an Entwickler weitergegeben und wir waren in Deutschland mit die ersten, die sie bekamen.«

»Und ihr entwickelt die HoloLens weiter?«, fragte Mangel ungläubig.

»Ja. Wir arbeiten an zwei verschiedenen Anwendungen. Das eine ist die

Nutzung für real games, also wirkliche Computerspiele. Die Idee ist die, dass man mit der HoloLens allein oder in Gruppen eine völlig neue Dimension des Spiels erreichen kann. Der Ebersberger Forst wird zum Auenland oder der Englische Garten zum Szenario von World of Warcraft.«

»Phantastisch!« Mangel war sichtlich beeindruckt.

»Im wahrsten Sinne des Wortes«, pflichtete Tischler mit einem Hauch Ironie bei. »Klingt nach einer lukrativen Idee.«

»Das könnte ein Millionen-Deal sein, wenn nicht mehr«, gab Brunwald zu.

»Und die zweite Anwendung?«, wollte Tischler wissen. »Gehts da auch um astronomische Summen?«

Brunwald lachte. »Wir haben einen Auftrag der Stadt München. So viel zum Thema Rentabilität. Es geht darum, die HoloLens auf den Sektoren Stadtentwicklung und Tourismus einzusetzen. Deshalb war Martin am Friedensengel. Ein kleiner Testlauf.«

»Und so eine Firma gibts mitten in München?«, fragte Tischler erstaunt.

»Wo sonst? München ist der größte IT-Standort Deutschlands«, klärte sie Brunwald auf.

»Babsi denkt bei Minga halt nur an Oktoberfest und Weißwürscht«, feixte Mangel und handelte sich dafür einen bösen Blick ein.

»Was haben Sie gestern Abend zur Tatzeit gemacht?«, fragte Tischler unvermittelt.

»Ich weiß nicht, wann der Mord geschah, vielen Dank für die Fangfrage. Auf jeden Fall war ich Zuhause. Ich habe bis drei in der Früh an unserem Projekt gearbeitet«, entgegnete Brunwald.

»An welchem, dem München-Projekt oder dem Milliarden-Projekt?«, bohrte Tischler nach.

»Ich tat Dienst an meiner Heimatstadt«, seufzte Brunwald.

»Kann Ihr Alibi jemand bezeugen?«

»Ich war allein, aber ich saß in meinem Wintergarten.« Der Programmierer führte die Kommissare durch das Wohnzimmer Richtung Balkon. Dieser war tatsächlich zu einem kleinen Wintergarten ausgebaut worden. Dort befand sich ein Tisch, auf dem sich Laptops und Monitore türmten. »Hier ist man quasi ein transparenter Mensch.« Brunwald grinste und deutete auf die großen Glaswände.

»Irgendwelche neugierigen Nachbarn haben Sie bestimmt gesehen«, meinte Mangel, »und können Ihr Alibi bestätigen.«

»Das hoffe ich. Eins gebe ich nämlich gleich zu: Martin und ich standen uns nicht sehr nahe. Auf sein Wort war kein Verlass. Es oder genauer gesagt er war gewissermaßen keinen Pfifferling wert.« Bei der Formulierung huschte ein Grinsen über sein Gesicht.

Tischler blickte sich noch ein wenig in der Wohnung um. Auf einem digitalen Fotorahmen tauchte immer wieder eine attraktive Frau auf, die vor der Kamera posierte. Mal im Abendkleid vor der Oper, mal mit Sonnenbrille im Porsche. Ein Luxusweibchen, dachte sich die Kommissarin.

Das Büro von HoloTram bestand lediglich aus vier Räumen, darunter ein HighTech-Labor, das Mangels Wangen zum Leuchten brachte und ihn magisch anzog, und einer hochmodernen Küche, die Tischlers Ort der Begierde war. Allerdings hätte auch der Kommissar seinen Spaß dabei gehabt, denn kaum dass die Kommissarin und Brunwald eintraten, wurden sie von der Kaffeemaschine begrüßt.

»Was kann ich für euch aufbrühen?«, fragte die smarte Frauenstimme, eine Mischung aus Cortana und Siri.

»Einen extrastarken Latte Macchiato, der sogar Dornröschen aufgeweckt hätte«, orderte die belustigte Kommissarin.

»Gern«, erwiderte die Maschine. Brunwald bot ihr noch einen Orangensaft an, den sie dankend annahm. Er klatschte einmal in die Hände und schon öffnete sich die Kühlschranktür.

»Netter Sesam-öffne-dich«, sagte Tischler.

»Das ist weit mehr als nur ein Spielzeug«, warf Brunwald ein, »das ist die Zukunft. IoT.«

»Und das bedeutet?«, fragte Tischler nach.

»Internet of Things. Weißt du denn gar nichts?« Kopfschüttelnd trat Mangel hinzu, nachdem er sich im Labor kurz mit der Technik vertraut gemacht hatte.

»Schauen Sie, wir haben noch zwei Flaschen Orangensaft. Wenn ich nun eine für Sie entnehme, wird automatisch bei unserem Lieferanten nachbestellt, also immer, wenn nur noch eine Flasche übrig ist.«

»Schöne neue Welt«, seufzte Tischler. »Ich kanns kaum erwarten, bis ich morgens um sieben mit der Zahnpastatube über das Wetter reden kann.«

Im Kühlschrank befanden sich vor allem Getränke, in dem oberen Fach stand eine einsame knallig orangefarbene Flasche Red Bull Vodka.

»Wer trinkt denn sowas?«, runzelte Tischler die Stirn.

»Ich und Martin. Ein Wachmacher, wenns mal wieder bis in die Puppen geht.«

Tischler trank ihren Kaffee. Dabei fiel ihr Blick auf den Induktionsherd, neben dem eine Pfanne stand, in der Ei- und Pilzreste klebten.

Mangel ließ sich von Brunwald die HoloLens erklären, während sich Tischler, gestärkt vom Kaffee, im weitgehend papierfreien Büro des Opfers umsah. Der Computer würde von den Spezialisten im Laufe des Vormittags abgeholt und untersucht werden, um den musste sie sich nicht kümmern. Ansonsten gab der spartanisch eingerichtete Raum wenig her. Auf dem Schreibtisch lagen lediglich ein paar Briefe. Sie schienen nicht weiter wichtig, Tischler fiel allerdings eine Notiz auf einem Kuvert auf: HoloM und HoloGame.

Oleg Kassiersky wohnte ebenfalls in Bogenhausen, allerdings in der weniger glamourösen Ismaninger Straße unweit des griechischen Generalkonsulats. Der zweite Programmierer von HoloTram stand nie vor zehn Uhr auf. Auch ihn mussten die Polizisten wachklingeln. Kassiersky war ein ungelenker Goliath. Unwirsch empfing er die Kommissare. Anders als Brunwald schockierte ihn die Nachricht vom Tode Weisgerbers nicht. Er brummte nur etwas Unverständliches, Tischler glaubte jedoch darunter das unschöne deutsche Wort für den Darmausgang gehört zu haben.

Kassierskys Wohnung war eine Single-Bude vom Feinsten. Überall lagen Pizzakartons und Getränkedosen herum. Sogar die Unterwäsche stapelte sich in der Ecke. Was den Kommissaren weit mehr ins Auge stach, war Kassierskys Faible für das Mittelalter. Das Wohn- und Arbeitszimmer glich einer Folter- und Waffenkammer. Schandmasken, eine Garotte mit Würgeisen, Hellebarden zierten die Wände. Und eine Armbrust. Darunter befanden sich sieben schwarze Metallbolzen in Eisenklammern, eine Klammer war frei.

»Woher haben Sie diese wunderbare Armbrust?«, fragte Mangel und schaute sich die Waffe und die Munition genau an.

»Internet. MedievalTerror«, brummte Kassiersky. »Kommt aus Moldawien. Die haben die geilsten Sachen. Hab angefangen, mir das Zeug zu kaufen, als ich DungeonKill programmiert habe. Hat sich scheiße gut verkauft, das Spiel.«

»Schießen Sie manchmal damit?«

»Klar.« Er deutete auf eine Schießscheibe an der Verbindungstür. Dort steckte der fehlende Bolzen. Und er hatte ein Foto aufgespießt, das sich Mangel mit großem Interesse anschaute.

»Wo waren Sie gestern Abend? Zwischen zehn und zwölf Uhr.« Tischler hatte die Armbrust auch registriert, wollte aber langsam mit der Befragung beginnen.

»Hier, wo sonst. Hab gearbeitet. HoloGame programmiert sich nicht von allein«, antwortete Kassiersky patzig.

»Haben Sie irgendwelche Zeugen?«

»Nein. Brauch ich die?«

»Ein Alibi schadet nie«, entgegnete Tischler.

Kaum hatte sich Mangel im Auto auf dem Beifahrersitz angeschnallt, platzte er heraus: »Der wars, ganz sicher.«

»Wie kommst du darauf?«, fragte Tischler überrascht und trat das Gaspedal durch.

»Ich hab mir seine Bolzen genau angeschaut: sieben sind genau von der Sorte, mit der Weisgerber umgebracht wurde, und einer ist anders. Und neu.«

»Das ist verdächtig«, gab Tischler zu, die mit Schwung in die Einsteinstraße einbog und Richtung Leuchtenbergring fuhr. »Und das Motiv?«

»Die Frau, die er als Zielscheibe benutzt hat, war seine Ex-Freundin. Und die war bei der HoloLens in der Software drin. Nackt. Das habe ich vorhin gesehen.«

»Du Spanner«, sagte Tischler lachend. »Und was soll das bedeuten?«

»Dass Weisgerber eine Affäre mit der Freundin von Kassiersky hatte. Letzte Woche hat er es durch einen anonymen Tipp spitzgekriegt. Dann hat er sie zum Teufel gehauen und sich mit Weisgerber gezofft.«

»Woher weißt du das?«

»Hat mir Brunwald vorher noch erzählt, als wir die HoloLens gecheckt haben.«

»Okay«, sinnierte Tischler. »Kassiersky hatte also ein Motiv, die Mittel und wohl auch die Gelegenheit, zumindest hat er kein Alibi.«

»Der ist unser Mann, garantiert.«

»Warten wir noch ein bisserl ab«, entgegnete Tischler und fuhr mit 80 unter der kolossalen Plastik ›Mae West‹ durch.

Als Tischler in ihr Büro kam, lagen bereits diverse Berichte und Zeugenbefragungen auf dem Tisch. So hatte sich das Pärchen, das Weisgerber am Friedensengel belustigt beobachtet hatte, gemeldet. Es hatte angegeben, das Denkmal gegen halb elf verlassen zu haben. Der Mord, so schloss Tischler, dürfte nicht viel später passiert sein.

Eine Nachbarin von Brunwald bestätigte dessen Alibi. Sie schwor, sie habe ihn immer wieder in seinem hell erleuchteten Wintergarten gesehen, was sie allerdings erstaunt hatte, denn normalerweise schließe dieser seine Jalousien.

Der vorläufige Obduktionsbericht ergab keine größeren Überraschungen. Der Bolzen in der Herzgegend war die Todesursache. Ferner hatten die Mediziner festgestellt, dass Weisgerber Antabus nahm. Tischler kannte das Medikament nicht, wollte sich aber sicherheitshalber danach erkundigen.

Seine letzte Mahlzeit bestand aus gerösteten Reherl mit Ei. Das ließ Tischler aufhorchen. Stand nicht in der Küche von HoloTram eine Pfanne mit Ei- und Pilzresten herum? Weisgerber hatte offensichtlich im Büro gegessen. Und da fiel ihr noch etwas ein. Ein Detail, eine Randbemerkung, die nichts bedeuten musste. Sofort griff die Kommissarin zum Telefonhörer.

Als Brunwald seinen Porsche parkte, war es bereits dunkel. Zu seiner Überraschung brannte Licht in seiner Wohnung, der Wintergarten war hell erleuchtet. Ein Schauder überkam ihn. Einbrecher? Sie wurden in den letzten Jahren immer dreister. Als er näher kam, erkannte er jedoch, wer dort an seinem Schreibtisch Platz genommen hatte. Diese lästige Kommissarin. Er stieß einen Fluch aus und zückte seine Schlüssel.

»Das ist Hausfriedensbruch«, schimpfte er halblaut beim Aufsperren.

»Ist es das?« Die Gegenfrage kam von einer bekannten weiblichen Stimme.

Brunwald drehte sich um und blickte Tischler und ihren Kompagnon Mangel an.

»Was soll das? Sie waren eben noch oben«, stammelte der Programmierer.

»Ich bin dort oben«, entgegnete Tischler süffisant. »Genauso wie Sie letzte Nacht.«

»Was wollen Sie damit andeuten?« Brunwald klang verärgert.

»Dass Sie ein guter Tüftler sind und letzte Nacht lediglich ein Abbild von Ihnen zu sehen war«, merkte Tischler an.

»Respekt, dass Sie diese 3D-Holoportation schon beherrschen, dafür reicht die HoloLens nicht aus, da brauchen Sie noch jede Menge Kameras«, fuhr Mangel fort.

»Die wir alle bei Ihnen gefunden haben. Sie hatten noch keine Zeit, das Equipment wieder loszuwerden.«

»Das beweist doch gar nichts.« Brunwald atmete schwerer und begann zu schwitzen.

»Na, das Alibi ist damit zumindest pulverisiert. Aber wissen Sie, was Sie verraten hat?« Tischler blickte ihn durchdringend an.

»Nein, aber ich fürchte, Sie sagen es mir gleich«, sagte der Programmierer mit erstickter Stimme.

»Der erste Fehler war ihre Bemerkung, dass das Wort von Weisberger beziehungsweise er selbst keinen Pfifferling wert war. Dabei grinsten Sie. Wieso, fragte ich mich. Weil es doppeldeutig war und einer gewissen Ironie nicht entbehrte. Denn Weisgerber hatte als Henkersmahlzeit Pfifferlinge.«

»Oder Reherl, wie wir in Bayern sagen«, warf Mangel ein.

»Sie mussten also im Büro gewesen sein, um das zu wissen.«

»Ach, das glaubt Ihnen doch kein Mensch.« Brunwald machte eine wegwerfende Handbewegung.

»Oh doch, denn Sie haben einen zweiten Fehler gemacht. Um 23 Uhr 11, rund eine halbe Stunde nach dem Mord, haben Sie eine Flasche Red

Bull Vodka getrunken. Dank Ihres mitteilsamen Kühlschranks können wir das genau beweisen. Es war heute nur noch eine Flasche drin.«

»Aber die könnte auch Martin getrunken haben«, wandte der Programmierer ein.

»Nein, der wollte trocken werden und nahm deshalb Antabus. Das hilft einem beim Alkoholentzug. Trinkt man auch nur einen Schluck Bier, so geht es einem schlagartig richtig dreckig. Da schluckt der stärkste Bulle keinen Wodka«, bemerkte Tischler süffisant. »Nach dem Mord waren Sie noch im Büro, um von Weisgerbers Computer alle Hinweise auf die Firmenspaltung zu löschen. Aber wissen Sie, wir haben auch IT-Spezialisten – ganz real in 3D. Und die haben die Daten allesamt wiederhergestellt.«

»Sie haben alles von langer Hand geplant«, fuhr Mangel fort. »Erst haben Sie den Bolzen aus Kassierskys Wohnung gegen einen neuen ausgetauscht, dann haben Sie ihm anonym gesteckt, dass seine Freundin mit Weisgerber schläft und gestern haben Sie zugeschlagen, nachdem Ihr letzter Versuch gescheitert war, die Katastrophe abzuwenden.«

»Ach, und welche Katastrophe wäre das gewesen?« Brunwald blickte die beiden giftig an.

»Die Aufspaltung der Firma, die Weisgerber vorantrieb. Er und Kassiersky hätten sich das rentable HoloGame geschnappt und Sie mit HoloM abgespeist«, erklärte Tischler.

»Dabei steht Ihnen das Wasser noch bis zum Hals von Ihrer letzten Firmenpleite. SoftMice, davon sind Ihnen eine Kappe, ein T-Shirt und jede Menge Schulden geblieben«, ergänzte wiederum Mangel.

»Teure Wohnung, Porsche, das Luxusweibchen, alles wäre weg gewesen. Also musste der eine Partner sterben und der andere sollte ins Gefängnis wandern. Und Sie könnten alles absahnen.«

Brunwald wurde rot im Gesicht. Allein der Gedanke an seine Ausbootung machte ihn rasend. »Weisgerber, dieses Schwein. Er hat uns mit seinen Verträgen übers Ohr gehauen. Mit Oleg konnte er machen, was er wollte, der ist ja der absolute Nerd, fast schon autistisch. Aber mit mir nicht. Also hat er mich ausgebootet. Dieser Drecksack hat nur bekommen, was er verdient hat.«

Tischler winkte zwei Wachpolizisten, die sich im Hintergrund hielten. Brunwald ließ sich ohne Gegenwehr die Handschellen anlegen und stieg in den Streifenwagen.

»Und was machen wir mit dem angebrochenen Abend?«, fragte Mangel. »Ich hätte Hunger.«

»Dann lass uns was essen«, entgegnete die ebenfalls hungrige Kommissarin. »Weißt du was, ich habe bei dem Fall Lust auf Pilze bekommen.«

»Naa«, widersprach Mangel in tiefstem Niederbayerisch und verzog das Gesicht. »Doch koane Pilze.«

»Wieso nicht? Es ist gerade die richtige Jahreszeit.«

»Weil mia in Bayern san. Mia essen koane Pilze, sondern Schwammerl.«

REHERL MIT EI

ZUTATEN

1 kg Reherl (Pfifferlinge, Eierschwammerl)
3 Eier
1 Zwiebel
100 g Butterschmalz
Petersilie, Salz, Pfeffer

ZUBEREITUNG

Die Schwammerl putzen und in Salzwasser eine Viertelstunde kochen, in einem Sieb abtropfen lassen. In der Pfanne das Schmalz erhitzen und die kleingehackte Zwiebel anschmelzen, bis sie goldbraun ist. Dann die Reherl dazugeben und gut durchbraten. Die Eier mit Salz und Pfeffer verrühren und über die Schwammerl gießen. Die Masse braten, bis das Ei fest geworden ist. Mit Petersilie bestreuen.

Plopp
Ursula Hahnenberg

Seit zehn Jahren das gleiche Spiel: Am ersten Freitag im Oktober kommt einer in die Werkstatt und stellt sich als Herr Schnitter vor.

Justus Schnitter diesmal. Blutjung ist er, der Abdruck der Schulbank zeichnet sich noch an seinem Hintern ab. Ungefähr um zwei am Nachmittag klingelt die Glocke von der Werkstatttür und er steht da. Einen Kommunionsanzug hat er an. Ganz unauffällig. Ich mein, wer geht am Freitagnachmittag in eine Schreinerei und will ein Möbelstück bestellen. Im Kommunionsanzug.

Im Lehel gibt es nicht mehr viele Schreinereien, eigentlich keine außer meiner. Du musst schon wissen, dass ich da im Hinterhof in der Paradiesstraße meine Werkstatt hab, sonst findest du es nicht. Das Lehel ist mitten in der Stadt und doch ist es da ruhig, die Paradiesstraße verbindet die Isar und den Englischen Garten. Und ich mach nur noch ein paar Sachen, Kasterl mach ich noch, Schrankerl und mal eine Garderobe. Sowas. In die Werkstatt verirrt sich kaum ein Kunde. Kleine Schreinerarbeiten braucht keiner mehr. Nur noch ein paar Nostalgiker mit zu viel Geld. Wenigstens davon gibt es im Lehel genug. Die Stadt hat sich verändert, im Lehel sind die Häuser renoviert worden. Meine alte Wirtschaft ist weg, essen gehen kann man schon noch, gut sogar, aber dazu braucht man einen Monatslohn. Und einen Kommunionsanzug. Und die Restaurants heißen nicht mehr ›Zum Huterer‹ oder so, sondern ›Bistro Windrose‹ und dabei ist es ein edler Italiener.

Na ja, ich bin ja auch nicht mehr der Jüngste. Obwohl, und das versteh ich selber nicht, in den letzten zehn Jahren fühlt es sich an, als wär ich nicht mehr älter geworden. Als wär ich immer noch achtundsechzig.

Manchmal hab ich mir schon gewünscht, dass sie einen Schnitter schicken täten, der sich auskennt.

Aber wie gesagt, es ist der erste Freitag im Oktober und ich hab schon auf den Besuch gewartet. Und da steht er ja.

»Äh«, sagt er. »Sind Sie der Schreinermeister?«

Schon wieder so ein Anfänger, so wird das nie was. Ich schau an meinem Arbeitskittel herunter und leg den Hobel aus der Hand.

»Naa, Fliesenleger.«

Das bartlose Gesicht des Bürscherls nimmt einen verwirrten Gesichtsausdruck an. Er dreht sich zur Tür und will wieder gehen. Warum kapieren die nie was? Ich muss ihn aufhalten.

»O mei. Ich hab einen Spaß gmacht. Seh ich aus wie ein Fliesenleger?«

Der Bengel mustert mich nachdenklich. Wahrscheinlich hat er bisher weder einen Fliesenleger noch einen Schreiner aus der Nähe gesehen. Seine Blödheit macht mich ein bisserl traurig. Und trotzig.

»Was willst denn?«, schnauz ich ihn an und lass ihn nicht aus den Augen. Weglaufen soll er ja nicht. Vielleicht jagt er mir gleich so einen Schreck ein, dass ich endlich einen Herzinfarkt krieg. Ich starr ihn an, er starrt zurück. Die Werkstattuhr tickt.

Tick.

Tack.

Tick.

Tack.

Mit einer blitzschnellen Bewegung zaubert er hinter seinem Rücken einen Korb hervor. Ein kariertes Tuch bedeckt etwas darin. Ich atme aus. Hat er den Korb dem verdammten Rotkäppchen gestohlen?

»Wie gesagt, mein Name ist Justus Schnitter von der Firma Mors & Co. KG. Ich habe hier einen wunderbaren Präsentkorb für Sie, den ich abliefern soll.« Er strahlt mich an. Vertrauensselig. Sein Kommunionsanzug ist ihm ein bisserl zu groß.

»Einen Geschenkkorb? Ich hab nichts bestellt.«

»Mein Auftraggeber von der Firma Mors & Co. KG möchte Ihnen dieses Präsent für Ihre langjährigen Leistungen im Bereich Ihres handwerklichen Geschicks überreichen.« Er zögert kurz und zieht den Rotz in seiner Nase hoch. »Es ist eine Überraschung.«

Das Bürscherl hat seinen Spruch aufgesagt, jetzt ist es an mir. Aber ich mag ihm nicht helfen.

»Ich hab keine Überraschung bestellt.« Ich verschränke die Arme und warte.

Der Justus Schnitter enttäuscht mich nicht. Er stottert.

»Aber …, aber …«

»Ich versteh nicht, warum mir jemand was schenken sollte. Keiner tut das ohne Hintergedanken. Wollens mir was verkaufen?«

Owei. Schon wieder steht er mit dem Rücken zur Wand. Das kann ich deutlich an seinem Pickelgesicht ablesen. Ein paar Wimmerl leuchten hellrot auf.

Nur einmal möcht ich mit einem Profi zu tun haben. Nur ein einziges Mal!

Vor zehn Jahren, wie ich den ersten Besuch von einem Herrn Schnitter, Adrian Schnitter, bekommen hab, ist es ganz ähnlich abgelaufen. Er ist reingekommen, hat überheblich gegrinst und mir irgendeinen Schmarrn erzählt, dass mir fast eine Bladern am Ohr gewachsen wär. Und wie er so geredet hat, da hat aus dem Nichts der schwere Werkzeugschrank zum Wackeln angefangen und ist pfeilgrad umgekippt. Genau da, wo ich grad noch gestanden bin.

Allerdings hat kurz vorher das Werkstatttelefon geklingelt und ich wollt abheben. Deshalb bin ich zwei Schritte nach rechts gegangen und dann ist der Schrank niedergesaust. Mit dem Hörer in der Hand bin ich dagestanden und hab den Mund nicht mehr zugekriegt. Sagen hab ich eh nichts können. Von meinem jungen Gast haben nur noch die Füße unter dem Schrank rausgeschaut. Und ein Buch, das ihm runtergefallen ist. Und wie ich so auf die Schuhe vom Herr Schnitter geschaut hab, waren die Latschen plötzlich weg. PLOPP!

Irgendwie ist mir komisch geworden. Aber immerhin ist es mir besser gegangen als meinem Schrank, der ist nämlich auf dem Boden gelegen und war recht demoliert. Viel Platz für mich wär nicht gewesen unter ihm. Mit der Hand hab ich mir über den Bierbauch gestrichen. Ich war ja froh, dass ich ihn noch gehabt hab, den Bauch.

Ich hab natürlich erst das Buch aufgehoben, um den Schrank hab ich mich später gekümmert. Das Buch hat gekribbelt in meiner Hand und ich hab richtig mit mir kämpfen müssen. Einerseits war ich neugierig, andererseits wollte ich mit einem Mal das Buch ganz dringend wieder loswerden. Der Drang ist stärker geworden, immer stärker, und dann hab ich es auf den Tisch werfen müssen. Da hat das Brennen und Kribbeln in meinen Fingern endlich nachgelassen. Aber die Neugier war noch immer da.

Also hab ich mit einem Bleistift den Buchdeckel vorsichtig aufgeklappt und reingeschaut.

Es ist nix drin gestanden. Nix, was ich lesen hätt können. Nur ein Datum. Und ein Name. Das heutige Datum und mein Name. Aber sonst nix. Und je länger ich hingeschaut hab, desto mehr ist das Datum unter meinem Namen wieder verblasst. Nach einer Viertelstunde war es weg. Da war mir auch nicht weniger komisch als vorher. Ich hab das Buch mit dem Bleistift zugemacht, mit einer Zange hinauf in die Wohnung getragen und in die unterste Schublade vom Wäscheschrank geschoben.

Danach hab ich den Werkzeugschrank an der Wand festgeschraubt und gewartet, ob noch einmal so ein Herr Schnitter auftaucht. Es ist aber niemand gekommen.

Bis zum ersten Freitag im Oktober im nächsten Jahr.

Ich hab grad den Semmelschmarren in den Ofen geschoben. Weil ich nur noch für mich allein bin, bereit ich mir oft in der Küche das Essen vor und nehm es mir mit runter in die Werkstatt. Da bin ich lieber, weil da doch immerhin ab und zu einer vorbeikommt. Oder man sieht aus dem Fenster über den Hof hinweg, wie jemand an der Straße vorbeigeht. Von der Wohnung aus sieht man nur andere Fenster und da sind die Vorhänge immer zu.

Ich hab an dem Tag grad die Temperatur am Ofen eingestellt, als es geklingelt hat.

»Grüß Gott, Herr Schreiner!«

Ich bin aufgestanden und hab mich umgedreht. Es passiert wirklich nicht oft, dass ich erklären muss, dass ich Schreiner bin und nicht so heiße. Als ich gesehen hab, wer da war, hat es mich aber nicht mehr gewundert. Ein junger Mann in einem schwarzen Anzug, der ihm viel zu groß gewesen ist. Rote Haare und mehr Sommersprossen im Gesicht als Sägespäne auf dem Werkstattboden herumliegen.

»Mein Name ist Benjamin Schnitter von der Mors & Co. KG.«

Ich hab genickt und gesehen, dass er einen Werkzeugkoffer dabei gehabt hat. In dem Koffer waren Sägescheiben für die Kreissäge. Und weil ich wirklich mal wieder eine neue hätt brauchen können, hab ich sie mir angeschaut, seine Scheiben. Er hat sie sogar vorführen wollen, in meiner Kreissäge. Also sind wir in die Werkstatt runtergegangen. Er hat mir die Scheibe gegeben, ich hab sie eingesetzt und dann hat er noch einmal nachkontrolliert, ob ich alles richtig gemacht hab. Kann man schon machen, wenn der andere 55 Jahre Schreiner ist.

Ich hab die Kreissäge angeschaltet. Aber scheinbar war seine Verkäufererfahrung doch nicht so gut wie meine Schreinererfahrung, weil das Sägeblatt hat sich gedreht und gedreht, und wie es die richtige Geschwindigkeit gehabt hat, hat es sich aus der Maschine losgerissen und ist quer durch die Luft geflogen. Wenn jetzt nicht das rothaarige Bürscherl, sondern ich vor der Maschine gestanden hätt, dann wär es anders ausgegangen.

So hab ich mich, noch während das Sägeblatt in der Luft war, gefragt, wie ich wohl das ganze Blut aus der Werkstatt krieg. Aber das hätt ich mir sparen können. Kaum hat das Sägeblatt den Hals vom Benjamin Schnitter berührt, hat sich der mit einem PLOPP verabschiedet. Einen Schepperer hat es getan, als die Metallscheibe auf den Werkstattboden gefallen ist.

Ich hab also mein altes Sägeblatt wieder eingespannt und bin ganz froh gewesen, dass nicht so viel zum Aufräumen gewesen ist. Und der Semmelschmarrn war auch gerade fertig.

Im nächsten Jahr hat mir der Christopher Schnitter ein Haustier verkaufen wollen, ein Reptil, ein langes. Aber bevor er es mir richtig zeigen hat können, hat es ihn in die Hand gebissen gehabt. PLOPP. Und im Jahr darauf hat Dennis Schnitter sich an einem Riesenfass mit Lauge abgeschleppt, weil ich ja einen Vorrat brauchen tät. Wie man bloß so blöd stolpern kann? PLOPP.

Emil Schnitter.

PLOPP.

Fabian Schnitter.

PLOPP.

Gotthelf Schnitter.

PLOPP.

Hein Schnitter.

PLOPP.

Ingolf Schnitter.

PLOPP.

In jedem Jahr hab ich mir, nachdem der Besuch verschwunden war, das Buch noch einmal angeschaut. Mein Name ist immer gleich darin gestanden. Nur das Datum, das hat sich geändert. Es ist immer ein neues dagestanden. Immer das vom ersten Freitag im Oktober. Und wenn der jeweilige Herr Schnitter wieder weg war, ist es wieder verschwunden.

Meine Einstellung zu den Herren Schnitter hat sich inzwischen geändert. Meine Spezln, die sind in den letzten zehn Jahren alle alt geworden und gestorben. Der Ferdi hat sogar einen Unfall gehabt. Der Fahrzeugheber hat versagt, als er unter einem von diesen neumodischen SUVs gelegen ist. Sauschwer sind die.

Nur ich bin immer noch da. Am Anfang hat mir das gefallen, dass ich nicht mehr krank geworden bin und dass mir nichts mehr weh getan hat. Aber wenn man seine Freunde nur noch auf dem Friedhof besuchen kann …

Alle sind sie verräumt.

Nur ich nicht.

Der Justus Schnitter steht immer noch da in seinem Kommunionsanzug mit dem Korb vom Rotkäppchen unterm Arm. Mit einem Mal fühl ich mich so müde, dass ich auf der Stelle einschlafen könnt. Aber ich zwing mich, wachzubleiben. Es hilft ja nichts. Justus Schnitter schaut nicht so aus, als hätt er für fünf Pfennig mehr Verstand als seine Vorgänger.

»Was haben Sie mir denn mitgebracht?«

Er reicht mir den Korb herüber. Mit spitzen Fingern ziehe ich das karierte Tuch weg und sehe … Äpfel. Ich hab mich wohl im Märchen geirrt. Dabei schau ich gar nicht aus wie Schneewittchen.

»Oh, Äpfel.« Ich räuspere mich. »Was für ein einfallsreiches Geschenk an einem so schönen Herbsttag.«

»Wollen Sie nicht gleich einen probieren?« Er greift in den Korb und hält mir ein rotbäckiges Exemplar unter die Nase. Riecht ganz normal. Aber ich muss wissen, ob alle geeignet sind.

»Ich mach mir heute einen Semmelschmarren. Da kommen die Äpfel grad recht.« Ich pack ihn beim Arm und nehm ihn mit rauf in die Wohnung. In der Küche setz ich ihn an den Tisch und drück ihm ein Obstmesser in die Hand. Äpfelschälen darf er jetzt. Ich schäl auch einen und schneid ihn klein, aber einen, den ich vorher schon gehabt hab. Ich steck mir ein Achtel in den Mund und schau ihn an. Er ist so mit Eifer bei der Arbeit, dass er gar nicht merkt, was er tut. Er isst auch einen Schnitz.

PLOPP.

Ich tu die Apfelschnitze in die Auflaufform, die eingelegten Semmeln drauf und ab in den Ofen. Dann geh ich in die Werkstatt runter. Die Ofenhandschuh hab ich noch an, deswegen tut das Buch mir nichts, als ich es hochheb und mit in die Küche nehm. Da leg ich es auf den Tisch.

Mit einem spitzen Bleistift schreib ich das heutige Datum hinein, so fest, dass es nicht mehr verschwinden kann.

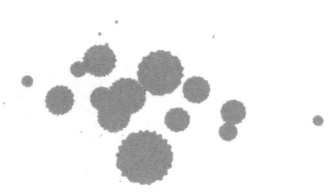

SEMMELSCHMARRN

ZUTATEN

4 alte Semmeln (weißes Baguette oder Knödelbrot geht auch)
ca. $^3/_8$ l Milch
2 Eier
Vanillezucker
Zucker
Salz
Butter
4 Äpfel

ZUBEREITUNG

Semmeln in Scheiben schneiden. In eine Schüssel geben. Milch mit Eiern, einer Prise Salz und einem
Teelöffel Vanillezucker verquirlen. Die Mischung über die Semmeln gießen, durchrühren und ziehen
lassen. Backofen auf 180 °C vorheizen.
In der Zwischenzeit die Äpfel schälen und in dünne Scheiben hobeln. Eine Auflaufform buttern.
Die Apfelscheiben hineinschichten. Mit Zucker bestreuen. Dann die Semmelteigmischung darüber
verteilen. Im Backofen ca. 20 min goldbraun backen. Warm anrichten und nach Wunsch Vanillesoße
dazu genießen.

Wahnmochinger Putzstunde
Nicole Neubauer

Es gab einen Blaulichtgott der Feuerwehrleute, Sanitäter, Nachtschwestern und Polizisten. Er war kein gütiger Gott. Seine Spezialität waren Nachtschichten, Tiefschlafphasen und warme Mahlzeiten. In dieser Nacht wollte er spielen. Auf der Münchner Freiheit erblickte er ein geeignetes Opfer. In Bereitschaft, nach einem Sack voll Überstunden auf dem Heimweg und vor allem: hungrig.

Kommissar Waechter stand am grün beleuchteten Glaskiosk, der auf den sperrigen Namen ›Deubl Glass Cube‹ hörte, aber in ganz Schwabing nur ›der Würfel‹ genannt wurde. »Einen Kaffee, schwarz«, sagte er. Er brauchte noch einen Kaffee, um überhaupt müde zu werden. »Was habts ihr noch zum Essen?«

»Eine Leberkässemmel hätt ich noch«, sagte der Student, der die Nachtschicht schob. »Aber kalt.«

»Macht nix, ich krieg sie selten warm«, sagte Waechter mit einem Blick nach oben. »Als ob jemand was dagegen hätte.«

Der Student schob die nächtlichen Schätze über die Theke. Voller Vorfreude atmete Waechter den Duft von Senf ein und machte den Mund auf. Das war der Moment des Blaulichtgotts.

In einer Seitenstraße klirrte eine Scheibe. Eine Alarmanlage heulte auf. Waechter klappte den Mund wieder zu. Sollte er so tun, als hätte er das nicht gehört? Es half alles nichts. Er war Polizeibeamter und ein paar Meter entfernt gab es Randale. Mit einem Knurren wickelte Waechter die Semmel wieder ein, steckte sie in die Manteltasche und ging in Richtung des Alarms. Auf den letzten Metern rannte er. Doch die Straße lag still vor ihm und er sah nur noch Scherben.

Eine Stunde später stand er immer noch auf dem Bürgersteig, Glassplitter knirschten unter seinen Fußsohlen und zwei Streifenbesatzungen taten ihren Dienst. Das zerstörte Schaufenster gehörte zu einer alteingesessenen Kunsthandlung in der Feilitzschstraße. Waechter kannte das Geschäft, er kannte hier alle Geschäfte. Der Galeriebesitzer stand mit der Hand vor dem Mund vor seiner zerstörten Auslage.

»Es ist wirklich nichts weggekommen außer dem einen Gemälde«, sagte er. »Kasse, Wertsachen, andere Originale, die wesentlich mehr wert sind – nichts. Nur dieses eine Bild.«

»Über welche Größe reden wir?«

»Zwei Meter achtzig.«

Waechter pfiff durch die Zähne. »Das schleppt man nicht unterm Arm davon«, sagte er.

Vielleicht waren die Täter gestört worden. Heutzutage gingen die Banden professionell vor. Zwei brachen ein, rannten eine Ecke weiter und übergaben die Beute an Läufer. Aber so überfiel man Juweliere, deren Beute man in die Taschen stecken konnte. Der ganze Plan funktionierte nicht mehr mit einem drei Meter langen Ölschinken.

»Was war das Bild wert?«, fragte Waechter. Von Kunst hatte er keine Ahnung, in seiner Wohnung hingen nur die Kreuzstichbilder seiner Mutter.

»Wir sind noch gar nicht dazu gekommen, es zu katalogisieren. Es ist … war … erst seit gestern bei uns. Es hat ein paar Jahre lang in einem Lokal gehangen, hat einige Male den Besitzer gewechselt und ist dann verschollen. Vor kurzem ist das Bild bei Umbauarbeiten im Keller einer Brauereigaststätte wieder aufgetaucht. Die hätten es fast weggeworfen, stellen Sie sich vor. Der ideelle Wert des Bildes ist unschätzbar«, sagte der Galerist. »Es ist nicht nur eine Ansicht von Schwabing. Es ist sozusagen das Schwabinger Gemälde.«

Ein Besen puschelte um Waechters Schuhe. Ein Beamter fegte demonstrativ die Glassplitter um ihn herum weg. »Danke nochmal für die Erstversorgung, Herr Kollege, wir brauchen Sie dann eigentlich nicht mehr. Wir übergeben das morgen ans Fachkommissariat. Schönen Feierabend.«

Waechter pflanzte seine Füße in den Boden. »Ich hab noch was zu reden mit dem Herrn. Von Nachbar zu Nachbar.« Jetzt, wo es interessant wurde. Das Schwabinger Gemälde. Seine Wahlheimat. »Können Sie das Bild beschreiben?«, fragte er den Galeriebesitzer.

»Ich kann es Ihnen sogar zeigen. Im Laden haben wir eine kleinere Kopie.«

Unter den finsteren Blicken der Kollegen gingen sie ins Hinterzimmer. Der Galerist stellte eine Leinwand auf eine Staffelei und schaltete einen Strahler an.

Waechter beugte sich über das Gemälde. Das waren seine Straßen, ohne Zweifel. Altschwabing nach einer Zeitreise in die Sechzger Jahre. Vor seiner Zeit. Um den Wedekindplatz tanzten die Häuser unter einem schwarzen Himmel, der Asphalt war von goldenem Licht geflutet. In einem Atelier posierte ein barbusiges Fabelwesen mit Teufelshörnern. An den Fassaden leuchteten die Reklamen der Lokale. Dort, wo heute das Vereinsheim und das Lustspielhaus waren, lockten die Badewanne, die Schwabinger 7, die Seerose, die Gisela, deren betrunkene Laterne heute auf dem Wedekindplatz stand. In einer Seitenstraße fielen menschliche Schatten auf den Bürgersteig. Wahnmoching, so hatte die Gräfin zu Reventlow Schwabing genannt.

»Es ist keine exakte Kopie, nur nach einem schlechten Foto.«

»Wann genau ist das Original gemalt worden?«, fragte Waechter.

»1962.«

»Und die Kopie stand schon länger im Fenster als das Original?«

»Wir verkaufen immer mal wieder Kopien davon. Das Motiv ist sehr beliebt.«

Das Original war nach nur vierundzwanzig Stunden im Schaufenster gestohlen worden. Für den Dieb musste es mehr als ideellen Wert gehabt haben. »Warten Sie mal«, sagte Waechter und kratzte sich am Kinn. Er hatte das Bild schon einmal im großen Format gesehen. Schwabing, 1962. Langsam kamen die Erinnerungen zurück. Nicht seine eigenen, im Jahr 1962 war er noch in der Brennsuppe geschwommen.

Aber vor ein paar Jahren war er ›Pate‹ gewesen. In regelmäßigen Abständen knallte ihnen der Chef Altfälle auf den Schreibtisch. Nie gelöste Morde, die noch einmal mit einem frischen Blick und moderner Kriminaltechnik bearbeitet werden sollten. Fanny Menzel war im August 1962, in einer lauen Wahnmochinger Sommernacht, durch einen Stich in die Halsschlagader getötet worden. Sie starb im Krankenhaus und hinterließ ein zweijähriges Kind. Weder von der Tatwaffe noch vom Mörder gab es eine Spur.

Waechter war Pate im Fall Fanny Menzel geworden. Und hatte noch einmal versagt.

»Ich kenne das Bild«, sagte Waechter. »Ich weiß, wo ein Abdruck davon hängt. In großem Format. Aber irgendwas …« Er tippte mit dem Finger auf die Leinwand. »Irgendwas war darauf anders.«

»Wie gesagt, es ist keine exakte Kopie.«

»Schauen wir mal, ob wir eine bessere finden. Entschuldigen Sie mich einen Moment.« Waechter wandte sich ab und wählte die Nummer von Dorothea Menzel.

Nur zehn Minuten später hielt ein sportlicher Alfa Romeo im Halteverbot. Eine Frau mit Ballerinafigur schwang ihre Beine heraus. Ihr altersloses Gesicht war akkurat geschminkt, ihr Dutt changierte zwischen weiß und weißblond.

»Frau Menzel.« Waechter ging auf sie zu und schüttelte ihre zarte Hand mit beiden Pranken. »Danke, dass Sie um diese Zeit kommen konnten.«

»Ich habe doch Ihnen zu danken, Herr Waechter. Es ist schön, dass Sie im Fall meiner Mutter nicht aufgeben.«

»Haben Sie es dabei?«

»Ich muss schon sagen, Ihre Bitte war ein bisserl ungewöhnlich.« Die Frau ging zum Kofferraum und holte eine Papierrolle vom Rücksitz. Auf einem Schneidetisch im Hinterzimmer der Galerie breiteten sie es aus. Die tanzenden Häuser kamen zum Vorschein, und nun konnte Waechter auch Einzelheiten erkennen. Die Kirche St. Sylvester im Hintergrund, die Eule im Nachthimmel, Rücklichter auf der fernen Leopoldstraße.

»Erstaunlich«, sagte der Galerist. »Wenn wir gewusst hätten, dass es noch diesen Nachdruck gibt. Das ist ein Geschenk.« Er suchte mit einer großen Lupe die Details ab.

»Seien Sie vorsichtig«, sagte Doro Menzel. »Es ist die letzte Erinnerung an meine Mutter.«

»Hat sie es Ihnen vererbt?«, fragte Waechter.

»Sie ist auf dem Bild drauf.«

Waechter riss dem anderen Mann die Lupe aus der Hand. »Wo?«

Doro Menzel zeigte auf den kleinen schwarzen Fleck, der auf der Kopie wie Schatten ausgesehen hatte. Jetzt konnte man deutlich zwei Menschen erkennen, ein Mann, der den Arm um eine Frau gelegt hatte. Die Silhouetten taumelten wie betrunken. Der Mann trug einen Piratenhut und einen Haken am Ärmel, die Haare der Frau leuchteten hell im Licht der Straßenlaternen.

»Ist sie das?«, fragte Waechter und deutete auf die blonde Frau.

»Ja.«

»Und wer ist der Mann?«

»Einer von vielen. Meine Mutter war in der Künstlerszene unterwegs, hatte einige Liebhaber. Auch den Maler des Bildes.«

»Kann man den Maler …«

»Er ist 1965 verstorben«, mischte sich der Galerist ein. »Tut mir leid.«

Der Einsatzleiter steckte den Kopf durch die Tür. »Sie sind ja immer noch da. Da können Sie sich auch nützlich machen. Wir müssen noch bei den Nachtschwärmern rumfragen. Welche Kneipen haben um die Zeit noch offen?«

»Schwabinger 7 und Hopfendolde« sagte Waechter etwas zu schnell.

»Dann klappern wir die Schwabinger 7 nach Zeugen ab, Sie können die Hopfendolde übernehmen. Wenn Sie sich schon so gut auskennen, Herr Nachbar.«

Waechter hätte sich noch zu gern weiter mit Doro Menzel unterhalten. Aber da er schon mal seinen Fuß in der Tür der Ermittlung hatte, salutierte er an einer unsichtbaren Militärmütze und tat seine Pflicht.

Das geräumige Pub lag gegenüber der Galerie. Die Anwesenheit der Polizei hatte alle Raucher nach drinnen vertrieben. Dort lief Sky Sport auf zwei Großbildschirmen über dem Tresen, aus den Boxen hämmerte Musik, ein paar aufgekratzte Briten bevölkerten die Bar.

Der Wirt kam mit ausgebreiteten Armen auf Waechter zu. »Servus. Was machen die Gebrauchtwagen?«

»Dreier-BMWs gehen immer gut«, sagte Waechter. In Schwabing brauchte keiner wissen, dass er einer von der *Schmier* war. Irgendwann musste er ja auch mal Feierabend machen.

»Eine Halbe für dich?«

»Ich such bloß jemanden. Hast du was vom Einbruch in der Galerie mitgekriegt?«

Mit einem feinen Lächeln schüttelte der Wirt den Kopf. »Ist was weggekommen?«

»Ein Ölgemälde. Fast Drei Meter lang.«

»Das Monster, das seit gestern im Schaufenster hing?«

»Ich interessier mich dafür.«

»Seit wann machst du in Kunsthandel?«

»Ich suche jemanden, der seine Rechnungen nicht bezahlt.«

»Wenn das so ist – ich hör mich um. Und ich sag Bescheid, wenn jemand mit einem drei Meter langen Ölschinken an mir vorbeiläuft. Doch keine Halbe?«

Waechter schüttelte bedauernd den Kopf. »Weißt du was über das Bild?«

Der Wirt zuckte mit den Schultern. »Das war vor meiner Zeit. Aber der Waldemar könnte was aus der Zeit wissen.«

»Der Unterführungs-Waldemar?«

»Genau der.«

Waechter schlug seinen Kragen hoch und machte sich auf den Weg zur schlimmsten Unterführung Schwabings. Dort hatten sogar die Graffiti Graffiti.

Der Fußweg in der kühlen Luft ließ immer mehr Details des Falls Fanny Menzel aus seinem Gehirn purzeln. Waechter hatte sich damals noch einmal auf den Hauptverdächtigen konzentriert. Jan Bergkamp, Geschäftsführer bei einer Kaffeeplantage und Vater von Fannys Kind. 1960 nach Kolumbien ausgewandert. Waechter hatte alle noch lebenden Zeugen befragt, und die sagten aus, dass Bergkamp zum Tatzeitpunkt in Kolumbien gewesen war. Sie bestätigten alle wie Automaten sein Alibi oder legten einfach auf. Bergkamp selbst lebte seit seinem Ruhestand wieder in München. Zu den Vorhaltungen Waechters hatte er gelächelt. Und geschwiegen.

Alle Indizien hatten zu Bergkamp geführt. Waechter hätte nur noch einen kleinen Hinweis gebraucht, um die Zeugen ins Wanken zu bringen und den Fall völlig neu aufzurollen. Nur noch einen Funken. In dieser Nacht war er dem Funken nahe, das spürte er, und das Paar auf dem Bild hatte etwas damit zu tun.

Im Halbdunkel des Fußgängertunnels lagen drei Gestalten in Schlafsäcke eingewickelt wie in Kokons. Waechter steuerte zielsicher den mittleren Schläfer an und rüttelte ihn sanft. »Waldi, wach auf.«

Der weiße Schopf, der den Schlafsack wie ein Stöpsel verschloss, verschwand und ein bärtiges Männergesicht poppte aus der Öffnung, wettergegerbt und freundlich wie der Alm-Öhi.

Ohne Höflichkeitsfloskeln hielt ihm Waechter sein Smartphone mit dem Foto des Gemäldes vor die Nase. »Kennst es noch, Waldi?«

Auf dem Gesicht des Alten breitete sich ein runzliges Grinsen aus. »Mei, die Schwabinger Gisela. Is des schee.«

Waechter vergrößerte den Ausschnitt mit dem taumelnden Paar. »Und weißt du auch, wer das ist?«

»Schaut aus wie der Pirat«, sagte Waldemar. »Und die Menzel Fanny. Was aus der wohl geworden ist?«

»Die ist tot«, sagte Waechter mit der Sensibilität eines Tiefladers. »Erzähl mir was vom Piraten.«

»Ach der. Der hat immer mit seinen Seemannsgeschichten angegeben. Wo er überall hingefahren wär, wie es ihm beim Sturm mit dem Großsegel die Hand abgerissen hätt. Dabei war alles gelogen. Der war Handelskaufmann und ist nie woanders hingekommen als nach Kolumbien. Und die Hand hat er im Krieg verloren.« Waldemar richtete sich ein bisschen auf, die Erinnerungen schienen auf ihn zu wirken wie Kaffee. »Der hat immer gelogen. Einfach so. Auch wenns ihm nichts brachte. Der konnte nicht anders. Auch bei der Menzel Fanny. Um die tuts mir leid und um ihr kleines Bopperl. Kind machen und sich dann wieder nach Kolumbien verziehen. Nur damit er keinen Unterhalt zahlen muss. Ein sauberer Piratenkapitän ist das.«

»Kolumbien, sagst du?«

»Der hat was mit Schokolade oder Kaffee gemacht. Irgendein dreckiges Geschäft.«

»Apropos Kaffee: Brauchst a bisserl Geld für die Kaffeekasse?«

»Immer.«

Waechter drückte ihm ein paar Scheine in die Hand.

»Mit mir ist ja nimmer viel los, siehst ja.« Waldemar wies auf den stinkenden Fußgängertunnel. »Wie der kleine Weihnachtsbaum aus dem Märchen: *Vorbei, Vorbei, Vorbei*. Aber weißt Du …« Der Alte beugte sich vor, bis Waechter das Restbier in seinem Atem riechen konnte. »Ich bin schon lang Buddhist. Ich glaub an Wiedergeburt. Mein Karma hab ich halbwegs sauber gehalten. Und deswegen glaub ich, dass das hier nur die Vorbereitungsphase fürs nächste Leben ist. Die Putzstunde. Was meinst du?«

»Putzstunde.« Waechter dachte an seine zugemüllte Wohnung und lächelte. »Würd bei mir ein bisserl länger dauern. Aber vielleicht sehen wir uns im nächsten Leben. Als Tempeltänzerin oder Holzwurm. Habe die Ehre und vergelts Gott.«

In immer schnelleren Schritten ging Waechter zur Galerie zurück. Er war Bergkamp selbst gegenübergesessen, hatte nicht auf die bleiche Hand geachtet, die reglos im Schoß des Mannes ruhte. Waldemar hatte ihm ein Detail geschenkt, das nicht in der Akte auftauchte: Der Kaufmann Jan Bergkamp, der sich ›der Pirat‹ nannte, hatte nur eine Hand gehabt.

Auf einmal hatte das Gemälde etwas Bedrohliches. Der Mann, der die Schulter der Frau umklammerte, als sei sie sein Eigentum. Der drohend erhobene Haken. Zeigte das Bild einen Mörder im falschen Sommer am falschen Ort? Hatte es deshalb verschwinden müssen?

Vor der Galerie waren alle Glassplitter weggefegt, die Polizeiautos abgezogen. Jetzt wusste er, was ihn die ganze Zeit gestört hatte. Das Knirschen unter seinen Füßen, das Glas auf dem Bürgersteig.

Hätte der Täter die Scheibe von draußen eingeschlagen, hätten die Scherben in den Laden fliegen müssen. Waechter spähte durch die Eingangstür, wo noch Licht herausschien.

Drinnen stand der Besitzer auf einer Leiter und klebte eine große Plane um das Loch in der Scheibe. Waechter lief hinein und musste sich zurückhalten, um den Galeristen nicht am Kragen zu packen. »War das Bild versichert?«

»Äh … nein. Der Kaufvertrag mit der Brauerei war noch nicht mal unterschrieben.« Der Mann stieg vorsichtig herunter und brachte die Leiter zwischen sich und den Polizisten. »Wir haben wirklich nur Verlust damit.«

»Die Scheibe wurde von innen eingeschlagen«, sagte Waechter. »Wer hat alles einen Schlüssel für den Laden?«

»Nur ich und meine Frau«, sagte der Galerist. Dann schlug er sich an die Stirn. »Die Hintertür!«

Er lief voraus, durch mehrere Hinterzimmer in eine winzige muffige Diele mit einer Feuerschutztür am Ende. Waechter konnte im Treppenhaus auf den ersten Blick sehen, dass sie aufgebrochen war. Spuren eines Stemmeisens klafften auf der Seite im Verputz. Waechter schaute nach oben zu den Nachbarstüren. Die Kollegen hatten die Bewohner befragt. Sie waren dafür brav durch die Haustür gegangen und hatten so diesen Ausgang nicht bemerkt.

Eine Tür führte in den Hinterhof. Bei einem eingeschlagenen Schaufenster würde jeder den Dieb auf der Straße suchen. Während der sich mit dem Diebesgut durch die Hinterhöfe davonmachte. Waechter überlegte kurz, ob er Verstärkung rufen sollte, aber die Verstärkung hatte ihm unmissverständlich klargemacht, dass ein Gschaftlhuber von der Mordkommission das Letzte war, was ihnen zur Nachtschicht fehlte.

Er machte die Tür auf, kühle Nachtluft drang ins Haus, es roch nach Mülltonnen und Waschmittel. Seine Augen gewöhnten sich an die Dunkelheit. Er durchsuchte den Hinterhof, schaute in die Nischen zwischen den Müllcontainern, hinter die Müllcontainer, hob die Deckel. Nichts. Keine Spur von einem Dieb oder einem Ölgemälde. Der Hof war eine Sackgasse, keine Tür nach draußen. Waechters Blick ging nach oben. Eine übermannshohe Mauer trennte ihn vom nächsten Hof. Mit einem Sprung zog er sich am Ast einer dürren Hinterhofeiche hoch, machte einen Klimmzug, sprang aufs Tonnenhäuschen und war oben.

Von hier aus konnte er über drei, vier Hinterhöfe schauen wie ein Straßenkater, bis ihm bewusst wurde, dass er da oben eine Zielscheibe war. Er ging in die Hocke. Die Mauerkante war von Moos geschwärzt. Ein paar

Streifen sahen neu aus, wie Kratzer, passten nicht ins Muster. Waechter fuhr mit dem Finger darüber und der Kratzer färbte auf seiner Fingerkuppe ab. Die Farbe roch nach alter Kirche. Firnis.

Er ließ sich herunter und hing einen Moment an den Armen, bevor er wagte, sich in den Nachbarhof fallen zu lassen. So lautlos wie möglich durchsuchte er den Hof. Die Tonnenhäuschen waren zugeschlossen, alle dunklen Ecken sauber. Eine Tür führte auf die Siegesstraße. Er drückte die Klinke hinunter, sie war unversperrt, Motorengeräusch brandete mit der Luft herein. Der Einbrecher konnte die Höfe hier verlassen haben. Aber dann wäre er mit seiner sperrigen Beute wieder auf der Straße gestanden, im Blickfeld aller Passanten.

Was hätte er an Stelle des Diebes getan? Sich in den Nachtstunden in einem Hof versteckt. Die Leinwand vom Rahmen geschnitten und zusammengerollt. Kopf eingezogen, bis ihn keiner mehr suchte. Er hätte weiter den Weg durch die Hinterhöfe genommen.

Waechter suchte die Mauer nach Klettermöglichkeiten ab. Ein Stapel Brennholz lehnte an der Wand. Vorsichtig stieg er hinauf, prüfte jeden Tritt, ob die Scheite unter der Abdeckung ins Rollen kamen, bevor er sich an der Wand hochzog. Mit seinem letzten Tritt löste sich etwas unter ihm, polternd krachte ein Stapel Holzscheite in sich zusammen. Der Rückweg war ihm damit abgeschnitten. Hektischer als er wollte, sprang er auf der anderen Seite herunter. Schmerz zuckte seinen Knöchel hoch wie ein Stromschlag.

Das Hoflicht ging an. Hinter ihm scharrte etwas, ein Geräusch wie Kleidung an Beton. Waechter legte die Hand an die Waffe und presste den Rücken an die Mauer. Dieser Hinterhof war größer als die anderen und bildete ein L um das Hinterhaus. Schuppen versperrten Waechter die Sicht in die Ecke. Nach einer Minute, in der er still stand und nach weiteren Geräuschen lauschte, ging das Licht wieder aus. Ein Klappern. Holz auf Pflaster.

Langsam, damit der Bewegungsmelder nicht wieder ansprang und seinen Standort preisgab, schob sich Waechter an der Wand entlang, der ungefähren Position des Geräuschs nach.

Ein metallisches Schnipsen. Knistern. Ein warmer Schein leuchtete aus der Nische hinter dem Schuppen.

Waechter sprang herum und richtete die Pistole in Richtung des Feuerscheins.

Das Hoflicht ging an und beleuchtete einen Mann, der einen brennenden Zweig hochhielt wie die Freiheitsstatue. Seine Haare waren vielleicht einmal hellblond gewesen, nun waren sie schneeweiß. Zu seinen Füßen lag das Gemälde. »Treten Sie zurück«, sagte Waechter. »Lassen Sie das Bild in Ruhe.«

Bergkamp lächelte und trat einen Schritt zurück. Dabei ließ er die Fackel los. Wie in Zeitlupe segelte der brennende Ast zu Boden, die Ecke der Leinwand fing sofort Feuer. Waechter riss seinen Mantel herunter, warf ihn auf das Bild, um die Flammen zu ersticken. Nur im Augenwinkel nahm er die schnelle Bewegung war. Sein Körper reagierte schneller als sein Gehirn, er fing die Hand ab, bevor sie ihn traf. Metall glänzte viel zu nah an seinem Gesicht. Er versuchte, dem Angreifer die Waffe aus der Hand zu winden, drehte und zerrte, bis er merkte, dass sie wie angewachsen am Arm befestigt war. Direkt aus dem Ärmel wuchs ein Haken. Eine Prothese. In einer Schrecksekunde lockerte er seinen Griff. Bergkamp riss sich los und holte aufs Neue aus. Diesmal war Waechter auf den Angriff vorbereitet, duckte sich unter dem Arm weg, so dass er das Eigengewicht des Angreifers ausnutzen konnte. Bergkamp krachte zu Boden. Waechter kniete sich auf ihn und fixierte die Arme. Handschellen waren wohl sinnlos. Mit dem anderen Knie steckte er in der Leinwand, genau in der Schwabinger 7. Das passte ja pfundig. Mit einer Hand suchte er in seiner Manteltasche nach Kabelbindern, oder irgendwas, was MacGyver hätte gebrauchen können. Er fand eine Leberkässemmel und sein Handy, um Verstärkung zu rufen.

»Was beweist schon ein Bild«, presste Bergkamp hervor.

Nichts, dachte Waechter, aber er sagte es nicht. Hätte Bergkamp still gehalten, wäre niemandem der Pirat in der Seitenstraße aufgefallen. Aber Waechter hatte sich als Pate auf seine Spur gesetzt. Und dann war das Gemälde aufgetaucht. Es war der Funke gewesen, durch den der Mörder nach all den Jahren wieder nervös geworden war.

»Sie sind festgenommen wegen Widerstands gegen Vollstreckungsbeamte, versuchten Totschlags, Einbruchsdiebstahls, Sachbeschädigung und Hausfriedensbruch«, sagte Waechter. »Bei dieser Latte haben wir viel

Zeit, um den Fall Fanny Menzel von vorne aufzurollen. Mord verjährt nicht.«

»Sie schon wieder«, sagte der Student im grünen Würfel. »Hat der Kaffee von vorhin nicht geschmeckt?«

»Tut mir leid. Ich musste mal eben einen fünfzig Jahre alten Mordfall lösen. Gibts noch Kaffee?«

»Hab gerade die Maschine saubergemacht. Putzstunde.«

Waechter lehnte sich auf den Tresen. »Immerhin war sie mal kurz sauber. Wie wäre es mit dem ersten Kaffee des neuen Tages?«

Er kehrte mit einem heißen schwarzen Kaffee an den Stehtisch zurück. Stammgäste vergraulte man nicht, vor allem kein Blaulichtpublikum. Hinter ihm ging der Rolladen im Fenster herunter. Nach ein paar Minuten erlosch der grüne Würfel. Waechter war allein auf der Münchner Freiheit. Eine Kreuzung weiter entfernten sich Rücklichter, kein Vogel sang, der Horizont ahnte noch nichts von der Morgendämmerung.

Waechter holte seine Leberkässemmel aus der Manteltasche und schlug die Alufolie zurück. Bevor er hineinbiss, schaute er verstohlen nach oben. Ob wieder ein Funkspruch kam, oder ein Anruf, oder irgendwo eine Alarmanlage losging.

Aber auch die Götter hatten mal Putzstunde.

STERNSEMMELN MIT LEBERKÄS

ZUTATEN (für 6 Stück)

250 g Mehl Type 450

250 g Mehl Type 1050

30 g Butterschmalz

200 ml Milch

1 Prise Salz

100 ml Wasser

1 TL Zucker

21 g Frischhefe

1 kg Leberkäs vom Metzger

Kren frisch

Senf Mittelscharf

ZUBEREITUNG

Aus der Milch, dem Zucker, wenigen Esslöffeln Mehl und der zerbröckelten Hefe ein Dampferl zubereiten, 20 min stehen lassen. Währenddessen Mehl mit einer Mulde anrichten, das Fett in Flocken auf dem äußeren Rand bröckeln. Dampferl in die Mulde geben und alle Zutaten zehn Minuten zu einem Teig verkneten. ½ Stunde gehen lassen. Teig in sechs Teile teilen, zu Scheiben formen und die Ränder der Scheiben immer wieder umschlagen bis ein elastischer Ball entsteht. Semmeln noch ¼ Stunde gehen lassen, dann sternförmig einschneiden. Im vorgeheizten Backofen bei 190 °C Umluft goldgelb backen.

Mit warmem Leberkäs, Senf und Kren belegen.

Guten Appetit.

Freunde
Heidi Rehn

München, Mitte Mai 1919

»Ich sags noch mal, Schorsch: nicht schießen!«, rief Wiggerl mit heiserer Stimme nun schon zum dritten Mal in Richtung Hinterhof und presste sich zugleich so flach wie nur möglich gegen die Wand im dämmrigen Hausdurchgang. Der Schweiß stand ihm auf der Stirn, erste Tropfen rannen seine Schläfen hinunter, einige landeten in den Augen. Wiggerl zwinkerte, um sie aufzufangen. Nicht mal die Hand heben, um sie wegzuwischen, traute er sich. Dann würde der Hannwacker Schorsch sofort wieder auf ihn schießen, so wie eben, als er sich höchstens eine Handbreit nach vorn gebeugt hatte, um besser zu sehen, was da im Hinterhaus genau los war. Verdammt gut schoss der Schorsch, wie er nicht nur seit ihrer Infanteristenausbildung in der Türkenkaserne vor vier Jahren wusste. Auf seine unbedarfte Bewegung war die Kugel gefährlich dicht an seinem Oberkörper vorbeigepeitscht.

»Kennst mich doch«, rief er in den sonnenüberfluteten leeren Hof hinein und lehnte den Kopf eng an die raue Hauswand, die rechte Hand ums Gewehr, die linke ebenso flach an den Putz gedrückt. Dass er einmal in dem dämmrigen Durchgang in der Adalbertstraße stehen und sich vor Angst fast in die Hose bieseln würde, hätte er nie gedacht, erst recht nicht, dass es wegen dem Hannwacker Schorsch sein würde. Noch kein Jahr war es her, da hatten sie Seite an Seite im Graben an der Westfront gelegen. Über Jahre hatten sie in dem verfluchten Krieg nebeneinander im Schlamm ausgeharrt und jede Angst und jede Freude miteinander geteilt. Kameraden nannte man das gemeinhin. Davon schien nun nichts mehr übrig, zumindest nicht von Schorschs Seite her. Sofern er das überhaupt war, da hinten in dem Haus, das Schorsch zwar gehörte, das aber derart verrammelt war, dass nichts Genaues zu sehen war. Erst recht nicht, wer sich da an dem Gewehrlauf, der in den Ritzen zwischen den Brettern vor dem Fenster steckte, wirklich befand. Verdammt!

»Der Brenninger Ludwig bin ich«, setzte Wiggerl nach. Dabei musste Schorsch ihn doch bereits an seiner Stimme erkannt haben. »Lass mich rein zu dir, dann erklär ich dir alles.«

Wieder wartete er klopfenden Herzens, wieder geschah nichts. Nur das Gewehr ragte weiterhin drohend aus dem Fenster im Hinterhaus, in dem der Hannwacker Schorsch sein Altwarengeschäft hatte. Fast vollständig mit Brettern vernagelt war es, so wie alle Fenster und Hauseingänge ringsum in der Maxvorstadt und bestimmt noch in ganz München.

Nur zu verständlich eigentlich, dass einer wie der Schorsch sein Leben und vor allem seinen Besitz – denn davon hatte er so einiges in dem nur nach außen unscheinbar wirkenden Hinterhaus angehäuft – so entschlossen verteidigte. Trauen konnte man derzeit wirklich niemandem mehr.

Keine Woche war es her, dass der offene Kampf mitten in der Stadt endlich vorbei gewesen war. Die nach Bamberg geflohene Regierung hatte gemeint, die Reichswehr und die Freiwilligenkorps zu Hilfe rufen zu müssen, um die aus dem Ruder gelaufene Räterepublik nach Monaten des Ausnahmezustands endlich niederzuringen.

Aus dem Ruder gelaufen waren dann aber vor allem die grausamen Ausfälle der sogenannten Weißen – also der Reichswehr und vor allem der Freiwilligenkorps aus dem Oberland – die blindlings alles und jeden niedergeschossen hatten, der zufällig zur falschen Zeit am falschen Ort ihren Weg gekreuzt hatte. Mehr als tausend Tote hatte es gegeben und unzählige Verletzte, darunter wenige Rote, wie man die Revolutionäre bezeichnete, und noch weniger Weiße, zu denen die Regierungsgruppen zählten, dafür umso mehr unschuldige Münchner, für die es keine farbliche Zuordnung gab. Von den zerschossenen Fensterscheiben, in Brand gesetzten Häusern und mannshohen Barrikaden, den geplünderten Läden und geschändeten Frauen einmal ganz abgesehen.

Auf einmal musste Wiggerl an Gunda denken und in welch entsetzlicher Gefahr sie wohl gerade schwebte. Weder war sie bewaffnet, noch hatte sie als Frau den außer Rand und Band geratenen Wahnsinnigen etwas entgegenzusetzen. Wenn er nur wüsste, wo sie jetzt gerade steckte! Mehr wollte er doch gar nicht vom Schorsch erfahren. Aber bislang hatte der ihn das nicht einmal fragen lassen. Wertvolle Zeit ging verloren, nur weil Schorsch so ein sturer Hund war und ihm nicht zuhören wollte. Derweil konnte Gunda schon in der Hand irgendwelcher Lumpen aufs Fürchterlichste drangsaliert worden sein. Wiggerl wurde übel vor Angst. Und vor Scham, schließlich hatte allein er das zu verantworten.

Was hätte Gundas Mutter, seine brave Zimmerwirtin Kreszenz Stölzl, wohl dazu gesagt, wenn sie jetzt nicht tot wäre und noch etwas dazu hätte sagen können? Aber ihretwegen war das alles doch erst geschehen! Er schluchzte auf, biss sich im nächsten Moment erschrocken auf die Lippen. Nur weil Gunda und er ihr eine anständige Beerdigung hatten ausrichten wollen – denn die hatte eine gute Frau wie sie nun einmal verdient –, hatten sie das alles überhaupt begonnen. Vor Kummer kippte Wiggerls Kopf nach vorn. Sofort schlug er ihn erschrocken wieder zurück gegen die Wand. Wenigstens krachte dieses Mal kein Schuss.

Eins stand zumindest fest: Das hier musste er heil überstehen. Nichts durfte ihm zustoßen. Gundas Tochter, die kleine Annamirl, saß ums Eck in der Amalienstraße allein in der Küche und wartete auf ihn. Die Reiberdatschi mit Apfelkompott, die er ihr vor seinem Weggang noch ausgebacken hatte, waren bestimmt schon aufgegessen. Zu mehr als zu dreien hatte es leider nicht gereicht. Mehr als eine Handvoll Kartoffeln und zwei ledrige Äpfel hatte die Speis der Kreszenz Stölzl nicht hergegeben.

Kein Wunder nach all der Not der letzten Wochen, in denen sich niemand mehr freiwillig raus auf die Straße getraut hatte. Die Töpfe und die Vorratskammern waren seither genauso leer wie die Mägen und die Geschäfte. Und auch die Hirne, wenn man sich anschaute, was aus München und Bayern seither geworden war. Vollständig abgeriegelt hatten sie München seit Wochen, damit die Weißen den Roten endgültig den Garaus hatten bereiten können, ohne Rücksicht auf den Rest der Bevölkerung.

»Wennst wirklich der Brenninger Wiggerl bist«, hörte er nach einer halben Ewigkeit endlich die vertraute Stimme seines Freundes, des Altwarenhändlers Georg Hannwacker, vom Hinterhaus und horchte erleichtert auf, »was tust dann mit der weißen Binde am Arm? Der Brenninger Wiggerl ist keiner von den Weißen nicht. Niemals würde der mit so was offen draußen herumlaufen.«

»Vergiss die blöde Binde. Natürlich bins ich, der Wiggerl«, rief Wiggerl und hob den linken Arm mit dem verräterischen Stück Stoff. »Was glaubst, was unsereins tun muss, um derzeit heil über die Straße gehen zu können? Ohne die Binde würdens unsereins gleich als Rote beschimpfen und niederknallen. Des Standrecht gilt nämlich nach wie vor.«

Wieder geschah erst einmal nichts. Nur der Lauf des Gewehrs bewegte sich ein wenig, wie Wiggerl mit zusammengekniffenen Augen aus seinem Versteck heraus beobachtete. Doch er durfte sich nicht weiter nach vorn neigen, um das besser zu sehen, sonst würde er nur wieder den nächsten Schuss riskieren. Vorsichtig schob er sich im schützenden Schatten des Durchgangs zwei, drei Schritte weiter an der Wand entlang Richtung Hinterhof. Gerade, als er den vierten Schritt zur Seite machen wollte, krachte von neuem ein Schuss. Entsetzt zog er den Fuß wieder zurück.

»Soso«, höhnte der Schorsch quer über den Hof. »Da hat sich der Wiggerl also ins Hemd gemacht, als er so ein paar depperte Freikorpsler aus Garmisch gesehen hat, und hat sich lieber brav die weiße Binde umgebunden statt aufrecht zu seiner Überzeugung zu stehen. Ein schöner Künstler bist mir! Was die Gunda wohl dazu sagt? He, sag amoi, was meinst?« Er schien etwas ins Innere seines Hauses zu rufen, bevor er zum Hof hinaus fortfuhr: »Ganz eine Mutige ist das nämlich, wennst mich fragst. Nicht so ein feiger Hund wie du. Hau doch endlich ab, bevor du dich hier vollständig blamierst!«

Er schoss noch einmal, allerdings nicht mehr so haarscharf an Wiggerl vorbei, sondern eher blindlings irgendwohin in den Hof.

Wiggerl scherte sich nicht darum. Auf einmal fiel ihm ein ganzer Felssturz Steine vom Herzen. Aus Schorschs Verhalten schloss er, dass Gunda wirklich noch bei ihm war. Er hatte also das Richtige getan, als er in die Adalbertstraße nahe bei der Akademie gekommen war, um als Erstes Schorsch nach ihrem Verbleib zu fragen.

»Lass besser mich zum Hannwacker gehen. Das ist weniger gefährlich. Dir sieht man doch schon von weitem den roten Revoluzzer an«, hatte

Gunda am Mittag gemeint und sich den falschen *Leibl* geschnappt, um aus der Wohnungstür zu schlüpfen, ehe er sie hatte zurückhalten können.

In den vergangenen Tagen hatte Wiggerl dem Gemälde den letzten Schliff gegeben, damit es täuschend echt nach einem von den begehrten *Leibls* aussah und Schorsch ihm einen guten Preis dafür zahlte. Vor dem Krieg hatte der sich hervorragend darauf verstanden, die besten Kopien zu horrenden Preisen zu verhökern. Jetzt, da das Geld schneller seinen Wert verlor, als die Monarchen hatten abdanken und die Reichswehr der Räterepublik hatte Einhalt gebieten können, sei ein guter Zeitpunkt, daran anzuknüpfen, hatte Schorsch erst letztens im Café Stephanie zu ihm gemeint. Die, die immer noch Geld übrig hätten, steckten es nur zu gern in Immobilen, Gold und vor allem Kunst. Entsprechend hoch sei die Nachfrage und entsprechend nachlässig werde geprüft, ob das, was man gerade als *Leibl*, *Lenbach* oder *Stuck* vermeintlich günstig kaufte, tatsächlich sein Geld wert wäre. Mit diesen Worten hatte er ihn, den Wiggerl, der eigentlich endlich auf den Wert seiner eigenen Kunst hatte setzen wollen, zu überreden versucht, doch noch einmal für ihn zu arbeiten. Der unerwartete Tod seiner braven Zimmerwirtin, die ihm über den Großen Krieg hinweg seine bescheidene Kammer mitsamt seinen Malutensilien bewahrt hatte, und die Not von deren Tochter Gunda mit der hungrigen achtjährigen Annamirl war dann der Auslöser für ihn gewesen, sich darauf zu besinnen. Gut und gern konnte er dem Schorsch noch ein einziges Mal einen täuschend echten *Leibl* verkaufen, um die Kreszenz Stölzl anständig unter die Erde auf dem Nordfriedhof zu bringen und der Gunda und der Annamirl eine ordentliche Trauerkleidung sowie einen ausgiebigen Leichenschmaus im Schelling-Salon zu bezahlen, hatte er gedacht. Wenn er gewusst hätte, welcher Gefahr er Gunda damit aussetzen würde, hätte er es trotz alledem nicht getan.

Gunda, die Mutige, wie Schorsch vorhin nur zu Recht angemerkt hatte. So viele Jahre schon traute sich Wiggerl nicht, ihr seine Gefühle zu gestehen, wusste er doch, wie wenig er einer Frau wie ihr das Wasser reichen konnte. Aber wenigstens beistehen in der Not, das konnte er ihr, hatte er gemeint und sich wohl auch damit schändlich über seine bescheidenen Fähigkeiten getäuscht, wie sich gerade zeigte.

»Wennst unbedingt willst, du blöder Depp, dann schmeißt jetzt dein Gewehr weg und hebst die Hände hoch, bevor du herüber kommst«, rief Schorsch nach einer langen Pause vom Hinterhaus herüber. »Aber überlegs dir ganz genau, was du tust, auch wennst es wohl kaum erwarten kannst, die Gunda wiederzusehen. Ein tapferes Weibsbild ist das. Die weiß, was sie zum Tun hat, und lässt sich von nichts und niemandem aufhalten. Du aber bleibst ein feiger Hund, ein elendiger. Helfen kann ich dir jetzt leider nimmer.«

Insgeheim wollte Wiggerl schon frohlocken. Genau das hatte er gewollt. Trotzdem zögerte er plötzlich, fühlte das beruhigend kalte Eisen seines Gewehrs in der Hand. Irgendetwas störte ihn an Schorschs Verhalten, eigentlich schon die ganze Zeit. Sollte er sich jetzt wirklich leichtfertig aus der Deckung wagen? War dem Schorsch tatsächlich noch zu trauen? Dafür, dass sie Kameraden und Geschäftspartner waren, redete er auf einmal recht eigenartig daher.

Unschlüssig sah er zum Hinterhaus. Noch immer blitzte das Gewehr zwischen den Brettern vor dem Fenster heraus. Mehr war von Schorsch nicht zu sehen. Und von Gunda schon gleich gar nicht. Von der Zusicherung, dass er ihr das Geld für den falschen *Leibl* gegeben hatte und sie beide damit ziehen lassen würde, ganz zu schweigen. Nervös biss sich Wiggerl auf die Lippen, schob sich weiter dicht an der Wand entlang bis ganz nach vorn, blinzelte ins Sonnenhelle des Hinterhofs hinein.

»Die Gunda will ich deutlich sehen, genau wie dich, Schorsch. Und du stellst natürlich auch dein Gewehr beiseite oder noch besser: du gibst es der Gunda in die Hand, so dass ich es bei ihr sehen kann. Und das Geld für das Bild gleich noch dazu.«

»Sonst hast keine Wünsche, was? Schau, dass du die Beine in die Hand nimmst und weiter kommst«, gab Schorsch knurrend zurück, aber Wiggerl erspähte zu seiner Beruhigung, wie er den Gewehrlauf tatsächlich vom Fenster wegnahm. Lautes Gemurmel verriet, dass er drinnen mit wem sprach. Kurz darauf drehte sich ein Schlüssel im Schloss, die Haustür schwang halb auf und Schorsch schob sich vorsichtig heraus, winkte seltsam zögernd zu Wiggerl herüber, als wollte er ihn wie eine lästige Fliege verscheuchen. Warum schaute er nur so verbissen dabei?

Wiggerl hob die Arme, hielt sein Gewehr hoch über den Kopf, als er die ersten Schritte in den Hof hinein setzte, den Blick starr auf Schorschs Tür gerichtet.

Die öffnete sich nun ganz und auch Schorsch trat vollends heraus. Wo aber war sein verflixtes Gewehr und wo zum Teufel steckte überhaupt Gunda?

Gerade wollte Wiggerl das fragen, da krachte ein Schuss. Er spürte einen Stich in der Brust. Es wurde ihm seltsam heiß und kalt zugleich, die Knie knickten ihm weg und er sackte zusammen.

»Blöder Hund, du!«, hörte er Schorsch rufen. »Warum kapiersts ned, wenn ich sag, du sollst abhauen? Eine verdammte Falle ist d…«

Weiter kam er nicht. Der nächste Schuss traf Schorsch mitten in den Kopf. Wiggerl nahm durch einen Nebelschleier wahr, wie sein Freund zu Boden stürzte und reglos wenige Schritte von ihm entfernt liegenblieb.

Ich verfluchter Depp, schoss ihm in den Sinn, während er versuchte, zu ihm zu kriechen. Wie hab ich nur meinen können, der Schorsch hätte auf mich schießen wollen? Echte Freunde sind wir doch gewesen, der Hannwacker Schorsch und ich.

»Annamirl ist jetzt ganz allein«, keuchte er und streckte mit letzter Kraft die zitternde Hand nach seinem Freund aus. »Hunger wirds haben. Es hat doch nur für drei Reiberdatschi gelangt.«

REIBERDATSCHI

ZUTATEN

1 kg Kartoffeln (eher mehlig)
1 – 2 Zwiebeln
1 – 2 Eier
1 EL Mehl
Salz, Pfeffer, Muskatnuss
Öl zum Anbraten

ZUBEREITUNG

Die Zwiebeln fein würfeln, die Kartoffeln schälen und grob reiben. Alles in eine Schüssel geben, mit
Salz, Pfeffer und etwas geriebener Muskatnuss würzen und abschmecken, das Mehl zum Abschluss
unterrühren.
In einer Pfanne das Öl erhitzen, die Kartoffelmasse zu flachen Talern geformt darin goldbraun
ausbacken und am besten noch warm mit Apfelmus oder Apfelkompott servieren.

Er ist wieder da
Ottmar Neuburger

»Kreuzinger, Sie sind zu ehrgeizig«, hatte einmal ein Vorgesetzter zu ihm gesagt. »Und, Kreuzinger, das ist gar nicht gut.«

Das war in den Achtzigerjahren gewesen. Der Vorgesetzte war ein Chef, mit dem alle gut auskamen. Hermann Kreuzinger musste ihm später das Handwerk legen, denn die *Liberalitas Bavariae* mit dem Slogan ›Leben und leben lassen‹ war Kreuzingers Sache noch nie gewesen. Da standen ihm die Protestanten mit ihren Moralvorstellungen weit näher. Auch er vermutete sofort gotteslästerliche Unzucht, wenn hinter den Schlafzimmerfenstern die Vorhänge zugezogen wurden. Sein Chef hatte damals einen entscheidenden Fehler gemacht. Er ließ bei einem Steuersünder Gnade vor Recht ergehen. Zu dumm für ihn, dass Kreuzinger es trotz zugezogener Vorhänge herausgefunden hatte.

Dreißig Jahre lang hat sich Kreuzinger immer wieder in etwas verbissen. Letzten Monat war es eine Autowerkstatt gewesen. Dem Inhaber kam er auf die Schliche, weil er zu viele Rechnungen für die Altölentsorgung absetzte. Kreuzinger wies ihm nach, dass er mindestens fünfmal soviel Altöl entsorgte, als aufgrund der Buchungsunterlagen durch Ölwechselaufträge hätten anfallen können.

Diese Woche verbeißt er sich gerade in einen Schausteller oder besser gesagt in die Buchhaltung eines Schaustellers. Ein glücklicher Umstand bescherte ihm den Auftrag zur Außenprüfung bereits im Juli, so hat er jetzt die Buchhaltung schon geprüft und kann den Betrieb vor Ort in Augenschein nehmen. Auf dem Münchener Oktoberfest. Und obwohl Kreuzinger kein Wiesnmensch ist, steht er nun schon den zweiten Tag vor Winters Fahrgeschäft mit dem etwas in die Jahre gekommenen Namen Starship.

Kreuzinger zieht seine Oberlippe über die obere Zahnreihe zurück, eine Grimasse, die man mit einem Lächeln verwechseln könnte. Es ist aber kein Lächeln, sondern nur ein Indiz dafür, dass eine Gefühlsregung kurz Herrschaft über Kreuzingers Gesichtsmuskeln erlangt hat. Er steht zwanzig Meter vom Kassenwagen des Starships entfernt. Manchmal geht er hinüber zum Alpenexpress, dann wieder vor den kleinen Verkaufsstand von Vilbieger, der schon seit Jahrzehnten Kokosstückchen auf der Wiesn verkauft. Kreuzinger hat sich im Dienstnetz bereits informiert und festgestellt, dass Vilbieger nur während des Oktoberfests arbeitet. Nach der Wiesn kauft er sich dann eine kleine Eigentumswohnung, die er vermietet. Nach jeder Wiesn. Vilbiegers Geschäft ist geradezu prädestiniert dafür, den Staat um seinen Anteil zu prellen.

Im Kopf hat er es schon ausgerechnet, was Vilbieger auf einer Wiesn durchschnittlich so verdient. Das Zehnfache von dem, was er bei der Steuer angegeben hat. Der kommt als nächstes dran, denkt Kreuzinger und beobachtet, wie sich die Kunden in einer langen Reihe anstellen, um die völlig überteuerten Kokosstückchen zu kaufen.

Alles Betrüger, denkt Kreuzinger, Steuerhinterzieher und Verbrecher. Eigentlich sollte man sie alle verhaften. Auf dem Oktoberfest wechselt nur Bargeld den Besitzer. Da kann man tricksen und betrügen, wie man will. Aber er, da ist sich Kreuzinger sicher, wird schlauer sein als sie und ihnen die Steuerhinterziehungen nachweisen. Jede einzelne.

Aber jetzt muss er sich auf den Winter und sein Geschäft konzentrieren. Jedes Mal, wenn das Starship startet, wirft Kreuzinger einen Blick auf die zwanzig Gondeln und schätzt ein, wie viele davon besetzt sind. Er kennt vier Zustände: Viertel, halb, dreiviertel und ganz voll. In seiner rechten, etwas ausgebeulten Sakkotasche hat er eine Tüte mit getrockneten Erbsen. Seiner Einschätzung entsprechend fischt er mit den Fingern seiner rechten Hand nach jedem Start des Starships eine, zwei, drei oder vier Erbsen aus der rechten Sakkotasche und steckt sie in die linke. Diese Methode hat sich bewährt. Am Abend zählt er die Erbsen aus der linken Tasche, nimmt sie mal zehn und wird sehr genau wissen, wie viele Fahrten das Starship an diesem Tag verkauft hat.

Kreuzinger hat sich vorgenommen, das Starship an drei verschiedenen Tagen zu observieren. Zur Beweissicherung hat er eine unauffällige Digitalkamera an einem Pfosten des Hippodroms befestigt und auf das Starship ausgerichtet. Die Kamera ist ein feines Ding. Sie schickt selbständig alle zwei Stunden die Bilder an seinen Rechner daheim. Er muss sich um nichts kümmern, bekommt seine Beweise frei Haus geliefert.

»Nur noch drrrrei Plätze frei! Kkkkkommen Sie, steigen Sie ein! Wir fliegen umweltfreundlich und ganz ohne Kerosin. Alle, denen die NASA zu teuer ist, starten mit uns. Auf gehts, Leute, jetzt aber schnell. Zu spät, meine Herrschaften, wir starten in Vollbesetzung und ab geht die Post. Röcke nach unten drücken, damit die Männer von der Bodenstation nicht zu sabbern anfangen. Und Liftooooff.« Die blonde Rekommandeurin im Kassenwagen schiebt die Regler der Musikanlage nach oben.

Völlig losge-he-löst
von der Erde
schwebt das Ra-ha-haumschiff
völlig schwerelos.

Die Lautsprecher dröhnen, während sich die Scheibe mit achtzehn Metern Durchmesser, an der die zwanzig Zweisitzergondeln des Starships aufgehängt sind, schneller und schneller dreht. Die Zentrifugalkraft drängt die an nur zwei Punkten aufgehängten Gondeln nach außen und in die Horizontale. Die Hydraulik zischt. Trotz Schalldämmung und lauter Musik ist das stampfende Geräusch des auf Hochleistung laufenden Kompressors zu hören und die Scheibe mit den Gondeln kippt in die Vertikale. Mit vierzehn Umdrehungen pro Minute genügt die Winkelgeschwindigkeit am Scheibenumfang, um die Piloten so in den Sitz zu drücken, dass keine Rückhaltesysteme nötig sind. Keiner wird aus der Gondel fallen, in der die Passagiere fünfundzwanzig Meter über der Oktoberfestwiese mit dem Kopf nach unten in ihren kleinen Raketopeden hängen.

Hätte Kreuzinger nicht im Finanzamt angefangen, so hätte er Physik studiert. Exakt, genau und unbestechlich, so empfindet er die Physik und beim Betrachten des rotierenden Starships fällt ihm wie selbstverständlich die physikalische Formel zur Berechnung dieses Systems ein.

Aber er ist Prüfer beim Finanzamt geworden und das passt im Grunde besser zu ihm. Denn er ist nicht nur ein übergenauer Terrier, sondern auch ein hemmungsloser, nachtragender Denunziant und davon überzeugt, dass wir, wenn alle Menschen so wären wie er, in einer besseren Welt leben würden.

Er vergisst nichts, zumindest keine Bilanzen. Es ist wie eine Krankheit. Läge heute eine Bilanz vor ihm, die er auch nur ein einziges Mal gesehen hätte, so könnte er sich nach einem Blick von zwei Sekunden an jedes Detail erinnern. An die Tricks und Marotten des Buchhalters genauso wie an die Höhe der von ihm geforderten Nachzahlung.

Doch, er kann auch vergessen. Keine Bilanzen, das ist klar. Jedoch Gesichter, das Aussehen von Menschen, das kann er vergessen. Trotz dieser Schwäche kommt ihm diese Kassendame im Starship bekannt vor. Er sieht immer wieder zum Kassenwagen hinüber. Ja, doch, er kennt sie, er ist sich fast sicher.

»Er ist wieder da, wieder hier. Er ist wieder da, so sagt man mir«, tönt es aus den Lautsprechern. Eigentlich passt dieser alte Schlager überhaupt nicht zum Starship, denkt Kreuzinger und für einen Augenblick hat er das Gefühl, als starre die Frau genau ihn an. Sie ist ihm schon bei seiner gestrigen Observation aufgefallen. Da saß sie nicht im Kassenwagen, sondern ging vom Wohnwagen an ihm vorbei in Richtung Bavariastatue.

Woher kenne ich die?, überlegt er und kann fast den Faden greifen, an dem er ziehen muss, um die Erinnerung zurückzuholen. Er hat das Gefühl, dass sie jünger war, als er ihr begegnet ist. Viel jünger.

Ein bisschen erinnert sie ihn an seine Frau, die ist auch blond oder war es zumindest. Er hat sie seit zwei Jahren nicht mehr gesehen. Das letzte Mal vor Gericht, als sie ihn wegen Stalkens verklagt hat. Damals hat Kreuzinger angefangen, sein Vertrauen in die Justiz zu verlieren. Was hat er schon groß gemacht gehabt? Kontrolliert, was sie tut, mit wem sie sich trifft und wie viel Geld sie ausgibt. Das ist doch legitim, dass er das ein bisschen kontrolliert, denn immerhin lebt sie von seinem Unterhalt. Aber das Gericht hat anders entschieden. Er darf jetzt nicht einmal mehr in ihre Nähe kommen.

Manchmal träumt er davon, dass sich das irgendwann wieder ändert. Dann stellt er sich vor, dass er ganz früh am Morgen, wenn der Tau noch auf dem Rasen liegt, die Sonne aber schon den Nebel auflöst und einen schönen Tag ankündigt, auf einer Parkbank sitzt. Silvie läuft dann in Joggingklamotten an ihm vorbei. Ihr Zusammentreffen ist kein Zufall. Er hat ja beobachtet, dass sie jeden Tag durch den Park joggt, außer an den Wochenenden, da ist sie bei ihrem Neuen.

In seiner Fantasie stolpert sie, stürzt zu Boden, keine fünf Meter von seiner Parkbank entfernt, und kann sich nicht bewegen, so weh hat sie sich getan. Keine Menschenseele weit und breit, nur sie und er. Er könnte sie fragen, was der andere hat und was ihr bei ihm fehlte. Und wehe, sie würde etwas Falsches sagen, er würde sie bestrafen, so lange, bis sie ihn anflehen würde, ihr zu verzeihen. Und wenn sie gefügig wäre, ganz gefügig und lieb und nett und nicht so unverschämt, vielleicht würde er ihr dann sogar noch einmal verzeihen.

Jetzt fällt ihm endlich ein, woher er die Rekommandeurin kennt. Verraten haben sie nicht ihre blonden Haare, die immer noch genauso gelockt und blond sind wie vor 30 Jahren. Auch nicht das Dekolleté, das vielleicht sogar noch etwas üppiger geworden ist. Verraten hat sie der Leberfleck auf ihrer linken Wange. Groß wie ein 50-Pfennig-Stück und ganz dunkel. Ein Glück, dass sie das Muttermal immer noch hat. Vielleicht ist es auch gar kein Zufall, dass er wieder mit ihr zusammentrifft. Vielleicht hat sich das Glück auf seine Seite geschlagen und er bekommt eine neue Chance. Oder ist es eine Prüfung und er wäre besser dran, wenn er sie nicht wiedererkannt hätte?

Es war eine schöne Zeit, damals, in den Achtzigern. Er hatte in der Nähe des Bahnhofs zu tun und nutzte die Gelegenheit, schlenderte die Bayerstraße in Richtung Stachus. Kurz hinter dem Fotogeschäft mit den gebrauchten und abgegriffenen Teleobjektiven in der Auslage war der dunkle Gang, an dessen Ende eine Leuchtreklame Werbung für die Peepshow machte. Kein langer Gang, zehn Schritte vielleicht, nicht der Rede wert. Er stieß die dunkel verklebte Glastür mit dem Fuß auf, um sich die Hände nicht schmutzig zu machen. Alles hier war schmutzig, und er fühlte sich nicht wohl, auch nicht, als er hinter einer der verschließbaren Kabinentüren verschwunden war.

Er warf eine Mark in den dafür vorgesehenen Schlitz. Eine Klappe öffnete sich und Kreuzinger konnte durch ein Guckloch auf ein rundes, rotes Plüschsofa starren, das auf einem überdimensionalen Drehteller stand und sich langsam um die eigene Achse drehte. Augenblicklich vergaß er den Schmutz, den Dreck und all das Geschmacklose. Er hatte nicht einmal Hemmungen, seine Nase an der schmierigen Scheibe vor dem Guckloch platt zu drücken. Auf dem Sofa räkelte sich eine nackte Frau. Jung war sie, ein Muttermal an der linken Wange, schon beim ersten Mal fiel ihm das auf.

»Klack«.

Nach einer oder zwei Minuten ging die Klappe wieder zu. Dann kramte er aus seiner Sakkotasche das nächste Markstück, um es in den Schlitz zu werfen. Die Hände schweißnass, Tropfen standen ihm auf seiner Stirn und die Hand, mit der er das Markstück hielt, fing an zu zittern. Vielleicht war es eine Art Verliebtheit, wahrscheinlich aber etwas ganz anderes. Ein bisschen erinnerte ihn das Gefühl an seine Kindheit, als er zum ersten Mal Hollerkücherl aß. Tausend feine Doldenästchen mit etwas Teig umbacken. Darüber hatte die Tante Puderzucker gestäubt. Als er mit der Zunge die gebackenen Blüten gegen seinen Gaumen drückte, gab es eine kleine Explosion. Es kitzelte im Gaumen und das Kitzeln lief ihm den ganzen Rücken hinunter und wieder hinauf. So ähnlich ging es ihm jetzt auch.

Kreuzinger fing an, Eine-Mark-Münzen zu sammeln. Im Supermarkt genauso wie im Restaurant. Innerhalb kurzer Zeit entwickelte er ein erotisches Verhältnis zu diesen Münzen. Kaum bekam er wieder eine Mark als Rückgeld, schon sah er das rote Sofa vor sich und die Nackte, von der er oft dachte, dass sie genau ihm direkt in die Augen blickte.

Später erfuhr er, dass sie Selma hieß und anfangs immer nach Stuttgart gefahren war, um sich dort, wo sie keiner kannte, auf diese Weise das Geld für ihr Studium zu verdienen. Irgendwann fand sie nichts mehr dabei und hat sich die Fahrt nach Stuttgart gespart und hier angefangen zu arbeiten. Nicht dass ihr die Arbeit gefallen hätte, sagte sie zu Kreuzinger, aber es war ein guter Nebenverdienst. Deshalb arbeitete sie dort auch noch, als sie schon längst als Steuerberaterin in der Steuerkanzlei Strotzmeier angefangen hatte.

Es entwickelte sich zur Sucht und es betrübte ihn, wenn sich bei seinen Besuchen nicht sie, sondern eine Kollegin auf dem Sofa räkelte.

Anfangs ging er einmal pro Woche hin, dann zweimal und dann konnte er sich nicht mehr zurückhalten. Jeden Tag musste er mindestens einmal bei ihr gewesen sein. Er begann Stichproben zu machen. Vormittags, nachmittags, nachts. Um 9 Uhr, um 10 Uhr, um 11 Uhr. Er wollte herausfinden, ob es für ihre Dienste einen Plan gab, nach dem er sich richten konnte.

Bald genügte es ihm nicht mehr, sie zu sehen. In ihm entstand der Wunsch, sie zu hören, zu riechen, zu fühlen und zu beherrschen. Irgendwann würde er ihr nach ihrer Vorstellung auflauern und sie verfolgen, um zu sehen, wo sie wohnte. Bis dahin betrachtete er die Polaroidfotos, die er heimlich während ihrer Vorführungen machte.

Bei einer Außenprüfung in der Steuerkanzlei Strotzmeier begegnete er ihr zum ersten Mal von Angesicht zu Angesicht. Obwohl sie angezogen war, erkannte er sie sofort. Das Muttermal. Als sie das Büro kurz verließ, setzte er sich auf ihren Stuhl, nur um ihre Körperwärme zu spüren.

Am ersten Tag sagte er nichts. Er genoss es, dass er sie schon nackt gesehen hatte und sie es nicht wusste. Am nächsten Tag legte er abends, bevor er ging, eines der Polaroidfotos auf ihren Tisch.

›Morgen ein kurzes Kleid, ohne BH und Höschen‹, hatte er mit einem Textmarker auf die Rückseite geschrieben.

Von da an ließ er sich jeden Tag etwas anderes einfallen, bis er auf die Idee kam, von Selma zu verlangen, dass sie ihm ihre Mandanten verriet, von denen sie wusste, dass sie Steuern hinterzogen. Bald gab es das Gerücht, in der Kanzlei Strotzmeier sitze ein Spitzel des Finanzamts. Kreuzinger interessierte nicht, ob die Mandanten ihrer Kanzlei weiter vertrauten oder nicht. Ihm war es wichtig, Erfolge vorzuweisen und aufzusteigen. Selma hatte zu der Zeit für ihn längst von ihrer verbotenen Magie verloren. Als die Kanzlei mangels Reputation und Mandanten schließen musste, hatte Kreuzinger kein schlechtes Gewissen.

Seitdem ist viel Zeit vergangen.

Jetzt bekommt Kreuzinger feuchte Hände, als er bemerkt, dass Selma ihm zuwinkt. Sie sieht immer noch ganz passabel aus, denkt er. Ein bisschen dicker ist sie geworden, aber sogar das gefällt ihm. Sie winkt ihm zu. Ganz geheuer ist ihm das zwar nicht, doch es befällt ihn eine Art von nostalgischer Melancholie. Er denkt daran, wie es damals war, er in der

Kabine und sie auf dem roten Sofa. Und wie er sich fühlte, als er von ihr verlangen konnte, was er wollte.

Vielleicht hat sie wieder Angst, dass ich sie verrate, denkt er und geht die paar Schritte zu ihr.

Sie beugt sich weit zu ihm vor. »Komm zu mir in den Wagen«, flüstert sie. »Wir spielen wieder unser Spiel, du weißt schon, das ohne Höschen. Komm nach hinten, ich mach dir auf«.

Dunkelrot ist ihr Lippenstift, vielleicht hat sie etwas zu viel Rouge auf den Wangen. Vielleicht weiß sie, dass Kreuzinger Make-up hasst, genauso wie sie weiß, dass er Peepshows hasst, und ihnen doch nicht widerstehen kann.

Er widersteht nicht, verschwindet zwischen den Wagen, und keiner hört den dumpfen Schlag. Keiner sieht, wie Kreuzingers Körper kraftlos in sich zusammensinkt und keiner schöpft Verdacht, als Heiko Winter mit seiner Frau Selma am nächsten Vormittag auf der Ladefläche seines Pickups einen Ballen Zeltplane nach draußen fährt. Niemand hätte je etwas davon erfahren, wäre Kreuzingers Digitalkamera nicht so ungemein praktisch gewesen.

HOLLERKÜCHERL

In manchen Gegenden Bayerns sind Hollerkücherl zur Sommersonnenwende eine Art Kultspeise. Sie geben angeblich viel Kraft, damit man besonders hoch über das Johannisfeuer springen kann, was wiederum für eine gute Ernte wichtig sein könnte. Ich backe die Hollerkücherl in Rapsöl heraus, was nicht ganz stilecht bayerisch ist, denn früher wurde zum Backen lieber Schmalz genommen. Im Allgäu glaubte man sogar, dass das Schmalz, in dem um den Johannistag die Hollerkücherl gebacken wurden, besondere Heilkräfte besäße.

ZUTATEN (für 4 Portionen)
4 EL Butter
2 Eier
180 g Mehl
¼ Liter Milch
eine Prise Salz
Vanillinzucker, Zimt
Rapsöl zum Fritieren
Puderzucker zum Bestreuen

ZUBEREITUNG
Von einem abseits gelegenen Hollerbusch schöne gleichmäßig große Blütendolden abschneiden und prüfen, ob die Blüten frei von Blattläusen und anderem Getier sind. Auf lange Stiele achten. Die Blüten durch Schütteln etwas säubern. Nach Möglichkeit nicht waschen.
Eier in Dotter und Eiweiß trennen. Die Butter schmelzen. Das Mehl in eine Schüssel sieben und mit Eidotter, Butter, Vanillezucker und Zimt verrühren. Aus dem Eiweiß steifen Eischnee schlagen und mit dem Schneebesen unter den Teig ziehen.
Das Rapsöl bzw. das Schmalz in der Fritteuse oder im Topf erhitzen. Die Blütendolden in den Teig tauchen, etwas abtropfen lassen und in das heiße Fett stecken und solange ausbacken, bis sie schön goldbraun sind. Anschließend auf Küchenpapier legen und das überflüssige Fett abtropfen lassen. Puderzucker drüberstreuen und heiß servieren. Dazu passt Apfelmus, Vanilleeis oder auch Vanillesauce.

Glockenbach-Getöse

Martin Arz

Nachdem sie ihn gefunden hatten, war es wirklich nur eine Frage der Zeit, bis sie auf mich kommen würden. Daran bestand nie ein Zweifel und ich hatte mich seelisch darauf vorbereitet. Doch dass sie so schnell bei mir anklopfen würden, damit hatte ich beim besten Willen nicht gerechnet.

Tatsächlich stand schon am selben Tag, als ich in der Zeitung über den mysteriösen Leichenfund vor der Staatskanzlei gelesen hatte, die Polizei unangemeldet vor der Tür.

»Professor Hartmann?«, hörte ich meine Sekretärin durch die offene Verbindungstür rufen. »Jessasmariaundjosef! Was will denn die Polizei von Professor Hartmann?!« Meine Sekretärin neigte generell zu leichter Theatralik. »Und ich weiß nicht, ob Professor Hartmann überhaupt Zeit für Sie hat, Herr …«

»Natürlich habe ich Zeit!«, unterbrach ich meine Sekretärin. »Kommen Sie bitte herein!«

Ein Polizeibeamter betrat mein kleines Büro. Er stellte sich als Kriminalrat Maximilian Pfeffer von der Münchner Kripo vor. Ein angenehm kultivierter Mann, der sich dezent und routiniert in meinem Büro umsah, ohne mir gleich das Gefühl zu geben, dass er etwas suchte.

»Womit kann ich Ihnen helfen?«, fragte ich betont arglos und wies ihm einen klapprigen Holzstuhl als Sitzgelegenheit zu. Leider ist meine Fakultät gezwungen zu sparen, wo es nur geht. Am einfachsten ist das eben beim Mobiliar.

»Professor Hartmann«, begann Pfeffer, »vielleicht haben Sie aus den Medien mitbekommen, dass man vor kurzem eine männliche Leiche vor der Bayerischen Staatskanzlei gefunden hat. Genauer gesagt, im Bach, der vor der Staatskanzlei vorbeifließt.«

Ich nickte. Noch genauer gesagt, hatte sich die Leiche in dem Gitter verfangen, das verhindern soll, dass sich irgendetwas Unappetitliches aus dem unterirdisch verlaufenden Teil des Baches in den überirdischen Bachverlauf vor der Staatskanzlei verirrt. Das Gitter hatte seinen Zweck erfüllt.

»Nun haben sich gewisse Anhaltspunkte ergeben, die uns veranlassen, uns ein wenig mit Ihnen zu unterhalten.«

»Ehrlich gesagt, habe ich damit gerechnet«, antwortete ich und musste ein Schmunzeln unterdrücken. »Unterhalten wir uns. Der junge Mann war schließlich Student meiner Fakultät. Und bevor Sie fragen, ja, ich kannte ihn gut aus verschiedenen Seminaren und Vorlesungen. Sein Tod ist ein entsetzlicher Verlust – wir haben nicht nur einen wertvollen Menschen verloren, sondern auch einen Wissenschaftler, der zu den kühnsten Hoffnungen Anlass gab. Er wollte bei mir promovieren.« Ich lehnte mich zurück.

»Gernot Behnke wurde im Wasser liegend vor dem Amtssitz des Ministerpräsidenten gefunden«, sagte Pfeffer nüchtern und gab mir damit deutlich zu verstehen, dass er meine Worte als das zur Kenntnis genommen hatte, was sie waren: als reine Floskeln. »Der Tote lag schon mehrere Tage im Wasser. Doch was uns zu Ihnen führt, Professor, ist ein anderer Umstand. Alle Anzeichen deuten darauf hin, dass es sich beim Mord an Gernot Behnke womöglich um einen Ritualmord handeln könnte. Und da Sie unseren Besuch erwartet haben, gehe ich davon aus, dass auch Sie in diese Richtung denken, oder?«

»Wenn es sich bei dem Messer, das in der Zeitung abgebildet war, tatsächlich um die Tatwaffe handelt, dann bin ich ziemlich sicher, dass es eine rituelle Tötung war«, antwortete ich.

Der Kommissar holte aus seiner Tasche einen durchsichtigen Plastikbeutel, in dem ein Ritualmesser der Kafua steckte, und reichte ihn mir. Die dreizackige, schlanke Klinge und der Griff mit seinen herrlichen figürlichen Verzierungen glänzten im matten Licht der nachmittäglichen Sonne. Der Polizist sah mich auffordernd an.

»Sie hätten sich wirklich an kaum jemand Besseren wenden können«, sagte ich und schmunzelte jetzt tatsächlich. »Dies ist ein klassisches Eisenmesser der Kafua. Die Kafua sind eine recht große Volksgruppe, die an einem kleinen Nebenfluss des mittleren Kongo lebt. Ich hatte just letztes Semester ein Hauptseminar zu diesem Volk. Wissen Sie, Behnke hat diese Ethnie für seine Feldforschung ausgewählt und viele Riten und Bräuche in seiner Doktorarbeit evaluiert. Vor zwei Wochen hat er seine Arbeit abgegeben. Meine Güte, wirklich eine Tragödie! Nun, in seiner Arbeit hat er auch Sinn und Zweck dieser Messer beschrieben.«

»Diesen Sinn und Zweck werden Sie mir sicherlich nun offenbaren«, sagte Pfeffer mit hochgezogenen Augenbrauen. Ein ungeduldiger Mensch.

»Ich kann es Ihnen nur kurz ein wenig zusammenfassen. Für Details sollten Sie Behnkes Arbeit lesen.« Ich wies meine Sekretärin über die Gegensprechanlange an, Pfeffer eine Kopie von Behnkes Doktorarbeit bereitzulegen.

»Die Kafua stellen solche Messer zu einem einzigen Zweck her«, referierte ich dann aus dem Stegreif. »Nun, ehrlich gesagt, mittlerweile zu zwei Zwecken. Denn diese Messer sind inzwischen ein beliebtes Souvenir. Sie bekommen sie heute bei jedem Afrika-Tandler auf dem Tollwood-Festival oder auf Flohmärkten. Wenn Sie Glück haben, schon für 50 Euro. Ihr eigentlicher Zweck jedoch ist folgender: Ein Kafua-Junge wird mit diesem Messer beschnitten, dann bekommt er es ausgehändigt. Nun ist er ein Mann und in der Gemeinschaft als solcher akzeptiert. Das Messer kommt, wenn überhaupt, nur noch einmal zum Einsatz: Wenn ihn seine Ehefrau betrogen hat. Mit dem Messer, das ihn zum Mann gemacht hat, darf der Mann seine Frau nach einem vorgegebenen Ritus töten, wenn sie ihm die Mannesehre geraubt hat. Zuerst wird der Ehebrecherin die Kehle aufgeschnitten – dazu muss es übrigens eine mondklare Nacht im Herbst sein – dann wird ihr die Bauchdecke geöffnet und die Leber entnommen. Die Kafua halten die Leber für den Sitz der menschlichen Seele. An die Stelle des Organs legt der gehörnte Mann das Messer, mit dem er seine Frau getötet hat, in ihre Bauchhöhle. Anschließend wird die Leiche unbekleidet in den Fluss geworfen und vom Wasser fortgetragen. Nun konnte man der Zeitung keine weiteren

Details entnehmen, als dass die Leiche meines Studenten unbekleidet und mit mehreren Messerstichen versehen war. Gehe ich recht in der Annahme, dass Gernot Behnke genauso ermordet wurde, wie ich es eben beschrieben habe?«

»Sie gehen recht«, antwortete Max Pfeffer und fuhr sich langsam über das Kinn. »In den Fluss geworfen, soso. Und Sie sagen, dass man diese Messer leicht erstehen kann?«

»Sicher. Sie sind keine Seltenheit. Vermutlich war es aber ein Messer, das Behnke selbst besaß. Sehen Sie, dieses Messer ist hervorragend gearbeitet und weist eine gewisse Patina auf. Ich denke, dass es sich um ein altes Messer handelt, das für Sammler einigen Wert besitzt.«

»Danke, Professor.« Der Polizeibeamte stand auf. »Noch eine Frage zu dem Fluss, in den die Leiche geworfen wird. Muss das ein Fluss sein oder genügt dazu ein stehendes Gewässer?«

»Es muss ein Fluss sein«, sagte ich und reichte ihm die Hand. »Wichtig ist, dass die Leiche fortgetragen wird und nicht mehr auftaucht. Daher passt das mit dem Bach ganz gut.«

Pfeffer hielt meine Hand fest und schüttelte sie langsam immer weiter. Sein Händedruck war fest und trocken. Seine Augen, braun wie Herbstlaub, fixierten mich. »Ja, das passt gut«, meinte er dann nachdenklich. »Behnke wohnte im Glockenbachviertel, nicht wahr?«

»Das entzieht sich leider meiner Kenntnis«, antwortete ich. »Und selbst wenn …, ich verstehe den Zusammenhang nicht ganz.«

»Das müssen Sie auch nicht.« Pfeffer ließ endlich meine Hand los und ging zur Tür. »Ach«, sagte er und drehte sich um, »was passiert eigentlich mit der Leber?«

»Welche Leber?« Ich konnte ihm zunächst nicht ganz folgen. »Ach so, die Leber. Ja, die wird den Ahnen der Frau geopfert. Um sie zu beruhigen.«

Grübelnd setzte ich mich auf die Kante meines Schreibtisches. Ob Pfeffer mich wiedererkannt hatte? Ich jedenfalls hatte ihn gleich erkannt. Schließlich waren wir als Kinder im selben Viertel aufgewachsen und hatten als Jugendliche in verfeindeten Cliquen einander harmlose Streiche gespielt. Damals, im Glockenbachviertel, wo ich auch heute noch wohne. Max Pfeffer wohnte am Roecklplatz, ich in der Jahnstraße. Klar, dass Pfeffer sich im alten Viertel noch auskannte und erheblich schneller einen Zusammenhang zwischen dem Leichenfundort nahe dem Haus der Kunst und dem kilometerweit entfernten Glockenbachviertel sah, als ein Kollege, der aus Schwabing oder Haidhausen kam. Das Klingeln des Telefons riss mich aus meinen Gedanken.

»Ja?«

»Professor, wir müssen uns unterhalten!« Es war dieselbe fordernde Stimme, die mich seit zwei Tagen telefonisch belästigte.

»Lassen Sie mich endlich in Ruhe«, flüsterte ich in die Sprechmuschel, denn der Polizist hatte die Tür nicht geschlossen und meine Sekretärin musste nicht mitbekommen, was ich sagte. »Ich habe damit nichts zu tun! Lassen Sie mich in Ruhe, oder ich verständige die Polizei.«

»Professor«, sagte der Unbekannte. »Die Polizei verständige im Zweifelsfall immer noch ich. Deshalb werden Sie sicher einem Treffen heute Nachmittag zustimmen, oder?«

»Ich ...«, stammelte ich mehr aus Wut denn aus Angst. »Ich habe ein Seminar ...«

»Nein. Sie haben heute keins. Versuchen Sie nicht, mich zu verarschen.«

»Gut. Wann und wo?«

»Um vier bei Ihnen zu Hause.«

»Das geht nicht!«, rief ich. »Meine Frau ...«

»... kommt wie immer erst um halb sieben nach Hause, Professor. Bis später.« Er hatte aufgelegt. Ich hielt noch den Hörer in der Hand, als plötzlich Pfeffer wieder in der Tür stand.

»Fast hätte ich es vergessen«, sagte er und trat ins Zimmer. »Aber nachdem dieser Ritus nur wenigen bekannt sein dürfte, fallen auch Sie unter die Verdächtigen, nicht wahr? Haben Sie auch so ein Kafua-Messer? Und wenn ja, könnte ich es bitte mal sehen?«

»Nun, Herr Kriminalrat«, entgegnete ich, »demnach kommt theoretisch jeder Völkerkundestudent, der mein Kafua-Seminar besucht hat, sowie jeder Ethnologe, der meine zahlreichen Veröffentlichungen gelesen hat, als Täter in Frage. Sowie rund 80 000 Kafua. Ebenso jeder aus Behnkes Bekanntenkreis, mit dem er sich über dieses Thema unterhalten hat.«

»Richtig. Aber vorerst geht es mir um Ihr Messer, Professor.«

Ich öffnete die oberste Schublade meines Schreibtisches und holte das Gewünschte hervor. Vorsichtig zog ich das Messer aus der Lederscheide. »Hier, Herr Pfeffer. Mein Kafua-Messer. Ich hätte auch noch verschiedene Beschneidungsmesser zu bieten oder rituelle Schlachtmesser der ...«

»Danke, Professor Hartmann«, Pfeffer grinste und hob lässig die Hand zum Abschied. »Oder darf ich noch ›Markus‹ und ›du‹ sagen?!«

Ungeduldig lief ich in meiner Wohnung auf und ab und wäre mehrfach beinahe über unsere Katze gestolpert, die schnurrend und auf Streicheleinheiten hoffend zwischen meinen Füßen herumstromerte. Unpünktlichkeit konnte ich auf den Tod nicht ausstehen. Es war bereits zehn nach vier, als es klingelte. Der unbekannte Anrufer zeigte endlich sein Gesicht. Als ich die Tür öffnete, stand mir ein junger blonder Mann in schwarzer Hose und blauem Hemd gegenüber.

»Professor Hartmann?«, begrüßte er mich. »Darf ich reinkommen? Wir wollten uns über Gernot Behnke unterhalten.«

Ich gab den Weg frei.

Er betrat zögernd meine Wohnung, erspähte die neugierige Katze und bückte sich gleich, um sie zu streicheln.

Also doch kein so harter Kerl, wie er tat. »Ich fürchte«, sagte ich, als ich mit dem jungen Mann das Wohnzimmer betrat, »ich habe Ihren Namen nicht richtig verstanden.«

»Der tut nichts zur Sache«, entgegnete der Fremde und setzte sich mit der Katze im Arm auf das Sofa. »Ich will es kurz machen, Professor. Ich bin ...«, er seufzte lange und etwas zu dramatisch, »... ich war der Freund von Gernot Behnke.«

»Und?« Ich musterte ihn aufmerksam. Worauf wollte er hinaus?

»Der Freund, verstehen Sie? Sein Freund!«

»Oh.« Nun begriff ich. »Ja, äh, das tut mir dann natürlich ganz besonders leid für Sie. Das muss schmerzlich sein ...«

»Sparen Sie sich das, Professor«, unterbrach er mich. »Markieren Sie hier nicht den Toleranten. Wir kannten uns erst recht kurz. Es war noch nicht die große Liebe, oder so.«

»Was wollen Sie dann hier?« Der Kerl war mir unsympathisch.

Er setzte meine Katze vorsichtig auf den Boden, doch das Tier sprang sofort wieder auf seinen Schoß und rieb den Kopf an der Gürtelschnalle.

»Ich brauche Geld.«

»Dann gehen Sie zu einem Geldautomaten«, sagte ich.

»Da bin ich ja.« Er grinste süffisant. »Sie, Professor, können verhindern, dass ich die Polizei über Sie und Gernot aufkläre. Für, sagen wir, runde 20 000 Euro.«

»Ich fürchte, da müssen Sie erst mich mal aufklären«, entgegnete ich und lehnte mich entspannt im Sessel zurück. »Sie müssen Behnke ja wirklich abgöttisch geliebt haben, wenn Sie nur auf Geld aus sind. Nun mal raus damit: Was genau wollen Sie der Polizei erzählen?«

»Sie hatten seit zwei Jahren ein Verhältnis mit Gernot Behnke.«

»Hat er das behauptet?« Ich lachte demonstrativ.

»Nein. Ihren Namen hat er nicht erwähnt. Aber das brauchte er auch nicht. Er hat mir, als es ernster mit uns wurde, gesagt, dass er ein heimliches Verhältnis mit einem verheirateten Mann hat. Jemandem von der Uni. Jemand Wichtigem. Mit dem traf er sich zweimal die Woche zum Sex.«

»Und da kommen Sie ausgerechnet auf mich?« Nun musste ich schallend lachen. »Ich soll ein sexuelles Verhältnis mit einem Mann gehabt haben. Meine Frau würde sicher gerne solche Räuberpistolen hören, ebenso meine beiden Kinder! Ich habe viel Verständnis für meine Mitmenschen. Schließlich leben wir hier im Glockenbachviertel und es gibt nicht wenige Kollegen, die spotten, da müsse man als Mann ja mit dem Hintern zur Wand durchlaufen. Aber irgendwo ist Schluss.« Ich stand auf und wurde ernst. Man muss sich wirklich nicht alles bieten lassen. »Doktor Sachse aus meinem Institut ist, äh, … schwul. Und er ist wichtig. Vielleicht sollten Sie besser den mit Ihren absurden Anschuldigungen konfrontieren …«

»Der wohnt aber nicht im Glockenbachviertel!« Er sagte das mit Triumph in der Stimme.

Ich setzte mich wieder und zuckte mit den Schultern.

Er beugte sich vor. »Gernots Leiche wurde vor der Staatskanzlei gefunden. Der Bach hatte sie dorthin mitgenommen. Der Glockenbach.«

»Der Glockenbach, mein Lieber, fließt seit den Sechzigerjahren unterirdisch. Das, was man hier als Bach im Viertel sieht, ist der Westermühlbach …«

»… der aber unterirdisch in den Glockenbach mündet. Ich habe mich informiert. Der Westermühlbach fließt bis zu dem Haus an der Holzstraße oberirdisch, dann kommt er in das künstliche unterirdische Bachbett, mündet dort in den Glockenbach. Der wiederum fließt dann als Westlicher Stadtgrabenbach einmal um die ganze Innenstadt, parallel zum Altstadtring, am Sendlinger Tor vorbei zum Stachus, dann unter Odeonsplatz und Residenzgarten zur Staatskanzlei, wo er als Köglmühlbach wieder an die Oberfläche kommt und in den Englischen Garten fließt.«

»Bravo«, sagte ich. »Das haben Sie schön gelernt. Und weiter? Wie soll ich also Gernot Behnke, meinen angeblichen Geliebten … entschuldigen Sie, wenn ich lache, … in den Bach befördert haben?«

»Nichts einfacher als das, Professor. Gernot wohnte vorne an der Geyerstraße, parallel dazu verläuft der Westermühlbach oberirdisch. Die Häuser in der Geyerstraße haben zum Bach hin Gärten. Sie haben Gernot in seinem Appartement nach dem Kafua-Ritus getötet und dann nachts seine Leiche einfach in den Bach geworfen, in der Hoffnung, dass der Körper entweder irgendwo unterirdisch hängen bleibt und nie auftaucht, oder quer durch die Stadt gespült wird und letztlich in der Isar landet. Zu Ihrem Pech ist die Leiche aber bereits an der Staatskanzlei aufgetaucht und deshalb kann jeder, der sich ein wenig auskennt, den Zusammenhang zwischen Glockenbach und Fundort herstellen.«

»Interessant und in sich recht stimmig, was Sie da sagen«, meinte ich anerkennend. »Nur haben Sie ein kleines, aber entscheidendes Detail in Ihren Ausführungen übersehen. Zum einen war Gernots Wohnung nicht der Tatort. Und bevor der Westermühlbach unter der Erde verschwindet, wird er von einer automatischen Rechenräumanlage gereinigt, die Fremdkörper entfernt. Ein hydraulisch betriebener Rechenarm zieht alles heraus. Man hat bisher erst einmal eine Leiche in der Räumanlage gefunden, das war 1997. Glauben Sie mir, ich weiß das deshalb, weil das Haus, unter dem der Bach verschwindet, unser Nachbarhaus ist. Sie sehen, Sie müssen sich etwas anderes einfallen lassen.«

Der junge Mann nahm wieder die schnurrende Katze in den Arm und streichelte sie verbissen, während er mich finster musterte. Ich hatte sein Konzept schwer ins Wanken gebracht.

»Tja«, sagte ich, »und dann ist da noch eine Winzigkeit, die Sie übersehen haben: Warum sollte ich Gernot töten? Noch dazu nach einem Ritus, der untreuen Frauen vorbehalten ist?«

Das Telefon unterbrach uns. Es mag Menschen geben, die ein klingelndes Telefon ignorieren können, ich kann es nicht. Es war Max Pfeffer.

»Markus«, begrüßte er mich forsch. »Nur kurz noch eine Frage: Das Ganze ist doch ohnehin sehr theoretisch, oder?«

»Ich verstehe nicht«, sagte ich.

»Nun, dieser Ritus und so weiter. Es hakt doch schon an einer ganz einfachen Tatsache: Gernot Behnke ist keine Frau.«

»Stimmt«, sagte ich. Der ungebetene Gast ließ mich nicht aus den Augen. Also stand ich auf und ging mit dem schnurlosen Telefon in die Küche. Sollte der Erpresser die Katze beim Schnurren belauschen.

»Aber es hakt schon viel früher: Wir sind keine Kafua, wir sind nicht mal in Afrika …«

Kriminalrat Pfeffer lachte kurz. »Also wollte jemand mal eine exotische Tötungsart ausprobieren.«

»Oder der Täter ist Afrikaner. Es gibt vielleicht noch einen anderen Grund, auf diese Art zu töten, die uns noch nicht bekannt ist«, gab ich zu bedenken. »Ich hoffe, ich habe dir ein wenig weiterhelfen können.«

Pfeffer brummte zustimmend. »Vielleicht hat sich auch jemand emanzipiert. Hatte Behnke eine Freundin?«

Ich zuckte mit den Schultern. »Nicht, dass ich wüsste. Obwohl …, nun ich hatte manchmal den Eindruck, dass er …, besser gesagt: eine Kommilitonin namens Susanne Lemke hatte wohl ein Auge auf ihn geworfen und sich einiges versprochen.«

»Und Behnke hat sie abgewiesen?«

»Wie gesagt, da habe ich keine Ahnung.«

»Selbst wenn«, man konnte förmlich hören, wie Pfeffer seine Unterlippe knetete, »dann müsste die Dame ein Mordsweib sein, um so eine Tat zu begehen.«

»Susanne Lemke ist ein Mordsweib, Max. Aber das wäre doch absurd! Ich meine, sie ist eine Wissenschaftlerin …«

»Was ist heute schon absurd«, sagte Pfeffer leise. »Übrigens, bevor ich mich durch die ganze Dissertation von Behnke quäle, frage ich lieber dich: Was passiert eigentlich mit dem Nebenbuhler, dem Ehebrecher?«

»Der kommt in der Regel ungeschoren davon. Auch die Kafua sind eine Männergesellschaft.«

»Und wenn er mal nicht davon kommt?«

»Das passiert nur, wenn der gehörnte Ehemann seine Frau sehr geliebt hat. Dann kann er unter Umständen den Nebenbuhler niederschlagen und mit einer Art Sack über den Kopf im Fluss ertränken. Den Rest kannst du dir denken.«

»Leber raus und fortspülen.«

»Das mit der Leber hat es dir angetan«, stellte ich nur halbwegs amüsiert fest. Der Kriminaler schien sich an ekligen Details zu erfreuen.

Wir beendeten unser Gespräch und ich konnte mich wieder dem jungen Mann widmen. »Bei welcher Ihrer haltlosen Anschuldigungen waren wir stehen geblieben?«

»Ihrem Motiv, Professor. Ich sagte bereits, dass Sie ein Verhältnis hatten«, wiederholte der Fremde eine Spur zu aggressiv. »Vermutlich haben Sie sich mehr von der Beziehung versprochen als er. Für Sie war es ja so praktisch – mit Gernot konnten Sie endlich all Ihre heimlichen sexuellen Phantasien ausleben und nach außen die Fassade des verheirateten Biedermanns aufrechterhalten. Doch dann passierte etwas, was Ihnen nicht in den Kram passte. Ich tauchte auf und Gernot verliebte sich in mich. Ich weiß, dass Gernot mit seinem heimlichen Lover, also mit Ihnen, Schluss machen wollte. Und er hat mir auch gesagt, dass Sie wahnsinnig eifersüchtig seien. Als er sich trennen wollte, sind Sie ausgerastet und haben ihn mit Ihrem Ritualmesser umgebracht. Für Sie war er ja so etwas wie die untreue Frau.«

»Jetzt hören Sie mir mal zu.« Ich holte mein Kafua-Messer aus der Jackentasche, um diesem absurden Theater ein Ende zu setzen. »Zum einen habe ich mein Messer noch.« Ich zog es aus der Lederscheide, hielt es ihm vor die Nase und steckte es dann wieder vorsichtig ein. »Zweitens habe ich Ihnen bereits erklärt, warum ich die Leiche nicht auf Ihre Art entsorgt haben kann, und drittens, auch hier wiederhole ich mich, bin ich ein glücklich verheirateter und sexuell ausgelasteter Mann. Hat Behnke Ihnen gegenüber je meinen Namen erwähnt? Nein. Ich vermute mal, dass Sie freien Zugang zu seiner Wohnung haben oder hatten?«

Er nickte.

»Und Sie werden sicher herumgewühlt haben. Haben Sie ein Tagebuch gefunden? Briefe? Fotos? Haare? Irgendetwas, das auf mich hinweist?« Mit jeder Frage wurde ich lauter.

Er rutschte tiefer ins Polster. Ohne mich anzusehen, schüttelte er den Kopf.

»Wissen Sie, was ich vermute? Sie haben ihn umgebracht. Und nun wollen Sie mir Ihre Tat in die Schuhe schieben.«

»Ich wusste das mit der Rechenanlage doch gar nicht«, brauste er auf.

»Das behaupten Sie. Darf ich Sie nun bitten zu gehen, oder soll ich die Polizei rufen?«

»Sie haben doch eben mit der Polizei telefoniert, da hätten Sie doch gleich …«

»Gehen Sie.« Ich erhob mich und sah den Burschen auffordernd an.

Der starrte zurück und streichelte trotzig die Katze. Schließlich stand er auf, setzte das Tier behutsam auf den Teppich und folgte mir zur Tür.

»Einen Moment noch, Professor.« Plötzlich packte er mich am Arm. »Woher wissen Sie eigentlich, dass Gernot nicht in seiner Wohnung ermordet wurde? Wie können Sie da sicher sein, wenn Sie nicht der Täter sind?« Seine Augen strahlten triumphierend.

»Weil«, ich seufzte, »weil die Polizei mich heute aufgesucht und es mir gesagt hat. « Ich nahm den Kellerschlüssel vom Schlüsselbrettchen. »Sind Sie jetzt endlich zufrieden?«

Er senkte den Kopf und machte einen Schmollmund.

»Kommen Sie mit, ich zeig Ihnen mal was. Das wird Sie interessieren.«

Wir stiegen die vier Stockwerke hinunter. Als wir den Keller betraten, zögerte der Fremde.

»Keine Angst«, beruhigte ich ihn. »Was ich Ihnen zeigen werde, wird Sie restlos überzeugen.«

Er riss sich zusammen und folgte mir.

Ich ging an den Kellerabteilen vorbei zu der Stahltür, die noch ein Stockwerk tiefer führte, schloss auf und machte Licht. Man konnte bereits das Wasserrauschen vernehmen. Wir stiegen die Treppe hinab, noch einmal musste ich eine Stahltür aufschließen, schon standen wir auf dem schmalen Betonsteg, der neben dem unterirdischen Glockenbach entlanglief. Ich hatte dem jungen Mann den Vortritt gelassen. Er starrte gebannt in das reißende Wasser und suchte Halt, denn der Steg war leicht glitschig und teilweise mit Algen bewachsen.

»Die Stadt«, begann ich und musste schreien, um das Tosen des Wassers zu übertönen. Ich packte den Typen am Arm, damit er nicht ins Wasser rutschte, »ist für die Instandhaltung des Bachbetts zuständig. Die jeweiligen Hauseigentümer für die Überwölbung. Daher haben wir Zugang zum Bach. Das ist nicht bei allen Häusern, die über dem Bach stehen, so, aber bei vielen. So einfach umgeht man die Rechenanlage! Man entsorgt die Leiche im Keller. Und theoretisch kommen dafür alle Häuser über dem unterirdischen Bach in Frage. Hunderte. Die Polizei wird vermutlich die ganzen Eigentümer abklappern. Sicher werden sie früher oder später auch bei uns klingeln. Meiner Frau gehört dieses Haus hier, wissen Sie? Deshalb habe ich auch die Schlüssel.«

Er hatte einen Schritt auf mich zu gemacht, versperrte ich doch den Rückweg zur Treppe. Ich ließ seinen Arm los. »Vorsicht, sonst fallen Sie noch in den Bach, mein Guter.«

Obwohl er jung und sportlich war und leicht mit mir fertig werden könnte, starrte er mich angsterfüllt an.

»Was haben Sie denn?« Ich musste lachen. »Jetzt glauben Sie wieder, dass ich es war, nicht wahr?« Ich schüttelte den Kopf und gab einen Stoßseufzer von mir. Dann trat ich einen Schritt zu Seite und presste mich mit dem Rücken an die Wand, damit er an mir vorbei zur Treppe gehen konnte.

»Bitte«, forderte ich ihn auf und krallte meine Finger hinter meinem Rücken in die Lücken im alten Ziegelmauerwerk. »Wenn Sie wieder nach oben wollen, gehen Sie.«

Er blieb lauernd stehen und musterte mich mehrere Sekunden lang. Dann entspannte sich sein Blick, er sah verlegen zu Boden und quetschte sich an mir vorbei Richtung Treppe. Sein Körper rieb sich an meinem. »Tut mir leid«, murmelte er, als er sich an mir vorbei drückte.

Ich hielt ihn wieder am Arm fest, damit er nicht aus Versehen ins Wasser stürzte.

»Mir auch«, sagte ich und verstärkte meinen Griff an seinem linken Arm.

Überrascht drehte er sich um. In diesem Moment traf ihn der lose Ziegelstein, den ich in der Wand gesucht und gefunden hatte, mit voller Wucht an der Schläfe. Bewusstlos brach er auf dem Steg zusammen und fiel genau auf die Stelle, an der Gernots Blut den Beton dunkelbraun verfärbt hatte. Das Getöse des Bachs schluckte alle anderen Geräusche.

»Sie haben so Recht«, sagte ich. »Ich bin sehr eifersüchtig. Und jetzt entschuldigen Sie mich, ich muss kurz im Keller eine Plastiktüte holen.«

»Schatz«, rief meine Frau, als sie von der Arbeit nach Hause kam. »Hast du das von dem Studenten gehört? Das war doch jemand aus deiner Fakultät, nicht wahr?« Sie kam zu mir in die Küche und schnupperte. »Heute Suppe?«, fragte sie. Sie setzte sich an den Küchentisch und begann, ihre Schuhe auszuziehen. »Oh. Große Wäsche.«

Ich war eben dabei, die Wäsche aufzuhängen. »Habe mir nur die Hose ein wenig versaut«, antwortete ich und untersuchte noch einmal die Stelle, an die etwas Blut aus seiner Schläfe gespritzt war. Nichts zu sehen, der modernen Wasch- und Fleckenmittelindustrie sei Dank.

»Ach, Markus«, schalt dann meine Frau, »was hast du denn da der Katze wieder gegeben? Du weißt doch, dass ich nicht möchte, dass sie rohes Fleisch frisst.«

»Ist doch nur ein wenig Abfall«, entgegnete ich und nahm den Fleischwolf vom Abtropfgestell, um ihn zu verstauen. »Ich habe uns eine feine und ganz frische Leberknödelsuppe gemacht.«

LEBERKNÖDELSUPPE

ZUTATEN

250 g Rindsleber
50 g Milz
6 – 8 Semmeln vom Vortag
2 EL Mehl
1 Ei
½ Zwiebel
⅛ l Milch
1 EL Majoran
Salz, Pfeffer, Schnittlauch
Fleischbrühe

ZUBEREITUNG

Die Semmeln in feine Scheiben schneiden, mit der warmen Milch übergießen und 10 min
zugedeckt durchziehen lassen. Die feingehackte Zwiebel, Majoran, Salz, Pfeffer dazugeben,
ebenso die geschabte Leber und Milz und alles gut mischen. Mit angefeuchteten Händen
Knödel formen und in die Fleischbrühe geben. 15 min leicht kochen lassen. Vor dem Servieren
mit Schnittlauch bestreuen.

Die Venus vom Nockherberg
Manuela Obermeier

»I bin der Stolz von der Au«, singt der Alois und tritt gemächlich in die Pedale. Die Plastiktüte aus der Metzgerei pendelt rhythmisch raschelnd am Lenker hin und her.

»Am Mariahilfplatz geboren«.

Das ist er zwar nicht, am Mariahilfplatz geboren, sondern in Harlaching. Aber das ist nicht weiter tragisch. Schließlich war er dort nur ein paar Tage, und die zählen ja eigentlich nicht. Nach dem Krankenhaus hat er auf jeden Fall immer in der Au gelebt. Jeden einzelnen Tag seit mittlerweile fast siebenundfünfzig Jahren. Die sieht man ihm aber längst noch nicht an, findet der Alois. Er hat sich nämlich ganz gut gehalten und ist immer noch so fesch wie früher.

Obwohl der das damals nie von sich gesagt hätte. In den Siebzigern war niemand fesch. Zumindest nicht, wenn man jung war. Gut ausgeschaut hat er halt, und er hat nix anbrennen lassen. Bis dann im Paulanergarten plötzlich die Uschi aus Untergiesing vor ihm gestanden ist. Wie die ihn so angeschaut hat, da hätts ihn fast aus den Latschen gehauen. Aber die wollt erst nix von ihm wissen. Zumindest hat sie so getan. Später hat sie ihm verraten, dass sie jedes Mal vor Herzklopfen fast gestorben wär, wenn sie ihn gesehen hat.

Inzwischen sind sie vierunddreißig Jahre verheiratet. Schmarrn. Dreiunddreißig. Oder doch vierunddreißig? Wurscht. Er mag jetzt nicht rechnen. Auf jeden Fall ist er in der ganzen Zeit nicht einmal nebenaus gegangen. Obwohl es ihm an Angeboten nicht gefehlt hat. Geflirtet hat er aber schon ab und zu, wenn die Uschi nicht dabei war. Das macht er immer noch. Jetzt grad wieder auf dem Wochenmarkt auf dem Mariahilfplatz.

Samstags ist da immer das Standl seiner Lieblingsmetzgerei. Die haben die besten Blutwürscht in ganz München. Die Cindy, die Verkäuferin mit den roten Haaren, die ist zwar aus dem Osten, aber nett ist die trotzdem. Und sie gibt ihm den Anschnitt vom Bierschinken immer umsonst. Dabei zwinkert sie und lacht ihn an, als wär er noch mindestens fünfundzwanzig Jahre jünger.

Der Alois grinst in sich hinein und tritt flotter in die Pedale. Die Blutwürscht in der Tüte schlagen gegen die Lenkstange. Er freut sich schon auf das Gröstl.

Schwungvoll biegt er von der Falken- in die Taubenstraße ab. Der rote Mini, dem er gerade noch so vor der Motorhaube vorbeigewitscht ist, hupt wie narrisch, aber das schert den Alois nicht. Dafür der Zettel am Laternenmast. Der hing dort gestern noch nicht. Er bremst ab.

›Wer hat Pucki gesehen?‹, steht da ganz fett, dazu ein Bild von einem kleinen Hund. Alois erkennt ihn auf den ersten Blick. Das ist der Wadlbeißer der Pfeiffers, so ein mopsgedackelter Spitz. Geht einem nicht einmal bis zum Knie, aber kläfft alles an, was sich bewegt. Der ist also auch verschwunden?

Der Alois steigt auf und radelt weiter, jetzt aber wieder schön gemächlich und vor allem nachdenklich. Nicht dass es ihm um den Pucki wirklich leidtun würde. Dem Hundsviech hat er oft die Pest an den Hals gewünscht, wenn er wieder stundenlang gebellt hat. Wenn jetzt eine Zeitlang Ruhe herrscht, ist in der Nachbarschaft garantiert niemand beleidigt. Er selbst am allerwenigsten. Aber komisch ist es halt, weil in letzter Zeit ganz schön viele solche Zettel herumhängen.

Angefangen hat es mit dem schwarzen Pudel, der sein Geschäft immer mitten auf dem Trottoir erledigt hat. Die Besitzerin, so eine aufgetakelte Zuagroaste, hat dabei jedes Mal seelenruhig zugeschaut, und wenn sie jemand darauf angesprochen hat, hat sie sich taub gestellt. Und dann war der Pudel weg. Über Nacht. Wochenlang ist die Frau durch die Straßen gelaufen und hat ihren Hund gesucht. Ganz rotgeweinte Augen hat sie gehabt. Da hat sie dem Alois fast schon leidgetan. Aber nur fast, weil es schon angenehm ist, dass man auf dem Gehweg jetzt nicht mehr nach Tretminen Ausschau halten muss.

Als nächstes hat es den verzogenen Yorkshire von der alten Zöttl erwischt, der einem immer zwischen den Beinen herumgesprungen ist und nach den Hosenbeinen geschnappt hat. Der war auch von heut auf morgen verschwunden. Das kommt halt davon, hat der Alois zur Uschi gesagt, wenn man seinen Hund nicht erzieht und dann ohne Leine herumlaufen lässt. Die Zöttl hat nämlich so laut rufen können, wie sie gewollt hat, der aufgstellte Mausdreck hat einfach nicht gefolgt. Das hat sie jetzt davon.

Vorletzte Woche ist der fette Tigerkater von Schwalbes nicht mehr heimgekommen. Bei dem hat es den Alois richtig gefreut, weil das Mistviech nichts Besseres zu tun gehabt hat, als den ganzen Tag lang Vögel zu fangen. Wo es doch eh nur noch so wenig gibt. Vor allem Amseln. Dabei singen die immer so schön.

Und jetzt also der Pucki. Vielleicht stimmt das mit den Tierfängern ja doch? Als er gestern in der Falkenstraße seinen Lottoschein aufgegeben hat, hat eine Frau sowas gesagt. Angeblich landen die dann in Laboren für Tierversuche. Sowas ist natürlich eine riesige Sauerei, das hat nicht einmal der depperte Yorkshire verdient.

Der Alois lässt sein Radl in die Nockherstraße rollen. Als Kind ist er da immer mit Karacho runtergesaust, hat nach der Rechtskurve eine Vollbremsung hingelegt, ist dann noch einen Meter quer gerutscht und genau vor der Haustür stehengeblieben. Kurz vor seinem Fünfzigsten hat es ihn plötzlich gejuckt, und er hats noch einmal wissen wollen. Aber mit der Rücktrittbremse war das damals irgendwie leichter. Auf jeden Fall hat ers nimmer ganz dabremst. Die Uschi zieht ihn heute noch damit auf, dass sie angeblich noch nie so einen formvollendeten Achter an einem Radl gesehen hat.

Heute könnte er die Nockherstraße gar nicht hinuntersausen, selbst wenn er wollte, denn die Riemerling blockiert mit ihrem Hinterteil die komplette Straße. Gut, nicht nur mit ihrem Hinterteil, obwohl das schon groß genug dafür wäre. Die Uschi sagt immer, wenn die Riemerling in ihrem Gartenstuhl vor der Haustür sitzt, sieht es aus, als ob sich der Watzmann mitsamt Frau und Kindern zwischen die Armlehnen gequetscht hätte. So voluminös ist die Riemerling. Und auch genauso schroff. Also vom Wesen her. Der Rest ist eher weich, um nicht zu sagen aufgschwemmt. Aber Schmalz hat sie, das muss man ihr lassen.

Der Alois ist ganz erstaunt, als er sieht, wie leicht sie den halben Zentner Zement aufhebt, der ihr von der Sackkarre gerutscht ist. Die hat nämlich offensichtlich gerade ein Rad verloren, deshalb muss sie das Sackl über die Straße zu ihrem Haus tragen. Im geöffneten Kofferraum ihres Autos erspäht der Alois noch drei weitere.

Er zögert einen Moment, dann steigt er leise seufzend von seinem Fahrrad. »Soll ich Ihnen helfen?«, fragt er und hofft, dass sie ablehnt. Eigentlich will er nämlich nix mit der Riemerling zu tun haben. Genau genommen will die ganze Straße nix mit ihr zu tun haben. Und sie nix mit der gesamten Straße. Zumindest hat der Alois sie noch nie mit irgendeinem aus der Nachbarschaft reden sehen.

Auch jetzt sagt sie kein Wort. Sie schaut ihn nur kurz an und grunzt etwas, das alles heißen kann. Wahrscheinlich sogar eher Nein als Ja, aber weil der Alois ein hilfsbereiter Mensch ist, packt er trotzdem mit an. Nachsagen will er sich nämlich auch nix lassen.

Schnaufend tragen sie einen Sack nach dem anderen vom Auto in die kleine Werkstatt neben dem Haus. Das Doppelkinn der Riemerling bebt und zittert, und wenn sie sich bückt, wartet der Alois jedes Mal darauf, dass die Nähte von ihrer Latzhose reißen.

Eine gute Figur macht so eine Latzhose nicht gerade, findet er. Nicht mal bei einer Frau mit dreißig Kilo weniger. Die Uschi würde so ein Ding nie anziehen. Auch nicht zum Arbeiten. Die Riemerling ganz offensichtlich schon, denn der blaue Stoff ist über und über gesprenkelt mit hellgrauen Spritzern. Vermutlich vom Beton.

Wie man als Frau nur auf sowas kommt? Er selbst hat es mit dem Handwerken ja nicht so, die Riemerling hingegen scheint den lieben langen Tag nix anderes zu machen. Vor Jahren hat sie auf dem winzigen Vorplatz vor ihrem Haus fast alle Pflastersteine herausgerissen. Nur einen schmalen Weg zur Tür hat sie übriggelassen, damit man bei Regen nicht gar so durch den Matsch gehen muss. Auf dem Rest hat sie Rasen angesät und am Rand ein paar Rosen gepflanzt. Inzwischen gibt es dort aber fast mehr Statuen und Skulpturen als Grashalme. Alle aus Beton und alle von ihr selbst hergestellt.

Der Alois kann sich noch an die Figur erinnern, mit der alles angefangen hat. Mit hochrotem Kopf hat sie das Ding damals über den Rasen geschleppt. Was genau es war, hat keiner sagen können. Nackert wars. Und dick. Eine Art übergewichtige Venus von Milo, allerdings mit Armen, dafür aber ohne Kopf. Der ist wohl nix geworden.

Dann sinds immer mehr Figuren geworden, und immer bessere: dicke Engerl mit aufgeblähten Backen, griechische Götterstatuen, bayrische Löwen und und und. Da hat die Leut aus der Straße die Neugier gepackt, und auf einmal sind alle ständig an ihrem Haus vorbeigegangen. Stehenbleiben und schauen hat sich aber keiner getraut. Auch der Alois und die Uschi nicht. Nur im Vorbeiflanieren haben sie halbscharig über den Gartenzaun gelinst.

Die Auswärtigen haben sich da gar nix gedacht. Ein Preiß, der sich auf dem Rückweg vom Paulaner verirrt hat, war der Erste, der der Riemerling eine Statue abgekauft hat. Danach sind es immer mehr geworden, bis schließlich sogar ein Bus voller Amis angehalten hat, und die haben sich erst neben ihr fotografieren lassen und dann ihren winzigen Garten fast leergeräumt.

Die Riemerling – Isolde, heißt sie, glaubt der Alois sich zu erinnern – hat das alles mit stoischer Ruhe über sich ergehen lassen. Manchmal hat sie sogar gelacht. Der Alois hat sie bis dahin noch nie lachen hören. Er hat gar nicht gewusst, dass sie das im Repertoire hat, so zwider wie die sonst immer schaut.

Auch heute traut er sich nicht richtig hinschauen, riskiert nur immer wieder schnell ein Auge, aber was er dabei sieht, beeindruckt ihn wirklich. Vor allem die Viecher. Die große Katze, die zusammengerollt auf dem Rasen liegt, erinnert ihn an das Mistviech von Tigerkater, und der Hund, der das Bein hebt, könnte glatt der verschwundene Pudel von der Aufgetakelten sein. Er glaubt sogar, hinten im Eck neben dem Buchsbaum einen mopsgedackelten Spitz zu erkennen.

»Brauchens mich noch?«, fragt der Alois, als sie das letzte Sackl Zement in die Ecke stellen. Auf der Werkbank hockt ein betongrauer Yorkshire.

Die Riemerling grunzt wieder nur. Der Alois deutet das als ein Nein, sagt Pfia Gott und geht zu seinem Fahrrad.

»Die Riemerling hat sich tatsächlich von dir helfen lassen?«, fragt die Uschi ihn am Abend, während in der Pfanne die Blutwürscht vor sich hin rösten. »Die geht doch sonst allen Leuten ausm Weg.«

Der Alois, dem schon das Wasser im Mund zusammenläuft, zuckt mit den Schultern.

»Direkt ein Wunder ist es ja nicht«, sagt er und öffnet das Fenster, lehnt sich ein bisserl nach draußen und schaut hinauf zum Haus der Riemerling. Ein Mann steht an ihrem Zaun, deutet auf etwas und redet dabei mit Händen und Füßen.

»Was ist kein Wunder?«, fragt seine Frau.

Der Alois blinzelt bei der Frage ein bisserl irritiert, weil seine Gedanken gerade auf Wanderschaft waren, vom Haus der Riemerling noch ein bisserl weiter nach oben zur Paulaner Brauerei. Früher hat man ganz oft die Brauerei gerochen. Sogar aus den Gullys ist der Duft aufgestiegen. Inzwischen ist der größte Teil schon an den Stadtrand umgesiedelt worden, und seither zieht der Geruch, den der Alois schon gemocht hat, als er noch mit Windeln um den Küchentisch gerannt ist, nur noch ganz selten durch die Straßen.

Nimmer lang, und die ganze Brauerei ist Vergangenheit, denkt er. Abgerissen, eingeebnet, weg. Dann ist wieder ein Stückl mehr dahin von der Au. Er seufzt leise und dreht sich um zur Uschi.

»Es ist kein Wunder, dass die Riemerling allen aus dem Weg geht. Weißt es noch, vor ein paar Wochen im Tengelmann in der Entenbachstraße?«

»Oh mei, stimmt«, sagt die Uschi und rührt in der Pfanne. »Des war fei ganz schön peinlich.«

Sie sind an der Wurst angestanden, er und die Uschi. Die Riemerling haben sie schon beim Reingehen bemerkt, wie sie beim Obst gestanden ist und jeden Apfel einzeln hochgehoben und angeschaut hat. Aber natürlich haben sie so getan, als hätten sie sie nicht gesehen. Die Winterhollerin, die vor ihnen an der Wurst gewartet hat, hat es genauso gemacht. Die hat die Riemerling auch gesehen und gleichzeitig nicht gesehen. Und als sie alle der Wurstfachverkäuferin beim Abwiegen zugeschaut haben, hat die Winterhollerin die Riemerling eine blahde Blunzn genannt und hat so laut über sie hergezogen, als wären sie ganz allein im Laden. Dabei muss die Winterhollerin grad reden. Die hat nämlich auch ein ganz schönes Wammerl beieinander.

»Des hat man vom Weichspüler bis zum Kopfsalat ghört«, sagt die Uschi, »und die Winterhollerin ist nicht einmal rot gworden. Obwohl sie genau gwusst hat, dass die Riemerling jedes Wort versteht.«

Sie rührt noch einmal kräftig in der Pfanne herum und trägt sie dann zum Tisch. Der Alois setzt sich und schenkt sich ein Bier ein, während die Uschi auf jeden Teller eine ordentliche Portion Gröstl häuft.

»Gibts eigentlich was Neues von der Winterhollerin?«, fragt er, weil es ihm grad so einfällt.

Seine Frau schüttelt den Kopf.

»Die hat seit drei Wochen keiner gsehn. Irgendjemand hat was von einem Lottogewinn und einer Kreuzfahrt erzählt. Karibik, glaub ich. Dabei hat sie doch immer gsagt, dass ihr schon im Ruderboot aufm Kleinhesseloher See ganz anders wird.«

»Die Winterhollerin redet viel, wenn der Tag lang is«, sagt der Alois, spießt ein Stückerl Blutwurst auf und schaut genussvoll kauend aus dem Fenster. Der Mann, der vor dem Garten der Riemerling gestanden hat, macht sich auf den Weg. Vor sich her schiebt er die offenbar reparierte Sackkarre. Es sieht ganz danach aus, als hätte er eine Statue gekauft.

Der Alois greift nach seinem Bier und nimmt einen kräftigen Schluck. Dann schaut er wieder aus dem Fenster. Der Mann überquert die Straße, schiebt seine Fracht jetzt genau vor ihrem Fenster vorbei. Es ist wieder eine Nackerte, und wieder ein bisserl füllig. Eine Venus vom Nockherberg. Diesmal aber mit Kopf, und der schaut genauso aus wie der von der Winterhollerin.

BLUTWURSTGRÖSTL

(schmeckt nicht nur in der Au, sondern auch in Obermenzing oder im Lehel)

ZUTATEN (für 4 Personen)

300 g Blutwurst
600 g festkochende Kartoffeln
1 Zwiebel
Öl für die Pfanne
Salz
Pfeffer (am besten frisch gemahlen)
1 – 1 ½ EL getrockneter Majoran
je nach Geschmack etwas Kümmel
frisch gehackte Petersilie

ZUBEREITUNG

Die Blutwurst in ca. 0,5 cm starke Scheiben schneiden. Die Kartoffeln schälen, kochen, in Scheiben schneiden und im heißen Öl in der Pfanne knusprig anbraten. Die Zwiebeln nicht zu fein hacken und erst in die Pfanne geben, wenn die Kartoffeln schon ein bisschen Farbe angenommen haben, damit sie nicht verbrennen.

Mit Salz, Pfeffer, Majoran und – wer ihn mag – mit Kümmel würzen.

Die Blutwurst am besten in einer separaten Pfanne scharf anbraten, unter die Kartoffeln mischen und noch einmal abschmecken.

Beim Anrichten mit der frisch gehackten Petersilie bestreuen.

Für das gute Gewissen bezüglich Cholesterin und Vitaminen empfiehlt sich als Beilage Feldsalat mit Walnuss- oder Kürbiskernöl.

Das Handtaschen-Nannerl, der Hundini und die Gräfin

Iris Leister

»Jetzt listen a bisserl«, sagt die Rosi, die gerade in New York bei irgendeinem Yogi war und von ihren Abenteuern im Big Apple erzählt.

Freitagabend. Das Nannerl und sie sitzen unter der Markise beim Stavros, über der sich dunkelblauseidig der Himmel wölbt und der Mond, voll wie ein Versprechen. Irgendwo unterm Tisch hat sichs der Hundini bequem gemacht.

Doch das Nannerl kann schon seit ein paar Minuten nicht mehr listen. Auch nicht a bisserl. Genaugenommen, seitdem der Stavros zum Tisch nebenan hingegangen ist, wo der Christos mit einer neuen Begleiterin sitzt.

»Ihr trinkts ja gar nix«, hat er sich so halb beschwert und auf das Glas von der Begleiterin gezeigt, von der das Nannerl bisher nur die Rückansicht kennt.

»Mir genießen«, sagt die Frau, die Silben ein Dreiklang, die Stimme wie eisgekühlte Zuckerwatte. Und um das Nannerl ists geschehen. Ganz flirrend fühlt sie sich plötzlich.

»Kannst nix machen, Stavros. A Dame bleibt a Dame.« Er hebt die Hand der Frau zum Handkuss. Der Christos, der alte Schürzenjäger. Wobei alt durchaus wörtlich zu nehmen ist.

»Earth an Nannerl?!«

Der Hundini wufft und das Nannerl reißts zurück in die Gegenwart, in der die knotigen Rosi-Hände vor ihrem Gesicht den Scheibenwischer machen, dass das Hippie-Armreif-Geschwader klirrt.

»Ich geh mal ums Eck mit ihm.« Das Nannerl erhebt sich langsam, der Hundini wedelt und zieht rechtsrum, sodass sie die Frau nicht anschauen kann.

Das Nannerl, ganz in Gedanken, der Hundini, ganz in Gedanken. So laufen sie ihre Runde. Sankt-Martin-Straße, Alpenstraße, dann die Watzmann. Vorbei an Herbergshäuserln, Jugendstil und Siebzigern. Dann und wann hält der Hundini an, hebt müde das Hinterbein und das Nannerl wartet, die Blicke automatisch und rundum unbewusst in die vertikale Einladung aus schiefen Fenstern, schlechtsitzenden Türen und vorsprüngigen Fassaden verhakt, das Hirn schwingend von dieser Frauenstimme, die sogar das ewige Gemache auf der TeLa überblendet.

»Mir genießen.« Wie eine Gräfin hat sie sich angehört.

Zurück beim Stavros sitzt inzwischen die Rosi am Tisch vom Christos und erzählt von New York. »Setz dich, Nannerl«, sagt der Christos.

»Mei, sit halt down«, sagt die Rosi. Und zur Begleiterin vom Christos gewandt: »Darf ich vorstellen: Handtaschen-Nannerl und der Hundini. Eigentlich heißt er ja Hundini Sieben, weil, aber magst du das nicht selbst erzählen?«

Die Gräfin sieht aus wie Marlene Dietrich. Die Augen so ein ungewisses Blau. Die Brauen schmale Bögen und hoch wie der Himmel, ein Blick, als wär sie stets belustigt. Und Wangenknochen. Und rote Lippen.

In ihrem Alter möglicherweise.

»Später vielleicht«. Das Nannerl ergreift die huldvoll hingestreckte schmale Hand und schluckt. Am liebsten würde sie gehen, aber der Hundini verschwindet unter dem Tisch und so setzt sie sich doch. Wie aus dem nichts steht ein Retsina vor ihr und das Nannerl hört zu, wie das Gespräch von hinten nach vorne geht und von der Seite ums Eck und wieder zurück. Die Rosi ist inzwischen bei Goa ganz früher und wie sie einmal mit den Stones! Die Zuckerstimme der Gräfin perlt wie Isarwasser. Das Nannerl schweigt. Berufskrankheit.

Irgendwann gehts ums Essen und die Gräfin sagt, dass sie ja Krautwickel für ihr Leben gern isst. Dass das aber niemand mehr kocht.

»Ich auch«, sagt das Nannerl. »Für mein Leben gern. Und ich koch das sogar selbst.«

»Wusst ich ja gar nicht«, sagt die Rosi.

»Bin eben full of suprises«, sagt das Nannerl, fasst es selber nicht, was sie da sagt, und muss deshalb auch dringend gehen. Die Gräfin schickt ihr einen ihrer elegant geschwungenen Blicke.

»Full of surprises, ts«, murmelt das Nannerl auch noch, als sie später in ihrem Bett in dem gelben Haus in der Feldmüllerei liegt. Das Haus ist schief und wacklig und sieht aus, als hätte der Eigentümer schon lange vergessen, dass er es hat. Und das Nannerl kann bloß hoffen, dass er sich so schnell nicht daran erinnert, jetzt wo sich hier überall die Baugerüste anschleichen und hinterher ist es immer teurer. »Was für ein Schmarrn, Hundini. Wann hab ich das letzte Mal gekocht?«

Der Hundini mustert sie etwas krumm aus seinem Korb. Dann zupft und leckt er sich intime Körperstellen, bis er gähnt.

»Hast Recht«, sagt das Nannerl und knipst das Licht aus. Die Gräfin schwebt durch ihre Träume. Und die haben es in sich heute Nacht.

Samstagabend. Das Festnetz klingelt und das Nannerl denkt erst einmal scharf nach, was für ein Geräusch das ist.

Sie tät schon gern zum Essen kommen, perlt es schließlich aus dem Hörer. »Passt Montag? Sieben Uhr?«

Heute ist zu, morgen ist Sonntag und am Montag noch ein Feiertag und sie hat doch gar nichts da! »Passt«, sagt das Nannerl.

Raketen zischen durch ihren Bauch. Freude von links unten nach oben, Verzweiflung von rechts oben nach unten. Begierde quer durch alles. Und außerdem fragt sie sich, woher die Gräfin ihre Nummer hat, während sie Kühlschrank und Speisekammer durchstöbert, als wäre sie der Hundini auf Stadtkaninchenjagd in seinen besten Tagen. Findet zwei Eier. Hundefutter. Fertigpizza. Also Nix.

Sie ruft die Rosi an. Erst ist ständig besetzt, dann geht keiner mehr ran. Und der von oben, der Alibaba, hat sowieso nichts. Der kriegt Essen auf Rädern.

Sie könnte den neuen Tengelmann besuchen, überlegt sie, während sie den Hundini anleint. Aber der ist erstens wie ein Bunker in einem Untergeschoss vergraben und zweitens im Viertel. Und im eigenen Viertel ist Besuch tabu. Da war sie sich immer treu.

Grünwald zum Beispiel – das hätte sie früher gemacht. Aber jetzt nach Grünwald? Da kennt sie sich nicht mehr aus. Außerdem zu weit und es geht ja momentan nicht um Geld und Schmuck undsoweiter, sondern um eine (kraut)verwickelte Art von Mundraub. Seufzend schaut sie die Einkaufsliste an, die sie gemacht hat. Der kleine Rucksack muss mit und das Werkzeug. Das sie das überhaupt noch gefunden hat!

Das Agfa-Gelände fällt ihr ein. Da haben sie alles abgeräumt, was an Werkshallen da war, und ein komplett neues Viertel hingestellt. Gar nicht weit weg und wer weiß …

Der Mond scheint hell und gefährlich, als sie den Agfa erreicht, der jetzt Parkviertel heißt. Vom Mittleren Ring her rauscht es trotz des Betonquaderwalds, der hier aus dem Boden gewachsen ist.

An einem Haus, das spitz zuläuft wie ein Messer im Rücken, leuchtet ein Rewe-Schild. Natürlich geschlossen. Aber vielleicht findet sie einen Weg hinein. Das wäre geradezu überpraktisch.

Zuerst versucht sie es von hinten. Lieferanteneingang: Scherengitter, Rolltor, Kameras und nichts zu machen. Dann einmal Haupteingang, bitte. Sie kramt ihre Brille hervor, mustert die Glasschiebetür, entdeckt die winzigen Adern aus Draht. Und die Videoüberwachung.

Das Nannerl seufzt. Ihre letzte Alarmanalage war 96 – eine ganz andere Welt. Und wie sie so überlegt, die Brille nachdenklich schief im Gesicht, dreht sich das Video-Auge surrend zu ihr. Sie erschrickt. Aber was werden sie schon sehen, denkt sie dann. Eine alte Frau mit einem alten Dackel, der soeben eine Acht vor den Eingang scheißt.

»Hundini, du Malefiz«, flüstert sie zärtlich und zieht ihn davon.

Der Hundini wedelt.

Seine Pfoten klicken über die neuen Bürgersteige, während das Nannerl Fassaden, Fenster und Türen auf Besuchstauglichkeit überprüft, dabei Balkons, Geländer, Regenrinnen, Tritte, Hintertüren, Notausgänge, Büsche memoriert. Nach Gerüsten Ausschau hält. Fernsehflackern, Dunkelheit, Mobiles, die Einrichtung hinter den Fenstern kategorisiert, wobei sie besonders Küchenmöbel interessieren; beobachtet, welche Straßen ausgestorbener als ausgestorben sind, Küchendünste vermerkt. Nach Indizien für Haustiere sucht.

Die alten Instinkte trauen sich wieder hervor.

Selbst der Hundini scheint irgendwie frischer.

Jetzt ist es Samstag, kurz vor zehn. Das Nannerl muss sich zwar dringend was einfallen lassen, um nicht mit leeren Händen – besser Tellern – vor der Gräfin zu stehen. Aber für heute ist es genug. Und nachdenken und planen kann sie schon immer am besten im Bett.

Da liegt sie nun. Ihr Körper ist müde und die Gelenke tun weh. Aber ihr Kopf, der ist wach. Eine Wohnung hat sich in ihm verklammert und der Rücheneingang zum einzigen Restaurant in dem Viertel. Aber soll sie nicht doch lieber beim Stavros fragen oder eine von diesen Tankstellen bemühen, die eigentlich Supermärkte sind? Oder gleich fertig gekocht beim Nockherberg holen? Überhaupt – wie soll man schon einbrechen als alte Frau. Man hört schlechter, sieht nicht mehr gut und klettern – naja ...

Da schiebt sich die Gräfin zwischen das Hü und Hott. Das Nannerl dreht und wendet die Gedanken an sie wie einen wertvollen Edelstein, fühlt dem Leuchten in ihrem Bauch nach. Auf einmal ist alles ganz klar: Sie wills nochmal wissen.

Dann klettert sie Wände, als wären es Straßen. Am Dach steht die Gräfin. Aus ihrer Handtasche kullert ein Kohlkopf. Er rollt mitten in alte Zeiten, in denen das Nannerl jahrzehntelang die unentdeckte Fachkraft für Wohnungseinbrüche war. Eine Fassadenkönigin. Mit hunderten Schlössern, alle geknackt. Nie gefasst.

Tausend Verehrer, weil sie so schön war. So anders und unangepasst.

Hat sie nie interessiert.

Nur blöd mit den Taschen. Wegen denen war sie sogar in der Süddeutschen auf Seite Drei – und hatte den Namen weg. Dabei war das mit den Handtaschen mehr so ein Hobby. Teures Hobby.

»Mit Stadelheim bezahlt. Auf Heller und Pfennig«, sagt sie laut und wacht von ihrer eigenen Stimme auf; in ihrem Mund der Geschmack von Gefängnismatratze.

Das Nannerl steht auf. Füllt den Napf vom Hundini. Verscheucht den schlechten Geschmack mit schwarzem Kaffee und lässt noch einmal diesen Hintereingang Revue passieren, der sie schon gestern mit seinem Lichtschein und dem Küchenduft gelockt hat.

Ein Hintereingang, der offensteht. Und zwar immer, wie sie an Ablagerungen und Kratzspuren auf Boden, Holzkeil und Türkante sah, während sie natürlich nichts anderes tat, als nur auf den Hundini zu warten bei seiner olfaktorischen Müllcontainerinventur. Das Restaurant ist ein Inder, aber das findet sie eher interessant. Was sie dort nicht bekommt, wird sie in der bestimmten Wohnung finden. Also, Ausrüstung zusammenpacken.

Sonntagabend. Es ist bedeckt, als das Nannerl an der Hintertür ankommt.

Der Hundini sitzt und hechelt. Neben sich der Rucksack. Beide halten die Stellung.

Das Nannerl zieht eine Schürze hervor. Und geht wie offiziell beschäftigt in die Küche. Dünste, Düfte und jede Menge Leute. Ihr wirds ganz fernöstlich. Traut ihren Augen kaum. Ein Riesenkohl. Transportiert ihn zum Rucksack, als wäre sie damit beauftragt. Macht das Gleiche mit einer Schachtel Eier. Noch zwei, dreimal hin und her und die Sache ist geritzt, denkt sie und rempelt in den Chef. Der ist sehr freundlich. Bietet sogar etwas zu essen an. Aber der Kohl und die Eier müssen zurück. Das Nannerl ist beschämt. Schüttelt den Kopf, verschwindet mit leerem Rucksack in die Nacht, nicht ohne vorher zum Schein zu stolpern und das Nächstliegende in die Schürzentasche gleiten zu lassen, in der Hoffnung, es ist nützlich. Später wird sie feststellen, es war Zimt.

Das Nannerl lässt die Schultern hängen. Der Hundini trottet hinterher.

Bleibt nur diese Wohnung. Gestern hell erleuchtet. Bunte Zeichentricktiere an den Fenstern. Kinder! Genau die Art von Wohnung, die sie braucht, weil Familien immer Vorräte haben.

Heute dagegen ist alles dunkel. Umso besser. Noch besser ist das Gerüst, das vor dem Haus steht. Wie man die hochgeschobene Leiter mit ein paar Griffen runterkriegt, weiß sie aus dem Effeff. Schon Augenblicke später entfaltet sich die Sache. Wackelig und eng, aber für Leute aus ihrem Metier schon beinahe eine Showtreppe. Die kommt man auch hoch, wenn man nicht mehr jung ist. Mit steifen Knien überwindet sie die Brüstung. Das Spezialwerkzeug, und offen ist das Balkonfenster. Ein wenig abgestandene Luft schlägt ihr entgegen. Und still ist es. Tatsächlich: Zahnbürsten weg. Kuscheltiere weg. Ausgeflogen. So ein Glück.

Oder auch nicht, denkt sie, denn die Vernehmungslampe des Kühlschranks leuchtet ihr hämisch ins Gesicht. Das Ding ist leer.

Sie durchsucht den Gefrierschrank. Eiswürfel. Ganz hinten Butter, tiefgefroren.

Im Vorratsschrank: Kartoffeln! Ausgetrieben, schrumpelig. Das Nannerl stöhnt. Räumt sich durch Mehl, H-Milch und Konservendosen. Stellt sich auf die Zehenspitzen. Zieht an einem Zwiebelnetz und alles kommt ins Rollen. Acht Arme wie Rosis indische Götter und zwanzig Jahre weniger würden die Lawine eventuell stoppen. Aber so rumpelt alles auf den Boden. Zum Schluss ein großes Glas mit Apfelmus, direkt auf ihren Fuß. Verdammt! Das Nannerl beißt sich auf die Lippen. Mehr aus Trotz und weil sie nicht mit völlig leerem Rucksack von ihrem Raubzug kommen will, packt sie das Mehl, die Butter, die Milch und auch das verdammte Apfelmus zusammen. Verschwindet über das Gerüst.

Der Mond kommt hinter einer Wolke vor wie ein Suchscheinwerfer. Illuminiert das Nannerl auf der letzten Leiterstufe – ganz in Schwarz mit Rucksack. Ein lebendes Klischee.

»Was machen Sie denn da«, fragt einer, der plötzlich auf der Straße steht.

Der Hundini heult wie am Spieß. Trippelt auf und ab.

»Wie siehts denn aus?«, fragt sie. Und sagt: »Jetzt bändigen Sie doch bitte Ihren Hund.«

»Was, den?«

Während der Mann sich verwirrt zu dem wildgewordenen Dackel wendet, humpelt das Nannerl um die nächste Ecke und wird unsichtbar. Der Hundini folgt nur wenig später.

»Bester aller Malefize«, sagt sie und krault ihm liebevoll die Ohren. Der Hundini grinst.

Doch dann, daheim im gelben Haus, ist alles Mist und großer Schmarrn. Ihre Beute ist der Witz. Wie blöd sie ist! Glaubt im Ernst, sie könnte eine ganze Mahlzeit zusammenklauen.

Das mit der Gräfin kann sie sich abschminken, grämt sich das Nannerl und würde am liebsten über alle Berge. Hasst sich, das Alter und alles andere auch. Lässt sich nicht einmal vom Hundini aus ihrem Weltschmerz stupsen.

Der Hundini verzagt.

Das Nannerl verzweifelt.

Beide in ihrem Bett. Sie fällt in betonschweren Schlaf.

Montagabend. Der Hundini zerrt und winselt. Das Nannerl schreckt hoch. Es ist achtzehnuhrdreiundvierzig und das Leben ganz furchtbar. Gerade waschen und ein bisschen zurechtmachen kann sie sich noch. Und hoffen, dass ein winziges Echo von früher in ihrem Gesicht nachklingt. Dann ist Punkt Sieben. Es klingelt und die Gräfin steht in der Tür. »Ich hab nix«, sagt das Nannerl, das Herz in der Hose. »Also gekocht.« Sie hofft auf irgendein Loch, das sich plötzlich im Boden auftut.

»Is mir wurscht«, sagt die Gräfin mit ihrer sagenhaften Stimme, die blauen Blicke marlenedietrichhaft, und macht zwei Schritte auf das Nannerl zu.

Die riecht Parfüm, sieht rote Lippen und was dann passiert, ist ihr seit dreißig Jahren nicht passiert. Sie vergisst ihr Alter und sich zu schämen und überhaupt die ganz Welt. Alles löst sich auf, bis auf die Gräfin und das Nannerl in dem vergessenen, gelben Haus.

Der Hundini schlurft diskret davon.

»Tja, tja, full of surprises«, sagt die Gräfin irgendwann. Aber sowas von, denkt das Nannerl, Feuerwerk in ihrem Bauch.

Jetzt bin ich wirklich hungrig, stellt sie später fest, als beide wieder auf der Erde sind. Gemeinsam schauen sie auf die Beute. Zimt, Mehl, Eier, Butter, Milch und das verdammte Apfelmus. Hm.

»Dradiwixpfeiferl«, sagt die Gräfin. Das Nannerl lächelt.

Sie fangen an zu kneten, zu rühren und zu köcheln.

Am Tisch zaubert die Gräfin noch einen Cremant aus ihrer Tasche. Die beiden stoßen an. Das gräfliche Handy klingelt.

Der Hundini wufft. Genervt.

Der Christos ist dran und dem Nannerl wirds bang.

»Jetzt passts gerad gar nicht, weil«, sagt die Gräfin stählern zuckrig und schaut dem Nannerl in die Augen, »weil das Nannerl und ich, mir zwei genießen.«

Sie drückt den Christos weg. »Männer«, sie schüttelt den Kopf. »Sowas von schwer von Kapee. Aber jetzt essmer und dann erzählst, warum der

Hundini eigentlich Hundini und vor allem Hundini sieben heißt. Und alles andere auch.«

Ein ungestümer Duft nach Zimt und Apfelmuss und dem Abenteuer letzte Nacht macht sich breit im Raum. Das zusammengeklaute Silber blitzt. Auf den Tellern prangt das Essen.

Das Nannerl grinst von innen, schweigt, genießt die Pfeiferl. Das verdammte Apfelmus. Und den Cremant. Vor allem aber, dass die Gräfin da ist.

Warm und süß schmeckt es in ihrem Mund. Auch allgemein ist in ihr alles warm und süß. Das Erzählen fängt sie erst an, als der letzte Bissen genossen ist.

DRADIWIXPFEIFERL

ZUTATEN (für 2 Personen)
300 g Mehl
2 Eier
1 EL Öl
1 Prise Salz
½ l Milch
30 g Butter
und 1 Prise Zimt.

ZUBEREITUNG

Mehl, Eier, Salz, eine Prise Zimt und Öl und je nach Bedarf etwas Milch zu einem Nudelteig verarbeiten. Aus diesem Teig werden regenwurmförmige Pfeiferl gedreht. Die Milch mit Butter zum Kochen bringen und die Pfeiferl einlegen. Mehrmals vorsichtig umrühren und ca. 20 min bei kleiner Flamme köcheln lassen, bis die Milch sämig ist. Mit Kompott servieren.

Sendlinger Henkersmahlzeiten
Angela Eßer

»Eduardo!«

Damit war eigentlich alles gesagt. Beim Lügen erwischt. Wie früher.

Seine Mutter schaute ihm direkt in die Augen. Eduardo Francesco Fontanella kannte diesen Blick nur zu gut und wünschte sich weit weg. Er sah zu Boden und atmete tief ein, aber das Gemisch aus Desinfektions- und Putzmitteln ließ Übelkeit in ihm hochsteigen. Er wurde das Gefühl nicht los, dass er die Ausdünstungen aller Menschen, die hier je in diesem Zimmer gelegen hatten, in sich aufnahm. So viele Menschen, die hier gehofft, gelitten und dann doch ihr Leben verloren hatten. Jetzt war es seine Mutter, die nicht mehr lange leben durfte, und er hatte sie einfach angelogen. Hatte ihr gesagt, dass er sie bald mit nach Hause nehmen würde. Nach Deutschland. Und sie wusste, dass er gelogen hatte.

Wie früher.

»Noch einmal eine frische Brezn und ein paar Weißwürscht dazu. Und nur die vom Karl. *Capito?* Hast mich verstanden?« Sie betonte dabei jedes Wort einzeln, durchbohrte ihn mit ihren Blicken.

Luigi, der am Fenster stand, grinste. Er hatte Eduardo begleitet und sah nun den großen Capo dasitzen wie einen kleinen Jungen. Der Mann, der halb Europa kontrollierte, hatte die Lippen aufeinandergepresst und ließ sich ohne Widerrede von seiner Mutter zusammenfalten. Aber, Luigi wischte sich eine Fluse von seiner Hose, wer kannte das nicht? Mütter waren gnadenlos. Ohne Rücksicht auf Verluste. Für sie war man, solange sie lebten, immer ein kleines Kind.

Leider hatte Luigi nicht alles verstanden, denn Eduardos Mutter, die *tedesca*, sprach viel zu schnell. Und dann noch diesen merkwürdigen Dialekt. Doch er sah, wie Eduardo kalkweiß wurde, und wünschte sich, er könnte besser Deutsch, dann hätte er den anderen alles haarklein erzählen können. Allein die Tatsache, dass der Capo nicht einen Ton herausbrachte und wie ein Häufchen Elend hier herumsaß, war schon eine klasse Nummer. Die anderen würden einsehen müssen, dass Eduardo nicht mehr der richtige Mann fürs Geschäft war. Oft genug hatte er ihnen gesagt, dass Eduardo mittlerweile zu einem Weichei verkommen war. Außerdem zu alt. Allein der Name war doch schon eine einzige Katastrophe! Wer hieß denn Fontanella? Hörte sich an wie eine Eisdiele in Deutschland. Nein, seine Zeit war gekommen. Und er würde es ihnen allen beweisen. Er räusperte sich.

Eduardo drehte seinen Kopf kurz zu Luigi, doch sein Blick ging durch den anderen hindurch. *Mannaggia!* Verdammt nochmal, ausgerechnet die Weißwurst von Carlo! Sie verlangte Unmögliches. Aber er hätte es sich ja denken können. Carlo war der einzige auf Sizilien, der es gelernt hatte, echte bayrische Weißwürste herzustellen. Und er konnte Brezen backen wie kein anderer. So wie sie sein sollten und seine Mutter sie liebte. Heimatgefühle. Ihr letzter Wunsch. Das konnte er nicht einfach ignorieren.

»Eduardo, hast du mich verstanden?«

Er kniff die Augen zusammen.

»Hör endlich auf, dich taub zu stellen. Und bring mir nicht irgendeine Weißwurscht. Ich will die vom Karl. Wehe, du lässt dir was anderes andrehen.«

Eduardo nickte und hoffte, dass seine Mutter noch leben würde, wenn diese elenden Weißwürste endlich fertig waren. Aber es war nun mal ihr letzter Wille. Und sie wusste genau, was sie da von ihm verlangte. Ausgerechnet Carlo.

Eduardo seufzte. Carlo, der mit der Familie noch eine alte Rechnung offen hatte. Er würde verhandeln müssen und dann, ja, dann würde er Luigi schicken. Sollte sich der Hohlkopf endlich mal seine Sporen verdienen und beweisen, ob er mehr drauf hatte, als einfach nur eine große Klappe zu haben und dämlich zu grinsen.

Eduardo küsste seine Mutter auf die Stirn, verließ das Zimmer und rief noch auf dem Gang Carlo an.

Der Preis war hoch. Eigentlich viel zu hoch.

Die alte Rechnung könne er sich schenken, beschwichtigte Carlo. Aber er wollte München. Darauf war Carlo immer schon scharf gewesen. Ihrer beider Heimat. Beide waren sie dort groß geworden, um dann irgendwann wieder zurück nach Sizilien zu gehen. Doch Eduardo hatte sich durchsetzen und München behalten können. Schaltete und waltete dort nach seinen Regeln. Ab und an hatte er durchgreifen und dabei ein paar Pizzeriabesitzer, Großmarkthändler, Diskothekenbetreiber oder auch den einen oder anderen Stadtrat über die Klinge springen lassen müssen, aber zu recht. Keiner betrügt die Familie. Alles miese Verräter.

In den letzten Jahren war es schwieriger geworden, das Geschäft, das wusste eigentlich auch Carlo. Aber ihm ging es nur ums Prinzip. Er wollte München, weil Eduardo München hatte. Doch jetzt ging es noch um etwas anderes, den letzten Wunsch seiner Mutter.

Eduardo willigte ein.

Und Luigi brannte darauf, zu Carlo zu fahren.

»*Molto bene!*«

Luigi rieb sich die Hände. Endlich konnte er Carlo, der Ratte, zeigen, wer auf Sizilien das Sagen hatte. Und in München. Wie konnte der Capo nur diesen Handel eingehen? Damit war er nicht mehr tragbar für die Familie. Endgültig.

Er, Luigi, würde München übernehmen und allen beweisen, was er drauf hatte. Alles Weitere war nur eine Frage der Zeit.

Zwei Tage später kam Luigi von Carlo zurück. Ohne Weißwürste, aber durchlöchert wie ein Sieb. Wer das Feuer eröffnet hatte, konnte nicht einwandfrei geklärt werden. Spielte auch keine Rolle. Letztendlich blieb alles beim Alten. Die Familie hatte weiterhin eine Rechnung mit Carlo offen und München blieb bei Eduardo.

Die Polizei stellte sich wie immer taub, stumm und blind. Vor allem bei Angelegenheiten zwischen Carlo und Eduardo.

Für die Weißwürste wäre es ohnehin zu spät gewesen, Eduardos Mutter war in der Nacht zuvor gestorben. Im Bett, ganz friedlich.

Eduardo war am Boden zerstört. Er hatte es nicht geschafft, den letzten Willen seiner Mutter zu erfüllen. Ihre Seele würde keine Ruhe finden. Niemals.

Buße sollte er tun, meinte der Monsignore, tiefe Buße.

Nach vier Ave Maria und zwei Vaterunser wusste Eduardo, was er machen würde. Er musste in die alte bayrische Heimat fahren. Musste Abbitte leisten. Musste denen, die er ins Jenseits befördert hatte, nachträglich ihren letzten Wunsch erfüllen. Das war ihm jetzt klar geworden. So klar und so sicher wie das Amen in der Kirche.

Ein letztes Essen stand jedem zu.

Selbst unbelehrbaren Lokalbesitzern oder CSU-Stadträten.

Die Familie machte sich große Sorgen. Was für eine hirnverbrannte Idee, nachträglich die Henkersmahlzeit dieser Münchner Lügner und Betrüger stellvertretend essen zu wollen. Luigi hatte recht gehabt. Aber Luigi war tot. Die Familie beriet und kam zu dem Schluss, dass Eduardos Reise in die bayrischen Gefilde seine letzte sein sollte. Davon sagten sie ihm allerdings noch nichts. Schließlich war er in Trauer. Mütter sind heilig, auch wenn sie aus Deutschland kommen.

Der Nachfolger stand schon fest: Angelo würde dieses München schon schaukeln. Der kam zwar aus Hamburg, aber Deutschland war Deutschland. Er sollte Eduardo begleiten. Das war beschlossene Sache, und eine Woche später saßen die beiden im Flieger.

Mit einem gemieteten BMW fuhren sie in die Stadt. Zum Sendlinger Friedhof. Eduardo hatte alles recherchiert. Hier war sein erster Toter begraben.

Die Sizilianer stiegen aus dem Auto und liefen in der beginnenden Dämmerung den Hauptweg entlang. Den Geruch nach ausgehobener Erde, frischen und verfaulten Blumen sog Eduardo in sich ein, als wäre es der Duft einer schönen Frau. Angelo zog die Augenbrauen hoch – der Mann hatte wirklich nicht mehr alle Tassen im Schrank. Am liebsten hätte er den Schwachkopf schon gleich hier umgenietet und in ein offenes Grab versenkt. Aber er hatte einen anderen Plan. Eduardo sollte mitsamt der Limousine im Fundament eines neuen Supermarktes verschwinden. Und das dauerte eben noch, bis alles vorbereitet war.

Eduardo bog nach rechts auf einen kleinen Seitenweg ab, holte aus der Jackentasche ein Friedhofslicht, zündete es an und stellte es auf das Grab. Hielt einen Moment inne, drehte sich nach ein paar Minuten zu Angelo um und lächelte.

»*Tutto fatto,* alles erledigt. Jetzt fahren wir zu Bombo brutto.«

»Bombo brutto?«, fragte Angelo.

»*Si,* er macht hier die leckersten Brezen und hat die besten Weißwürste dazu. Das hätte der da«, er deutete auf das Grab hinter sich, »gerne noch gegessen. Damals.«

Wat ist dat denn fürn Döskopp, dachte Angelo, ganz knusper ist der nich. Aber was solls, die Zeit müssen wir hier eh absitzen. Also warum nicht essen gehen.

Bombo brutto besaß eine kleine Trattoria in der Nähe vom Harras. Er war klein, dick, hässlich und hatte Hände wie Bratpfannen. Die hatte er schon als Kind gehabt, als er zusammen mit Eduardo auf der Schule in der Plinganserstraße gewesen war und beim FC Wacker Fußball gespielt hatte. Und die Ringelhemdchen hatten ihm seinen Namen eingebracht: Bombo brutto – hässliche Hummel.

Er servierte jede Menge Weißwürste, die Eduardo mit glänzenden Augen ansah.

»Zuzeln musst die«, sagte er zu Angelo, saugte an der Wurstpelle und biss danach ein Stück Breze ab. Angelo kaute an seiner Pizza und musste wegschauen. Widerlich! Wie konnte man nur so was essen, dazu auch noch literweise dieses Rülps-Bier in sich hineinkippen? Übel wurde ihm allein schon beim Geruch von diesem süßen Senf, in den Eduardo die Würste tunkte. Er bestellte sich einen Grappa. Hoffentlich hatte dieser Schwachsinn hier bald ein Ende.

Von Sendling aus fuhren sie zum Nordfriedhof zu Verräter Nummer zwei und in den Tagen darauf zum Wald-, neuen Süd-, Ostfriedhof und zum Friedhof am Perlacher Forst zu Nummer drei, vier, fünf, sechs, sieben und acht. Und jedes Mal ging es wieder zurück zu Bombo am Harras, zu Bergen von Weißwürsten mit Brezen.

»Wieso denn eigentlich immer DAS?«, fragte Angelo und verzog dabei angewidert das Gesicht.

Die Toten hätten zu ihm gesprochen, erklärte Eduardo, und er sei ihnen diese Mahlzeit schuldig, seiner Mutter sowieso.

Angelo verdrehte die Augen, schüttelte den Kopf. Was sollte das denn heißen: Die Toten hätten zu ihm gesprochen? Ausgemachter Blödsinn. Komplett balla balla.

Doch, doch, meinte Eduardo, er sei selbst völlig überrascht, dass er die Stimmen der Toten aus dem Grab vernommen hätte. All diese armen Seelen hätten sich tatsächlich das Gleiche wie seine Mutter gewünscht. Was sollte er machen? Schließlich, und das sei wahrscheinlich der Grund, den so manch einer eben nicht verstehen könne, schließlich waren sie alle im wunderschönen Bayern geboren und in München gestorben.

Eduardo muss verschwinden, und zwar bald, der ist doch reif für die Klapse, dachte Angelo, stand auf und steckte sich gerade eine Zigarette an, als sein *telefonino* klingelte.

Der *Capo dei capi*, der Boss der Bosse. Angelo ließ die Zigarette fallen.

Wie alles liefe, wollte der *Capo* wissen.

»Geht so«, antwortete Angelo. »Wir essen viel.«

Mit Eduardo wollte der Boss reden. Angelo gab das *telefonino* weiter und grinste.

Eduardo wusste, was jetzt kommen würde. Es war vorauszusehen gewesen.

Widerspruch war zwecklos. Besonders am Telefon.

»Angelo wird jetzt übernehmen. *Tutto Monaco di Baviera.* Er wird von dir ab sofort eingearbeitet. Du zeigst ihm alles, *hai capito?*«

Eduardo kniff die Augen zusammen, dachte an seine Mutter und nickte.

»Eduardo?«, brüllte der Capo dei capi durch das Telefon.

»*Si*«, antwortete Eduardo. »Soll er alles bekommen. Ich werde mit Bombo reden.«

»Wieso Bombo?«

»Wenn Angelo München übernimmt, muss er erst einmal die Münchner kennenlernen und mit ihnen ... äh ... reden lernen, vor allem aber mit ihnen essen können, sonst ..., du verstehst ...«

»*Maledetto!* Verdammt noch mal …«, der Capo schnitt ihm das Wort ab. Dann hielt er kurz inne. Eduardo hatte jahrelang die Geschäfte reibungslos geführt und wusste am besten, was zu tun war, um in dieser Gegend alle in der Spur zu halten.

»*Allora, va bene. E adesso basta.* Du wirst schon wissen, was du tust. Ich gebe dir drei Tage Zeit und nicht eine Sekunde länger!« Damit war das Gespräch beendet.

Eduardo gab Angelo das *telefonino* zurück.

»Also dann. *Andiamo.* Fangen wir an. Setz dich, Angelo. Du hast gehört, was ich gesagt habe, und …«, Eduardo kniff wieder die Augen zusammen, »der Capo sieht das auch so. Das Essen ist für die Münchner wichtig. Nicht so wie bei uns auf Sizilien, aber so ähnlich. Und du musst ihnen zeigen, dass es sich lohnt, mit uns zu arbeiten. *Capisci?*« Er machte eine kurze Pause. »Also, du setzt dich mit den Großmarkthändlern oder Stadträten an einen Tisch, trinkst ein Bier mit ihnen, bestellst Weißwürste – aber nur bis um zwölf. Das ist wichtig – hast du verstanden? In München isst man die Würste nur bis um zwölf. Wenns später ist, dann bestellst du Schweinsbraten mit Semmelknödel, Kässpatzen oder Saures Lüngerl und hörst einfach zu. Damit gewinnst du immer ihr Vertrauen. Alles andere ist dann nur noch ein Kinderspiel.« Er machte eine kurze Pause. »Du willst München? Also, dann musst du es erst einmal lieben lernen, das Münchnerische, und wie du weißt: Liebe geht durch den Magen. Richtig, Bombo?«

Eduardo lehnte sich auf seinem Stuhl zurück und schaute zu Bombo, der mit einem Geschirrtuch in der Hand hinter der Theke stand.

Angelo zog den Rotz hoch, fasste sich kurz in den Schritt und schaute ebenfalls zu Bombo.

Der nickte und zuckte mit den Schultern.

»Isse so. Eduardo hate recht. Wie immer.«

Und dann saßen sie am Tisch. Eduardo und Angelo. Bombo strahlte über das ganze Gesicht. Weit und breit war er der einzige Italiener, der die Münchner Küche perfekt beherrschte und vor allem liebte. Hatte er von seiner Mutter. Wie Eduardo. Auf dem Tisch stand alles, was München zu bieten hatte. Grießnockerl- und Leberknödelsuppe, Haxn, Schweinsbraten, Wurst- und Krautsalat, Fleischpflanzerl, Obatzda, Saures Lüngerl und Dampfnudeln. Dazu in großen Schüsseln: jede Menge Weißwürste.

»Aber das da ess ich ganz bestimmt nicht«, sagte Angelo mit vollem Mund und deutet auf die Weißwürste. »Das ist ja ekelhaft. Habt ihr mich verstanden? Ekelhaft! Ihr seid komplett bescheuert. *Che stronzata*, so eine gequirlte Kacke!«

Eduardo schaute ihn an. Todernst. »Hör auf zu fluchen! Du willst München? Also iss!«

Bombo nickte und schob den Teller mit den zwei Weißwürsten näher zu Angelo. »Mussu essen, sonst nix München.«

Angelo holte sich eine Flasche Grappa aus dem Regal, nahm einen tiefen Schluck und spießte ein Stück Wurst auf die Gabel – mit tiefer Verachtung – und würgte es herunter.

»Du musse nix essen Wurst mit Haut. Gehte gar nicht. Erst Stücke Breze, Wurscht in ganz viel Senf … und dann aus Haut rauszuzele. Sonste schmecke nur halbe so gut!«

»Ich ess dieses verdammte Zeug, wie ich will, verstanden!« Angelo nahm noch einen Schluck Grappa, säbelte ein großes Stück Wurst ab, häufte Senf darauf und steckte alles in den Mund. Er kaute und kaute und kaute. Wenn ich das hier hinter mir habe, dachte er, versenke ich beide mit dem Auto. Nicht nur Eduardo, sondern diese fette, hässliche Qualle gleich mit. Dann sparen wir sogar noch Beton, so breit und fett wie der ist.

Angelo musste lachen. Sah das Gesicht von Bombo und musste noch mehr lachen.

Lachte, und verschluckte sich. Sprang vom Stuhl auf, hustete und hustete und schnappte nach Luft.

»Madonna mia!«, rief Bombo und war mit zwei Schritten bei Angelo. »Kann iche elfen?«

Angelo wedelte mit den Armen, röchelte und versuchte gleichzeitig, Luft zu bekommen. Sein Gesicht lief gefährlich rot an.

Bombo hob verzweifelt die Arme, schaute auf Eduardo, der die Augenbrauen hochgezogen hatte.

»Was solle iche machen, Eddi?«, rief Bombo.

»Ja, was wohl?«, fragte Eduardo ruhig. »Du siehst doch, dass er irgendwas in den falschen Hals bekommen hat, oder?«

»Alles klar, Eddi!«, sagte Bombo, grinste, drehte Angelo energisch um und schlug ihm mit seiner Bratpfannenhand auf den Rücken.

Einmal. Nicht mehr.

Das reichte bei Bombo.

Eduardo wischte sich den Mund ab und verabschiedete sich wortlos.

Bombo würde den Rest schon erledigen.

Wie früher.

Harras, Flaucher, Gotzingerplatz, Pfeuferstraße. Diese Namen von seinem geliebten Sendling, dachte Eduardo, hätte Angelo sowieso nie aussprechen können. Vor allem nicht als italienischer Fischkopp. Das würde auch der Boss einsehen müssen.

SÜẞER SENF

Zubereitungszeit ca. 30 min
Zutaten reichen für ca. 2 Gläser

ZUTATEN

100 g gelbe Senfkörner
10 g Salz
50 g Zucker oder 60 g Honig
60 ml Weinessig (5 %)
80 ml Wasser
1 Gewürznelke
2 Korianderkörner
1 Prise gemahlenen Zimt

ZUBEREITUNG

Senfkörner grob in einer Mühle gemahlen oder von Hand in einem Mörser zerstoßen. Auf dem Viktualienmarkt in München bekommt man aber auch Senfmehl, nur grob gemahlen sollte es sein.

Wasser aufkochen und direkt über die Senfkörner gießen und 5 – 10 min ruhen lassen, damit das Senfmehl etwas von seiner Schärfe verliert.

Gewürznelke und Korianderkörner im Mörser fein zerstoßen.

Eine Pfanne auf dem Herd (ohne Fett) erhitzen, den Zucker hineingegeben und hellbraun karamellisieren. Mit dem Handmixer den Zucker (oder Honig) zusammen mit dem Essig und dem Nelken-, Koriander- und Zimtpulver unter den leicht ausgekühlten Senf-Sud mischen und ca. 5 min rühren bis eine homogene Masse entstanden ist. Dann in kleine Gläser abfüllen und zwei bis drei Tage im Kühlschrank ruhen lassen, denn nur so kann er alle seine Aromen entfalten. Gekühlt ist der süße Senf circa sechs Monate haltbar.

Der süße Senf schmeckt nicht nur zur Weißwurst, sondern auch zu Käse, Fischpflanzerl oder Leberkäs.

Westendstrike

Beatrix Mannel

»Das Bier geht aufs Haus!«, ruf ich ins Lokal und sag dem Jakob, dass er ein bisschen Gas geben soll beim Bedienen. Als es zischt, während ich die nächsten Fleischpflanzerl auf den Grill lege, muss ich an den Pfarrer denken.

Obs mir leid tun würde, hat er mich gefragt. Schwierig, hab ich gesagt und versucht, es ihm zu erklären. Was ein bisschen gedauert hat, weil unser kenianischer Pfarrer noch nicht so gut deutsch spricht. Aber wie ich auch immer zu meinem Sohn Jakob sage: Man muss nur reden mit die Leut und dann läuft auch alles. Nach meinem Gespräch mit dem Pfarrer war die Sache mit vier Ave Maria vom Tisch. Ein bisserl komisch kams mir schon vor, weil das drei weniger waren, als ich bei dem alten Pfarrer für den Ehebruch damals hab beten müssen.

Und vielleicht hätte ich nie welche hersagen müssen, wenn ich dem Jakob früher geglaubt hätte. Aber der Arme kommt ganz nach seinem Vater, Gott hab ihn selig, beide rabendunkle Schwarzseher, schlimmer als der Karl Valentin an einem Regentag bei Sonnenfinsternis. Und ich seh ja mehr das Positive.

»Mama«, hat der Jakob mich gewarnt, »was im Glockenbachviertel passiert ist, das läuft auch schon bei uns im Westend. Die Geldgeier haben ein neues Viertel entdeckt. Die Gentrifizierung ist längst da«, hat er verkündet und mir auch gleich erklärt, was das ist. Mein Jakob ist nämlich schlauer als er ausschaut, auch wenn er immer noch oben bei mir wohnt. »Mama, das heißt, wir Westendler werden von den reichen Yuppies verdrängt. Die wollen hierher, weil bei uns alles noch so authentisch ist. Weil hier die Künstler echt sind und die Normalen ganz normal.«

Mein Sohn ist zwar schlau, aber schon auch ein bisserl weltfremd, denn normale Westendler gibts ja so hier gar nicht. Ich kenne sie alle, weil die seit fünfundzwanzig Jahren in meiner Wirtschaft rumhocken. Also nicht alle gleichzeitig. Da gibts die ganz armen Kerle, die nur einmal in der Woche zum Strammen Max herkommen, die hausen in der Wichsburg, dem einzigen Ledigenwohnheim für Männer in der ganzen Republik. Dann sind da die treuen Genossenschaftler, die regelmäßig bei mir kegeln und beim Politisieren wenigstens ordentlich was bestellen.

Das ganze Künstlergeschwerl ist auch so übel nicht, allerdings gibt es viel zu viele von den Brotlosen und zu wenige, die mit ihrer Kunst auch noch die Butter aufs Brot verdienen. Nur wegen denen hab ich mir einen extrastarken Fleischwolf zugelegt, denn Hacksteaks kann sich bei mir jeder leisten. Und meine sind berüchtigt, vielleicht, weil ich meinen eigenen Majoran reingebe.

Der Jakob meint, genau das fänden die Yuppies im Westend so interessant: Künstlern dabei zusehen, wie sie Majoranbuletten essen, und selbst einen Champagner-Hugo zum Filetsteak schlürfen. Dafür würden die sogar die Methadonjunkies mit ihren Kötern und die vielen Ausländer in Kauf nehmen.

Und von den Ausländern gibt es hier mehr als in allen anderen Vierteln der Stadt, und nicht bloß kenianische Pfarrer. Zu mir in den Schwarzen Schwan kommen sie alle, dafür hab ich gesorgt: Schweinsbraten mit Rosmarin für die Griechen, Lammbraten mit Knoblauch für die Türken, Couscous für die Afrikaner und Gurkensuppe für die Veganer. Gutes Essen ist seit jeher international, genauso wie das Viertel, und bei uns allen klappt es mit den Nachbarn, was ja eigentlich nicht so ganz normal ist.

Deshalb hätt ich gleich misstrauisch werden müssen, als der Mann das erste Mal in meine Wirtschaft reingekommen ist. In einer Fantasietracht, bei der man meinen hätt können, er will damit in einem Disneymusical zu Ehren von unserem Kini auftreten. Sah aber trotzdem irgendwie recht fesch aus, der Typ, sogar der große gescheckte Schäferhund, der Brutus, stand ihm irgendwie. Er hat meinen Schweinsbraten bestellt, gelobt und reichlich Trinkgeld dagelassen.

Und ich hab mich gefreut, dass ihm besonders meine alte Kegelbahn in der Gaststube so gut gefiel. Die hätte ihn auf grandiose Ideen gebracht, hat er gemeint. Und besonders ›spannend‹ fand er meinen kleinen eingewachsenen Biergarten hintendran, so mitten im Viertel. Vielleicht wegen der Fledermäuse, dachte ich damals, die leben nämlich hoch oben in der uralten Linde, denn sonst ist mein Biergarten zwar voller Rosen, aber nicht sehr spannend.

Er hieß übrigens Horst. Und der Horst kam dann öfter, mit seinen Kumpels zum After-Work-Kegeln, und ich hab extra für sie den Schweinsbraten mit der Biersoße gemacht. Zum Dank hat der Horst mir seine Bowlingkugeln gezeigt – also seine echten. Weil eigentlich würde er persönlich nämlich lieber bowlen als kegeln. Ehrlich gesagt ist das für mich eh alles eines. Man wirft mit Kugeln auf Kegel, und wer alle auf einen Streich umlegt, brüllt ›Strike‹ und kriegt ein Bier. Bowling oder Kegeln, jedenfalls hat er mir recht schön getan, der Horst. Mein Schweinsbraten – der beste in München, mein Bier vom Fass – würzig wie keins, meine herrliche alte Traditionsgaststätte – so herzig und unübertrefflich und erst mein Holz vor der Hütten. Und ich habs gemocht, und schlimmer noch – geglaubt.

Aber dann kommt eines Abends, gerade als seine After-Work-Kegelbrüder gegangen waren, ein schicker junger Anzugträger rein. Und bevor ich noch sagen kann, dass wir geschlossen haben, brüllt der den Horst derart an, dass die Kugeln in der Bahn vibrieren. Aber dem Horst sein Brutus hat trotzdem freundlich mit dem Schwanz gewedelt, also hab ich mir nicht wirklich Sorgen gemacht.

Ich bin dann in die Küche, hab schon mal angefangen den Backofen, den Grill und den Fleischwolf zu schrubben. Natürlich hab ich die Türen zugemacht, ich wollte ja nicht unhöflich sein und lauschen. Aber wegen der Lüftung muss da halt immer so ein Spalt offen bleiben.

Also, dieser Mann war der Sohn vom Horst, der Andreas, und ziemlich frech zu seinem Vater. Mein Willi hätte so was beim Jakob nicht geduldet. Aber der Andreas war auch viel älter als der Jakob. Es ging um ein Geschäft, der Andreas war dagegen und hat behauptet, seine Mutter würde sich im Grab umdrehen, wenn sie wüsste, welche üblen Amigogeschäfte der Horst mit ihrem Geld betreiben würde. Das schien aber den Horst nicht zu kratzen, denn der blieb ganz ruhig und hat seinen Sohn nur ausgelacht.

»Nach meinem Tod kannst du mit dem Geschäft machen, was du willst, aber bis dahin lernst erstmal, wie man so ein Imperium leitet.«

Und so ging das hin und her, bis einer Türen knallend das Lokal verlassen hat und der andere gleich hinterher. Das wäre so ein Moment gewesen, an dem ich zwei und zwei zusammenzählen hätte können. Hab ich aber nicht.

Erst als drei Tage später der Brief kam, vom dem Horst seiner Firma, der AstraCity Immobilieninvestmentgesellschaft, die nicht nur das Haus von meinem Vermieter gekauft hatte und mir fristlos die Pacht kündigte, sondern auch gleich noch das Gebäude nebendran und die drei hinter dem ach so mordsspannenden Biergarten.

Ade Maria, Ade Schweinsbraten und Ade Schwarzer Schwan. Da waren wir seit fünfundzwanzig Jahren verheiratet, der Schwan und ich, und jetzt sollten wir uns so brutal scheiden lassen. Nur damit der Horst hier alles platt machen konnte.

Ich hab mir erstmal einen Marillenschnaps eingeschenkt, obwohl es noch früh am Morgen war, und hab mich umgeschaut. Die halbhoch mit Holz getäfelten Wände, die alten Bemalungen an der krumm gespielten Kegelbahn, der kleine Biergarten mit dem weißen Kies, den ich extra aus Italien hab anliefern lassen. Da hab ich mir gedacht: Nein. Nein. Nein. Nur über meine Leich.

Dann hab ich mich beruhigt und versucht, mit dem Horst zu reden, weil das schließlich mein Motto ist. Aber der hat nur gemeint, mein Schweinsbraten wär ja so gut, da wär es doch wurscht – an der Stelle hat er über seinen Witz gelacht –, wo ich den verkaufen würde.

Da hab ich dann keinen Spaß mehr verstanden! Ich bin auf die Barrikaden und hab mit den anderen Betroffenen hier im Viertel eine Bürgerinitiative gegründet: *Rettet den Schwan und das Westend*. Natürlich hat mir der Jakob geholfen, der will auch nicht weg von mir und dem Schwarzen Schwan.

Ich hab einen Braten nach dem anderen ins Rohr geschoben, für Zeitungsschreiber, für die Fernsehleute, für unseren Abgeordneten, den Stadtrat, den unteren und oberen und den allerobersten Bürgermeister und schließlich sogar für einen wichtigen bayerischen Minister. Und allen hab ich ganz ehrlich gesagt, was ich von einem Mann halte, der zu so einem Kahlschlag imstande ist. Der Jakob hat derweil mit seinen Kumpels die Social Networks mit Videos geflutet, und es lief super. Ich war ganz sicher, wir stoppen das.

Bis dieser erbärmliche Hundling mich ausgetrickst hat. Plötzlich bot seine AstraCity den betroffenen Westendlern an, ›Umzugshilfen‹ zu zahlen.

Hier bei uns! Wo keiner ein Geld hat! Von dem Horst seiner ›Umzugshilfe‹ kann so ein Künstler schon mal zwei Jahre Butter aufs Brot schmieren, kann ein Mann aus der Wichsburg ausziehen, kann ein Grieche seiner Frau endlich die Änderungsschneiderei einrichten, und so fiel einer nach dem andern um, genau wie die Kegel in meiner Bahn.

Bumm!

Und dann, gerade als ich am Sonntag zusperren wollte, kam der Horst, ohne sein Fantasietrachtenjankerl, aber mit seinem Brutus, und wollte mit mir reden, und ich hab geglaubt, das wäre ein gutes Zeichen. Ich war ja immer noch nicht so ein Schwarzseher wie mein Jakob, bitte ihn rein und wir setzen uns hin.

»Jetzt stehst du allein da«, sagt der Horst, »ich hab gewonnen. Das Spiel ist aus.«

Soviel zum Miteinanderreden. Das hat mir nicht nur die Sprache verschlagen, sondern auch noch die Luft abgeschnürt, und ich musste mein Dirndlmieder ein bisserl lockern, um atmen zu können. Dann hab ich mir den Marillenschnaps geholt und diesmal gleich aus der Flasche getrunken. Und kaum hat der Schnaps meinen Magen zum Glühen gebracht, da fängt der Elende auch schon wieder an mit »Maria, ehrlich …«.

In diesem Augenblick poltert jemand zur Tür rein und ein eleganter Anzugträger gesellt sich zu uns. Einer mit Krawatte, am Sonntag, um die Uhrzeit! Erst als er, ohne ein ›Grüß Gott‹ zu mir, sofort anfängt, den Horst anzuschreien und der Hund trotzdem Schwanz wedelnd auf ihn zugeht, wird mir klar, dass es wieder der Sohn vom Horst ist, der Andreas. Man kennt die im Anzug ja nie auseinander.

»Du hast das allen Ernstes durchgesetzt?«, brüllt er durch den Gastraum. »Deshalb hast du mich wegen diesem ach so wichtigen Bauvorhaben ans Ende der Welt abgeschoben, nur um das hinter meinem Rücken durchzuziehen? Dafür haben deine Amigos also gestimmt?«

Der Horst nickt, und ich genehmige mir einen großen Schluck aus der Flasche.

»So eine, eine … Monstrosität mitten in der Stadt? Mama würde deine Pläne ins Feuer werfen. Sie war immer dafür, schönen alten Bestand zu erhalten. Wozu hast du mich eigentlich Architektur und Stadtplanung studieren lassen, wenn du mir dann nie zuhörst?«

»Deine Mutter war eine Phantastin, Tradition und Kunst ist ja gut und schön, aber wenn der Mensch nichts zum Fressen hat, ist ihm das alles egal.«

»Heuchler! Nur weil Geld das einzige ist, was dich interessiert, glaubst du, alle sind so wie du!«

Mir wird ganz warm ums Herz, nicht nur vom Marillenbrand, und ich betrachte mir den Andreas genauer. Ein fescher Bursche, mit dem hätte ich reden müssen.

»Heuchler hin oder her, mein Projekt wird jede Menge Arbeitsplätze bringen und jetzt hock dich endlich her und gib Ruhe. Ich wollte gerade mit der Maria über die Details reden.«

»Dass Sie mit dem noch reden, wundert mich wirklich!« Der Andreas feuert Blitze in meine Richtung. Was kein unangenehmes Gefühl ist. »Ich hätte gedacht, Sie und ich würden eher am gleichen Strang ziehen!«, sagt er.

»Dann hätten Sie mir ja auch helfen können, aber wo waren Sie denn die ganze Zeit?«, frage ich ihn. »Ich hätte jede Hilfe gut brauchen können!«

»In Kapstadt, aber als ich Wind davon bekommen habe, bin ich sofort hergekommen.«

»Zu spät, mein Sohn, alles genehmigt und durch.« Horst lächelt zufrieden und tätschelt seinen Brutus.

»Hast du der Maria denn schon gesagt, was du vorhast?«

»Nein.« Ich zeige auf die Flasche, der Andreas schaut aufs Etikett und nickt mir dankbar zu. Daraufhin hole ich uns zwei Gläser und schenk ein.

»Ich würd auch einen nehmen«, sagt der Horst da doch glatt, während Andreas und ich anstoßen.

»Also, was wolltest du mit mir bereden?«, frage ich dann.

»Ich hätte einen Job für dich«, sagt Horst.

Der Andreas verdreht die Augen. Der Hund schnauft.

»Ich such keinen Job, ich will meinen Schwan behalten.«

»Das kommt so oder so weg. Hier baut die AstraCity …«

»Vater, das ist deine Firma, dein Projekt.« Andreas wendet sich zu mir. »Ich sage Ihnen jetzt, was er vorhat: Er baut hier mitten ins Westend ein modernes Bowlingcenter mit Riesenparkhaus im amerikanischen Stil. Vierundzwanzig Bahnen, Disco-Moonlight-Kegeln und allem, was sonst noch dazu gehört.«

Ich bin wie vor den Kopf geschlagen, gut, dass mein Mieder schon aufgeschnürt ist, sonst müsste ich ersticken.

Ich nehme noch etwas Marille und gehe dann wie in Trance rüber ins Nebenzimmer zu meiner alten Kegelbahn, der einen, einzigen Kegelbahn, die jetzt im Halbdunkel daliegt. Muss einfach eine der etwas huckeligen Kugeln in die Hand nehmen und streicheln, wie früher den Jakob. Betrachte das Wandgemälde aus dem letzten Jahrhundert, die einfache Tafel, auf der man die Punkte aufschreibt. Und stells mir vor, das Blinken von vielen Lämpchen, den Glanz der glattpolierten Böden, den Lärm, den vollautomatischen Superservice, den Geruch der Bowlingschuhe und des Desinfektionssprays. Mein Magen hebt sich, meine Kehle ist wie zugeschnürt.

»Maria!«, ruft der Horst, und ich gehe wieder zurück.

Setze mich hin, merke erst jetzt, dass ich die Kugel noch in der Hand habe, lege sie neben mich auf die Bank und trinke noch eine Marille, um meinen Magen und mich zu beruhigen.

»Maria, jetzt sei doch nicht so. Ich hab ja an dich gedacht und für dich gesorgt!« Horst richtet sich auf seinem Stuhl auf, als hätte er den ganz großen Lottogewinn für mich.

»In dem Bowlingcenter wird es nämlich auch einen Imbiss geben, und den sollst du machen, wo du doch so gut kochen kannst.«

IMBISS! Das Wort frisst sich in mein Herz *und beisst es in Stücke.*

»Also wir machen einen Pachtvertrag für den Imbiss mit dir. Natürlich müssten wir vorher absprechen, was es da geben soll. Ein Bowlingcenter ist ja schließlich keine solche bayerische Boazn!«

Boazn? Ich schnappe nach Luft, mein wundes Herz weint. Er redet von meiner Traditionsgaststätte, von meinem Schwan! Das ist zu viel, ich fühle mich wie gelähmt. Boazn.

»Und was denkst du denn, was sollte ich in dem Imbiss anbieten?«, frage ich völlig ruhig.

Andreas wirft mir überraschte Blicke zu, wahrscheinlich hat er sich meine Reaktion anders vorgestellt.

»Currywurst und Pizzastücke, so amerikanische, du weißt schon, und natürlich Pommes rot-weiß.«

Rot! Das reißt mich aus meiner Erstarrung, Imbiss, Currywurst, Boazn, Pommes, alles dreht sich um mich, verschwimmt vor meinen Augen, wird zu einer Welle aus rotem Hass, die über mir zusammenschwappt.

Ich schnappe mir die Bowlingkugel, springe auf, laufe rüber zum Horst und hole weit aus. Ein Strike, so hoffe ich.

Der Hund knurrt. Der Horst schaut ungläubig, weicht nach hinten aus, stemmt sich vom Tisch hoch und fällt samt seinem Stuhl scheppernd auf den Holzboden, wo er wie betäubt liegen bleibt.

Jetzt, jetzt, jetzt!

Ich spanne alle Muskeln an, aber da, jemand nimmt mir die Kugel aus der Hand. Der Hund bellt aufgeregt und springt an Andreas hoch, dem rutscht die Kugel aus der Hand, sie fällt auf den Tisch, hüpft weiter, klackert über den Holztisch, rollt bis zur Kante und landet mit einem unnatürlich lauten Knack genau auf dem Schädel seines Vaters.

Wir schauen uns an und wissen nicht, was wir sagen sollen. Aus dem Ohr von Horst läuft Blut, Brutus setzt sich leise jaulend neben sein Herrchen.

Wir trinken einen Schnaps und dann noch zwei. Derweil hat sich auch der Hund wieder beruhigt, obwohl der doch an allem schuld ist.

»Das glaubt uns keiner«, sagt der Andreas, und ich widerspreche erst gar nicht. Ich habe nicht nur einmal verkündet, dass ich einem Freudentänzchen auf dem Grab vom Horst nicht abgeneigt wäre. Nein, ich habs ihnen immer wieder gesagt, den Zeitungsschreibern, den Fernsehleuten, den Abgeordneten, dem Stadtrat, den unteren und oberen und den allerobersten Bürgermeister und sogar dem wichtigen bayerischen Minister.

»Und ich erbe alles«, stellt der Andreas fest.

»Die Leiche muss weg«, sagen wir dann beide gleichzeitig und wissen nicht, was wir nun tun sollen. Es darf keine Spuren geben. Nicht die geringste. Sonst haben wir beide ein Problem.

Maria, du musst gerade jetzt positiv nach vorne sehen, sage ich mir und denke fieberhaft nach. Trotzdem keimt erst nach noch drei Marillen eine brauchbare Idee in mir auf. Kein einfacher Plan, und der Andreas ist zuerst auch ein bisschen skeptisch, aber dann vertraut er mir und meiner Erfahrung.

Ich werde eben einfach etwas mehr von meinem speziellen Majoran drangeben.

Denn wenn sein Vater spurlos verschwindet, wird der Andreas automatisch zum Chef von AstraCity und kann die richtigen Gerüchte streuen von der plötzlichen Steuerflucht auf die Cayman-Inseln. Und sich sehr enttäuscht darüber zeigen, dass dem Horst Geld sogar wichtiger ist als sein Brutus.

Ich muss schon sagen, dass ich eine Menge durch das alles gelernt habe. Es reicht eben nicht, mit den Leuten zu reden, man muss mit den Richtigen reden. Und der Andreas war nicht nur der Richtige, der kann auch wirklich gut mit anpacken.

Nachdem wir an dem Abend den Fleischwolf dann endlich wieder saubergemacht hatten, da waren wir uns einig, dass der Erhalt des Viertels unbedingt gefeiert werden muss. Und wir wussten auch genau, wen wir dazu einladen: Alle diese Amigo und After-Work-Kegelbrüder von Horst und natürlich die Leute, die wie Kegel umgefallen sind. Nicht zu vergessen die Zeitungsschreiber, die Fernsehleute, die Abgeordneten, den Stadtrat, den unteren und oberen und den allerobersten Bürgermeister und sogar den wichtigen bayerischen Minister.

Und so gibt es heute Freibier für alle und knusprige, ganz besonders leckere Fleischpflanzerl, die mir überschwängliche Komplimente einbringen. Nur der Majoran, hab ich immer wieder erklärt, das kommt vom Majoran.

Und nach dem Essen wird auf der alten Bahn gekegelt, so wie sonst auch.

Vielleicht stimmt am Ende ja doch, was mein Sohn, der Jakob, gesagt hat, und wir im Westend sind eigentlich alle vollkommen normal.

BIER-SCHWEINEBRATEN MIT KRUSTE

ZUTATEN (für vier Personen)

ca. ¼ l heiße Brühe

1 Flasche dunkles Bier (0,5 l)

1 mittelgroße Zwiebel

1 Stange Lauch

2 mittelgroße Karotten

1 mittelgroßer Knollensellerie

1 TL schwarze Pfefferkörner

frisch gemahlener schwarzer Pfeffer

2 Lorbeerblätter

2 Gewürznelken

1 kg Schweineschulter mit Schwarte (am besten vom Metzger einschneiden lassen, sonst sehr scharfes Messer, auch Teppichmesser, bereithalten)

Salz

Majoran

ZUBEREITUNG

Das Fleisch etwa eine Stunde vor dem Zubereiten aus dem Kühlschrank nehmen, der Braten wird dann sehr viel saftiger.

Zuerst den Backofen auf 220 °C Grad (Umluft 200 °C) vorheizen.

Das Fleisch kalt abwaschen und trocken tupfen, dann kräftig mit Salz, Pfeffer und Majoran von allen Seiten einreiben (wer Majoran hasst, lässt ihn einfach weg).

Die heiße Brühe in den Bräter einfüllen, so dass sie etwa 1 cm hoch steht, das Fleisch mit der Schwarte nach unten hineinlegen und im Ofen 15 min anschmurgeln. Dann die Schwarte nach oben drehen und weitere 15 min braten.

In der Zwischenzeit die Zwiebel schälen, mit den Nelken spicken, dann den Lauch, die Karotten und den Sellerie putzen, waschen und in kleine Stücke schneiden.

Das Gemüse um das Fleisch legen, Lorbeerblätter und Pfefferkörner über das Gemüse streuen und ¼ Liter von dem Bier über das Fleisch gießen.

Weitere 45 min braten, dabei immer wieder die Schwarte mit dem restlichen Bier begießen, sollte die Schwarte trotzdem zu dunkel werden, mit Alufolie abdecken.

Nach 45 min das Fleisch aus dem Bräter nehmen und die Soße durch ein Sieb in einen kleinen Topf gießen, die Nelken aus der Zwiebel entfernen und mit den Lorbeerblättern wegwerfen. Den Braten zurück in den Bräter legen und im ausgeschalteten Ofen ruhen lassen.

Die Soße abschmecken und wenn nötig mit Salz und Pfeffer nachwürzen. Das restliche Gemüse dazugeben und zu einer sämigen Soße pürieren.

Den Braten in Scheiben schneiden (bei der Kruste braucht man ein gutes Messer!) und mit der Soße servieren.

Sterben im Paradies
Joachim Biedermann

»Der Garten, das ist unser Paradies.« Wer hatte das gesagt? Gustl? Agnes legte den Kopf schräg und betrachtete den Garten, während sie nachdachte, eine drahtige weißhaarige Frau. Sie wusste es nicht mehr, aber war das so wichtig?

»Habe ich jemanden eingeladen?«, murmelte sie vor sich hin, als sie die Löffel neben die Kaffeetassen legte. Zwei Tassen und zwei Löffel – also kam Besuch.

Es musste so sein, denn Agnes tat nichts grundlos.

Das Licht fiel durch das Blattwerk der hohen Bäume, Insekten tanzten in den Sonnenstrahlen.

Sie genoss die Stille, denn an diese stellte Agnes besondere Ansprüche: Es durfte keine vollkommene Stille herrschen, dezente Klaviermusik oder ein Sommertag im Garten entsprachen am ehesten ihren Vorstellungen. So wie heute: Mit Vogelgezwitscher und anderen Sommergeräuschen verzierte Stille. Der Garten in Alt-Solln war wie eine Insel. Die Gartenmauer und das üppige Grün schirmten ihn ab gegen die Blicke und Geräusche der Stadt. Sie wandte sich dem Haus zu, einem kleinen spitzgiebeligen Gebäude, das zu zwei Dritteln von Efeu umrankt war und wie eine Miniatur inmitten des großzügigen Gartens aussah. Sie seufzte. Wenn ihr nur der Name ihres Besuchs einfallen würde. Dann lächelte sie, doch nur in Gedanken. Ihr Gesicht blieb unbewegt. Bald genug würde sie merken, wen sie eingeladen hatte. Einer der wenigen Vorteile des Alters war ohne Zweifel die Tatsache, dass vieles nicht mehr so wichtig war. Sie beschloss, lieber an Menschen zu denken, die ihr ohne Probleme einfielen. Dr. Schmidhuber beispielsweise, der Apotheker, für den sie lange gearbeitet hatte. Sie hatte so viel von ihm gelernt. An den Namen seines Sohnes, der die Apotheke in der Diefenbachstraße schon vor etlichen Jahren übernommen hatte, erinnerte sie sich nicht.

Umso mehr an Gustl. Sie umklammerte die Lehne des Gartenstuhls und schloss die Augen. Einmal hatten sie eine mehrtägige Bergwanderung unternommen. Den Namen des Gebiets hatte sie vergessen, doch es war sehr schön gewesen. Am Morgen nach einem Regentag verließen sie die Pension, begleitet von Wolkenfetzen, die der Gegend eine geheimnisvolle Aura verliehen. Sie stiegen zu einem flachen Grat auf. Meist ging Gustl voraus, denn er kannte sich mit Landkarten aus und wusste jederzeit genau, wo sie sich befanden. Als sie den Grat erreichten, blieb er ein Stück zurück, vielleicht um nach einer bestimmten Landmarke Ausschau zu halten. Sie drehte sich nach ihm um, doch von Gustl war nichts mehr zu sehen. Eine besonders dichte Nebelbank hatte ihn verschluckt. Sofort stieg Panik in ihr auf, obwohl ihn der Nebel bereits nach wenigen Augenblicken wieder freigab. Seine unverwechselbare, gedrungene Gestalt näherte sich, wurde dabei immer wieder von den Wolken verschleiert. Mit klopfendem Herzen hatte sie gewartet, bis er zu ihr aufgeschlossen hatte.

So fühlte sie sich auch jetzt, mit dem einen Unterschied, dass Gustl nie wieder zu ihr aufschließen würde. Sie schluckte. Aber da war etwas anderes, auf das sie sich konzentrieren musste. Die Stimme am Telefon hatte es ihr eingeschärft. Eine Frauenstimme. Sie war sehr freundlich gewesen, aber auch sehr nachdrücklich. Und sehr neugierig. Agnes war es nicht gewohnt, so viele Fragen beantworten zu müssen. Bei dem Gespräch war es nicht um sie gegangen und auch nicht um die Frau, die angerufen hatte. Sondern um jemand anderen. Jemanden, den sie kannte? Agnes schlug mit beiden Händen auf die Stuhllehne. Sie war eine energische Person, aber sie hatte lernen müssen, wie sinnlos es war, gegen das Vergessen anzukämpfen. Wenigstens erinnerte sie sich an das Ende des Gesprächs, in dem die Frau für heute ihren Besuch angekündigt hatte. Insgeheim dankte sie Dr. Schmidhuber, der ihr beigebracht hatte, alles aufzuschreiben. Also musste sie nur die Notiz neben dem Telefon lesen und schon wusste sie, wer zu Besuch käme. Diesmal lächelte sie wirklich.

Ach herrje! Sie durfte die Rohrnudeln nicht vergessen. Der Weg zum Haus führte sie an den beiden Rosensträuchern vorbei. Sie musste beinahe ins Beet auf der anderen Seite ausweichen, um nicht an den Ranken hängenzubleiben. Hatten sie schon immer so nahe am Weg gestanden? In der Küche empfing sie bereits ein köstlicher Duft. Ins Rohrnudel-Rezept schlichen sich keine Erinnerungslücken ein, der Hefeteig gelang ihr immer. Gäste empfing sie nur noch selten und wann sonst bot sich die Gelegenheit, ihre Lieblingssüßspeise auf den Tisch zu bringen? Früher war sie oft zur Klinik in der Bertelestraße hinübergegangen, um den Krankenpflegern Rohrnudeln zu bringen, denn ein ganzes Reindl konnten Gustl und sie selbst nicht essen. Doch irgendwann hatte eine Frau an der Pforte abgelehnt – das Mitbringen von Speisen sei nicht mehr möglich ›aufgrund von Hygienevorschriften‹. Agnes vermutete eher, sie waren ihrer Rohrnudeln überdrüssig geworden.

Ein kurzer Blick in den Backofen verriet ihr, dass noch Zeit blieb. Die Nudeln lagen als bleiche Teigklumpen am Grund der Kachel, wie weiche Wände schützten sie das fruchtige Innere. Die Zeit im Rohr war das alles Entscheidende. Nahm man sie zu bald heraus, war die Kruste nicht knusprig genug und der Teig pappte noch. Wartete man zu lange, wurden die Nudeln schwarz und schmeckten trocken. Früher hatte sie keine Uhr gebraucht: genau einen Rosenkranz lang hatte sie die Rohrnudeln gebacken und anschließend das Reindl ohne weiteres Hinsehen herausgeholt. Seit Gustls Tod lag der Rosenkranz in der Küchenschublade und ihre Hände hatten kein einziges Mal mehr die Schnur mit den abgegriffenen Perlen berührt.

Agnes runzelte die Stirn, ging dann zum Telefon, das im Wohnzimmer stand. Der Zettel mit dem Namen der Anruferin steckte ganz oben auf dem Notizhalter. Sie setzte die Lesebrille auf, die mit einem dünnen Kettchen am Telefon fest gemacht war. Zwei weitere Brillen hatte sie auf dieselbe Art in der Küche und beim Lesesessel befestigt.

›Donnerstag, 15 Uhr, Frau Eubel vom Kommissariat 14‹ stand auf dem Papierquadrat in einer Handschrift, die ihr beim ersten Hinsehen vertraut vorkam und die sie erst beim zweiten Blick als ihre eigene erkannte. Donnerstag, das war heute. Am unteren Rand des Zettels hatte sie drei weitere Worte notiert: ›Vermisste Person Herr-‹. Wer war dieser Herr und weshalb hatte sie seinen Namen nicht aufgeschrieben? Und weshalb wollte die Kommissarin mit ihr reden? Ging es etwa um ihren Mann? Gustl fehlte ihr mehr als alles andere auf der Welt, aber er war deswegen nicht vermisst. Beerdigt hatte sie ihn, auf dem Sollner Waldfriedhof, und seither sein Grab beinahe jeden Tag besucht.

Sie setzte sich in den Ohrensessel im Wohnzimmer. Seltsam, dass sie immer in diesem Sessel glaubte, Gustls Stimme zu hören. Vielleicht lag es daran, dass sie von hier aus den besten Blick in den Garten hatte.

»Der Garten, das ist unser Paradies.« Diese Worte konnten nur von ihm stammen. Wie oft hatte er ihr eingeschärft, das Grundstück nach seinem Tod nicht zu verkaufen? Während der Gartenarbeit hatte Gustl manchmal leise gesungen. Der starke sonore Klang hatte immer beruhigend auf sie gewirkt. Die Erinnerung daran trieb ihr die Tränen in die Augen. Damals war er noch gesund gewesen.

»Des pack ma scho« hatte er anfangs noch gesagt. Doch dann? Die Krankheit hatte seine Stimme gebrochen und ihre Tonlage erhöht. Kein Singen mehr und kaum Gespräche, dafür Stöhnen und Schmerzensschreie, lauter und immer lauter, bis sie es nicht mehr ausgehalten hatte. Sie presste die Hände auf die Ohren als Schutzschild gegen die grausame Erinnerung. Es war jene Art von Schmerz, die nur durch anderen Schmerz gedämpft werden konnte. Mit ansehen zu müssen, wie der Krebs Gustl Stück für Stück verzehrt hatte, als wäre er eine Kantine, in der sich ein ungebetener Gast satt fressen durfte. Eine Mahlzeit nach der anderen. Die Ärzte und Chemotherapien hatten daran genauso wenig geändert wie ihre eigene Fürsorge.

Sie atmete schwer, wie nach einem langen Aufstieg im Gebirge. Dennoch zwang sie sich, aufzustehen, umherzugehen, was manchmal half. Obwohl sie sich dabei fühlte wie ein Tier im Gehege. Herrgott nochmal, wieso verschonte ihre Vergesslichkeit ausgerechnet Gustls Tod?

Die schmerzhaften Erinnerungen blieben zunächst im Ohrensessel zurück, doch ihr Weg führte sie unweigerlich wieder in den Garten. Schon bei den Rosensträuchern drängte Gustl erneut in ihr Gedächtnis. Er hatte die Rosen so sehr geliebt. Aber irgendetwas stimmte nicht mit diesen Sträuchern. Sie schüttelte den Kopf und ging weiter.

Am Kaffeetisch angekommen zählte sie leise auf, was ihre Augen sahen: »Tassen, Löffel, Teller, Gabeln, Zuckerdose, Milchkännchen«. Ihr Blick blieb auf dem Weg zum Wasserkrug hängen. Die Tischplatte des alten Gartentisches bestand aus einem Metallgitter, durch dessen weiße Lackierung an manchen Stellen kleine Rostflecken hervorbrachen. Normalerweise störte sie das wenig, doch heute wollte sie nicht, dass ihr Besuch den Rost sah, also ging sie ins Haus zurück. Noch blieb genügend Zeit.

Die Tischdecken lagen ordentlich zusammengelegt in der Kommode im Schlafzimmer. Sie entschied sich für die weiße mit den eingestickten Rosen an den Rändern. Als sie die Schublade wieder schloss, fiel ihr Blick auf die Hochglanzbroschüre. Seltsam, Papier und Drucksachen gehörten doch eigentlich ins Wohnzimmer. Wieder ließ sie sich im Ohrensessel nieder, legte die Broschüre auf ihre Knie und nestelte ihren Haarknoten zurecht. ›Seniorenresidenz Waldblick‹. Zufriedene Gesichter lächelten ihr von den glänzenden Seiten entgegen. Strahlten mit den jungen Pflegern um die Wette. Woher stammte diese Broschüre? Von Verwandten, an die sie sich nicht mehr erinnerte? Weder sie noch Gustl wollten in ein Pflegeheim, darin waren sie sich immer einig gewesen. Sie blätterte um und sah ein weiteres faltiges Gesicht, das lachte. In diesem Moment wünschte sie sich nichts sehnlicher als ein Bild von Gustl. Wieso besaß sie kaum Fotos von ihrem Mann? Krampfhaft versuchte sie sich an ein Lachen von ihm zu erinnern, solange bis es schmerzte. Doch alles, was sie sah, war eine aufgefaltete Zeitung, hinter der sich sein Gesicht verbarg. Oder Gustl im Krankenhaus. Gustl auf dem Totenbett. Und so weiter und so weiter. Sie blätterte die Broschüre durch, immer schneller. Zwischen den letzten beiden Seiten steckte eine Visitenkarte:

Hendrik Kieberg-Walter
· Grundstücksverwertung / Immobilienvermittlung ·
Liegenschaften mit Niveau

Irgendetwas flackerte in ihr auf wie ein entfernter Lichtschein, den sie jedoch nicht zu fassen bekam. Sie schaute zur Uhr. Noch zwanzig Minuten, sie konnte langsam anfangen, Kaffee zu kochen. Die Broschüre nahm sie mit in die Küche und legte sie neben die Kaffeekanne. Mechanisch spulte sie die Handgriffe ab, faltete den Filter, legte ihn in den Keramikhalter. Löffelte den Kaffee hinein und kochte Wasser. Wie früher in der Apotheke (›Geräte, Grundstoffe, Rezept‹ lautete Dr. Schmidhubers Credo und er war nicht müde geworden, es zu wiederholen).

Kommissarin Eubel würde sie also besuchen. Um 15 Uhr hatte sie gesagt und es würde auch nicht lange dauern. Was würde nicht lange dauern? Ihre Brillengläser beschlugen vom Wasserdampf, während sie den Kaffee aufbrühte. Agnes dachte angestrengt nach. Der Gedanke, nicht genau zu wissen, was sie erwartete, machte sie nervös. Schließlich war es immer von Vorteil, sich vorbereiten zu können. Das war der einzig positive Aspekt, der ihr zu Gustls Tod einfiel. Kaum klärten sich die Brillengläser wieder, wanderte ihr Blick zum Küchenfenster. Draußen zwitscherten die Vögel.

»Der Garten, das ist unser Paradies.« Sie hatte sich oft gefragt, was Gott täte, würde das Paradies zur Hölle. Gustl hätte gesagt, das Paradies dürfe man nicht leichtfertig hergeben. In diesem Punkt war sie anderer Meinung, schließlich war sie diejenige, die das Schicksal zum Weiterleben verurteilt hatte. Paradies – was bedeutete das schon? Aber durfte sie sich anmaßen, wie Gott zu sein? Nein, das durfte sie nicht. Und hatte es doch bereits getan.

Wieder hörte sie seine Stimme. Sein Leiden. Wieder tauchten die Bilder auf. Sie legte eine Hand über ihre Augen – vergeblich. Denn wie ein grausamer Folterknecht zeigte ihr Verstand genau die Bilder, die sie am wenigsten sehen wollte. Die Schmerzmittel hatten keine vollkommene Wirkung mehr gezeigt. Sie war zum Dauergast in Dr. Schmidhubers Apotheke geworden, beinahe wie früher. Schließlich hatte sie ein letztes Mal ein Rezept hergestellt, zu Gustls Wohl und um ihm seinen sehnlichsten Wunsch zu erfüllen: Sterben im Paradies.

Die Fröhlichkeit der Gesichter aus der Broschüre schien ihr wie ein Hohn, eine Schar von Senioren, die über sie lachten. Agnes schleuderte das Heft zu Boden und warf die Lesebrille beiseite. Ohne nachzudenken rannte sie in den Garten, nur nach draußen, nach draußen! Eine der Rosenranken verfing sich in ihrem Rock, riss ein Loch in den Stoff und brachte sie zum Straucheln. Sie schlug die Ranke beiseite. Der Schmerz, den die Dornen ihr zufügten, fühlte sich an wie ein Geschenk. Vorsichtig ließ sie sich auf dem Weg nieder und starrte in die Rosenbüsche. Sie glaubte, Gustls Gesicht zwischen den Ranken des einen zu sehen und ein zweites, jüngeres Gesicht erschien im anderen Strauch. Feist und glattrasiert quoll sein Hals aus einem teuren Hemdkragen hervor. Sie kannte die Kinngrübchen und Koteletten, denn sie gehörten eindeutig zu Hendrik Kieberg-Walter, der wenige Tage nach Gustls Todesanzeige an ihrem Gartentor erschienen war. Der Geschäftsmann von nebenan, buchstäblich von nebenan, denn sein Büro befand sich ja nur zwei Straßen weiter. Er hatte ihr sein Beileid ausgesprochen. Hatte gefragt, was er für sie tun könne, und ihr Blumen gebracht. Hatte sich unauffällig nach ihrer Verwandtschaft erkundigt und wie es denn nun weitergehe. Hatte dies und das angeboten, ihre Rohrnudeln gelobt und den Kaffee, den sie für ihn gekocht hatte. Freundlich war er gewesen, immer eine Spur zu höflich und immer zu laut. Selbst jetzt überfiel sie das Bedürfnis, sich die Ohren zuzuhalten, wenn sie an seine Stimme dachte, die ununterbrochen dahinschepperte. Er hatte ihr empfohlen, wieder mit anderen Menschen zusammenzuleben. Plötzlich war der Vertragsentwurf auf dem kleinen Gartentisch gelegen, zwischen den Kaffeetassen und neben der Broschüre mit den lächelnden Gesichtern. Hatte sie sich nur eingebildet, dass seine Stimme mit jedem Besuch lauter und ein klein wenig höher geworden war? Wie freundlich er auch immer geblieben war, trotzdem spürte sie sein Drängen. Und beim Anblick der Visitenkarte, die er ihr feierlich zugeschoben hatte (›Lassen Sie mich wissen, falls ich irgendetwas für Sie tun kann‹), überkam sie jene Klarheit, für die Gustl nur wenige Worte gebraucht hätte: »Der möcht einen Palast auf unser Grundstück stellen, wo die Alte Sollner Kirche ins Wohnzimmer passt.« Sie hatte sich doch nur ihre Stille zurückgewünscht. Stille, Stille und ihr Paradies! Und schließlich hatte sie sich ihren Wunsch erfüllt.

Agnes stand auf und strich ihren Rock glatt. Sie betrachtete das Loch, das die Dornen gerissen hatten. Sie würde die Rosen ein zweites Mal versetzen müssen. Aber sie besaß einen Spaten und sie hatte Zeit. Doch zunächst musste sie sich um ihren Besuch kümmern. Was sollte sie nur der Frau von der Polizei erzählen? Könnte sie nur Gustl um Rat fragen.

Es klingelte in dem Moment, als sie die Rohrnudeln aus dem Backofen holte.

Agnes bat Kommissarin Eubel ins Paradies herein. Ihre Besucherin wirkte freundlich und lobte sowohl den Garten als auch den köstlichen Rohrnudelduft. Agnes bedankte sich höflich, zuckte jedoch ein wenig zusammen, denn die Stimme der Beamtin war deutlich lauter als am Telefon.

ROHRNUDELN

ZUTATEN

250 ml warme Milch
85 g Zucker
100 g Butter
1 Ei
1 EL Öl
1 Prise Salz
1 Würfel frische Hefe
625 g Mehl

FÜR DIE FÜLLUNG

Zwetschgen
oder Kirschen
oder Mohnmasse

ZUBEREITUNG

Die warme Milch in eine Backschüssel gießen und die Zutaten in obiger Reihenfolge dazugeben. Die Hefe vor dem Vermengen fein zerbröseln. Den Teig gut durchkneten und anschließend in die Schüssel legen. Diese mit einem Tuch bedecken und an einen warmen Ort stellen, bis der Teig anfängt, das Tuch zu wölben.

Nun werden aus dem Teig acht Portionen herausgestochen und auf die bemehlte Arbeitsfläche gelegt. Den Teig auseinanderziehen, die Füllung (entkernte Zwetschgen oder Kirschen) darauf geben und aus dem gefüllten Teig vorsichtig kleine Kugeln formen. Die rohen Rohrnudeln in einer vorgewärmten und gefetteten Backform (Reindl) nebeneinander legen.

Anschließend kommen die Rohrnudeln in den auf 180 °C vorgeheizten Backofen und werden etwa 30 min gebacken.

TIPPS

Lässt man die Rohrnudeln vor dem Backen im Reindl noch etwas gehen, wird der Teig lockerer. Bestreicht man die Oberfläche der Nudeln nach der Hälfte der Backzeit mit Sahne oder etwas Butter, erhält man eine schönere Kruste.

Die Spur des Grafen
Moses Wolff

Polizeiobermeister Zettlmayr war stocksauer. Er saß vor seinem dritten Hellen im Schweizer Hof und versuchte, nicht an seinen derzeitigen Fall zu denken. Zumindest nicht, bis der mögliche Informant eingetroffen war. Um sich abzulenken, grübelte er über den fürchterlichen Zustand seines geliebten Pasings nach.

Angefangen hatte es mit dem Schmarrn von Münchens ehemaligem Oberbürgermeister, der die Tram unbedingt vom Pasinger Marienplatz zum Pasinger Bahnhof weiterführen wollte. Als ob die hundert Meter keiner zu Fuß gehen könnt! Früher ist die Tram halt eine kleine Schleife um den Pasinger Marienplatz gefahren, so dass weniger Ortskundige gleich einen Einblick in die Welt dieses schönen Stadtteils erhielten. Das hat jahrzehntelang wunderbar funktioniert, aber aus irgendeinem Grund hat sich jener Oberbürgermeister den Ausbau eingebildet und durchgezogen. Englische Kneipenphilosophen sagen dazu: *Never change a running system.* Genau das ist hier allerdings passiert: ein funktionierendes, bewährtes System wurde mutwillig beschädigt.

Zettlmayr schüttelte zornig den Kopf. Es war ja nicht nur der Streckenausbau, sondern besonders der damit verbundene Rattenschwanz, der ihn so wütend machte. Die Gleichmannstraße war schon immer eine Einbahnstraße und lief zum Bahnhof hin. Durch die Straßenbahnlinienerweiterung änderte sich die Fahrtrichtung und man fuhr neuerdings vom Bahnhof weg. Allein der Symbolgehalt dieser Änderung war fraglich. Ein Bahnhof ist schließlich so etwas wie das Tor zur weiten Welt, da fährt man doch am besten drauf zu.

Da musste Zettlmayr kurz lachen, weil ihm die Entstehungsgeschichte der Gleichmannstraße einfiel. Ein Jahr vor Gründung der Bundesrepublik und zehn Jahre nach der zwangsweisen Eingemeindung des zuvor unabhängigen Pasing überlegte sich die Stadtverwaltung München, dass der bisherige Name ›Bahnhofstraße‹ ja nun nicht mehr verwendet werden könne, da es zur Verwechslung mit der Bahnhofstraße am Hauptbahnhof kommen könne. Drum benannte man die Straße nach Dr. Bernhard Gleichmann, einem Mann, der für die Elektrifizierung der Bahnen in ganz Bayern verantwortlich war, aber sonst mit Pasing rein gar nichts zu tun hatte. Weder wohnte er dort, noch war er nachweislich auch nur ein einziges Mal dort gewesen. Und das eigentlich Groteske an der Sache: Es gab am Münchner Hauptbahnhof noch nie eine Bahnhofstraße und auch sonst in ganz München nicht. Dieser Schildbürgerstreich war nun wirklich amüsant. Nicht aber die sinnlose Aktion der Straßenbahn, zu der noch dazu geldgierige Architekten die von keinem Pasinger gewünschte ›Verkehrsberuhigung‹ erfanden.

Letztendlich war das nämlich nur ein Trick, um die Genehmigung für den Bau des schlimmsten Schandflecks im Münchner Westen zu bekommen: die sogenannten Pasing-Arcaden. Und die Moral von der Geschicht? Völlig chaotische, unübersichtliche, gefährliche Verhältnisse vor dem Bahnhof für Taxis, Busse, Fußgänger, Radl und Autos. So war das!

Thomas Zettlmayr nahm einen großen Schluck und spürte, wie das Blut in seinen Kopf stieg. Auf Fotos hatte er grundsätzlich einen knallroten Schädel, was zum einen an seinem gewaltigen Bierkonsum lag, zum anderen aber am erhöhten Blutdruck und seiner Vorliebe für deftiges Essen, allem voran für Saures Lüngerl.

Aber auch in dieser Beziehung hatten sich die Zeiten zum Schlechten gewandelt. Vor der schwachsinnigen Verkehrsberuhigung existierten in Pasing zwei Lokale mit einem guten Lüngerl: der Landsberger und der Schweizer Hof. Ersterer war ebenfalls dem von langer Hand eingeleiteten Schurkenstreich der angeblichen Verkehrsberuhigung zum Opfer gefallen, drum gab es für Pasinger Lüngerlfans mittlerweile nur noch eine Anlaufstelle, nämlich den Schweizer Hof. Die einstige Chefin und nebenbei beste Wirtin der Welt, Marille Rapp, hatte im Jahre 2015 ihre

Eigenschaft als Hausherrin dieser wunderbaren Traditionsgaststätte aufgegeben, um ihren wohlverdienten Lebensabend zu genießen. Die Augustiner Brauerei suchte gründlich nach einem würdigen Nachfolger und
entschied sich für die alteingesessene Wirtsfamilie Stadtmüller, die glück-
licherweise die alten Gäste nicht durch neumodische und teure Speisen
vertreiben wollte.

Und jetzt stand tatsächlich wieder ein Saures Lüngerl mit Semmelknödel auf der Tageskarte. Wenn er es sich recht überlegte, verspürte er einen
Hunger. Und mit hungrigem Leib konnte man nicht denken, er schon
gleich gar nicht. Außerdem war sein Bier fast leer und er hatte nach wie
vor großen Durst.

Am Zapfhahn stand der stets zu Scherzen aufgelegte Schankwart Elo
und grunzte vergnügt in seinen Bart hinein. Elo konnte täuschend echt
das Quieken eines jungen Schweines imitieren und (wenn er gut drauf
war) sogar den dazu passenden Gesichtsausdruck.

»Noch eine Halbe und einmal des Lüngerl«, rief Zettlmayr, und hatte
beinahe postwendend das Gewünschte vor sich stehen.

Wie er da die Semmelknödel teilte und so fest in die grau-braune Soße
tunkte, dass sie in langen Tropfen wieder von der Gabel glitt, und sah,
wie die aufgeschnittenen Lungenstreifen sich an die Knödel schmiegten,
da, ja da fiel ihm doch sein aktueller Fall wieder ein: der möglicherweise
vorgetäuschte Tod des Grafen Porno.

Vor vierzehn Tagen war nämlich Zettlmayrs Nachbar, Herr Schramml,
unverhofft bei ihm privat in der Berrschestraße 7 aufgetaucht und hatte
ihm von einem eigenartigen Fund im Keller berichtet. Sie sind sofort
rüber.

»Ich wollt ja nur aufräumen, da fällt mir auf einmal so ein Schachterl
auf.«

»Ein Schacht? Also eine Aushöhlung oder Graben im Boden?«

»Nein, ein Kisterl, ein Behältnis, ein bisserl größer als ein Schuhkarton.
Ich war in dem Kellerraum seit bestimmt 30 Jahren nicht mehr, weil ich
mein Werkzeug und alles andere in den beiden anderen Räumen hab
und den noch nie benutzt hab. Aber jetzt wollt ich mir da so ein paar
Fitnessgeräte reinstellen und da is mir das Schachterl aufgefallen. Weil
in dem Kellerraum steht lauter Zeug von meinem Vormieter rum, ich

hab bislang noch nie Lust gehabt, das wegzuschmeißen. Und weil da so komische Sachen drin sind, hab ichs lieber nicht groß angefasst wegen Fingerabdrücke und so weiter. Da, schauens mal!«

Sie waren im Keller angekommen und Herr Schramml hatte nicht gelogen. Auf dem Boden stand ein vergilbter Karton. POM Zettlmayr ging darauf zu und besah sich den Inhalt: eine Musikkassette, eine durchsichtige Aktenmappe mit Unterlagen und ein Colt Diamondback samt einer Packung Munition.

»Der Hammer, oder?«

»In der Tat«, sagte Zettlmayr und las durch die Plastikfolie den Inhalt des oben aufliegenden Dokumentes.

Buchungsbestätigung Hotel Berjaya Mahe Beach Resort, Seychellen. Abreise München Riem, Flug auf Insel Mahe, Seychellen, 02. Mai 1984, 2 Personen, one way. Namen der Reisenden: Gina Holst und Harry Holst. Die Namen waren allerdings mit Kugelschreiber durchgestrichen. Daneben standen handschriftlich die beiden Namen *Alois Brummer und Petra Jüngling.*

»Interessant. Haben Sie diese Namen schon mal gehört?«

»Logisch, der Alois Brummer hat vor uns hier gewohnt. Der war ein berühmter Filmproduzent, bekannt unter dem Spitznamen Graf Porno.«

»Graf Porno?«

»Ja, der hat in den Siebzigern lauter so Lederhosenfilme gedreht, also Sexkomödien und so weiter. Hier drüben in dem Regal sind einige VHS-Kassetten mit seinen Filmen.«

»Dürft ich da welche mitnehmen?«

»Freilich.«

»Und warum hat der die Unterlagen in den Karton reingetan?«

»Des woaß i ned.«

»Und die anderen Namen sagen Ihnen nix?«

»Naa.«

»Derf i die Sachen überprüfen lassen?«

»Natürlich.«

»Ich tät gern rausfinden, woher die Waffe stammt, und generell is des ja schon relativ ungewöhnlich, wenns mich fragen.«

»Freile, aber bitte haltens mi auf dem Laufenden.«

»Eh klar.«

Am nächsten Morgen erbat sich POM Zettlmayr bei seinem Vorgesetzten eine Freistellung von seinen anderen, derzeit nicht allzu dringlichen Aktivitäten, setzte sich in sein Polizeibüro in der Institutstraße und studierte die Dokumente, darunter einige Zeitungsartikel über Jim Morrison von den Doors. Die Reiseunterlagen stammten vom heute nicht mehr existenten Amtlichen Bayrischen Reisebüro, kurz abr. Der Revolver befand sich bereits in der Waffenkammer der Münchner Polizei zur Untersuchung. Er hatte sich von daheim einen alten Grundig-Kassettenrekorder mitgebracht und die MC eingelegt. Auf der A-Seite lief Musik von den Doors, auf der B-Seite sprach ein Mann Gedichte, der Stimme nach war es Jim Morrison, vermutlich Selbstverfasstes. Das Englisch von Zettlmayr war eher dürftig, so verstand er nur ein paar Fetzen. Wahrscheinlich hatte die MC keine weitere Bedeutung.

Zettlmayr notierte sich mehrere Fragen: Weshalb waren die Sachen in den Karton gelegt worden? Warum waren die Namen durchgestrichen? Warum hatten sie nur *one way* gebucht, ohne Rückflug? Warum die Waffe? Und wozu die Zeitungsartikel?

Über Harry und Gina Holst war nichts zu finden. Es gab zwar im Internet diverse Menschen dieses Namens, aber keinen erkennbaren Zusammenhang. Dafür fand Zettlmayr etwas über die beiden handschriftlich hinzugefügten Personen: Alois Brummer, geboren am 12.05.1926 in Mainburg. Verstorben am 04.05.1984 in München. Petra Jüngling, geboren 1962 in Feldafing. Vermisst seit 03.05.1984.

Zettlmayrs Atem stockte, er setzte sich kerzengerade hin. Flug auf die Seychellen am 02. Mai, tags darauf wird die eine Person als vermisst gemeldet, einen Tag später segnet die andere das Zeitliche. Wenn da nicht der Wurm drin war!

Er durchforstete seinen Computer gründlich nach den beiden Namen. Petra Jüngling tauchte nirgends auf, dafür gab es einige Informationen über Alois Brummer. Er war, wie Schramml ja schon gesagt hatte, der Produzent zahlreicher Softpornofilme mit so schönen Namen wie ›Dr. Fummel und seine Gespielinnen‹, ›Gestatten, Vögelein im Dienst‹ und ›Graf Porno bläst zum Zapfenstreich‹ und erreichte damit ein Millionenpublikum. Im Internet stand weiterhin, dass die meisten seiner Filme teilweise im heute von Herrn Schramml bewohnten Haus gedreht

wurden, andere beliebte Motive waren Almen, Bauernhöfe oder Land-
gasthäuser. Brummer hatte im Lauf der Jahre ein stattliches Vermögen
angehäuft.

Zettlmayr gab nun verschiedene Suchbegriffe parallel ein, manchmal
führte das zu interessanten Hinweisen. Er googelte ›Alois Brummer +
Seychellen‹ – keine weiterführenden Resultate. Er googelte ›Harry und
Gina Holst‹ – Fehlanzeige. Er googelte ›Jüngling + Brummer‹ – nichts.
Er googelte ›Brummer + Jim Morrison‹ – nichts. Er googelte ›Jim Morrison + Seychellen‹ – und plötzlich kamen unzählige Ergebnisse. Beinahe
einhellig wurde darin behauptet, der einstige Weltstar und Doors-Front-
mann Jim Morrison hätte seinen Tod nur inszeniert und sich auf die Seychellen abgesetzt. Selbst sein Bandkollege Ray Manzarek hatte dies bis zu
seinem eigenen Tod behauptet. Morrison habe den ewigen Rummel um
seine Person nicht mehr ertragen, sich einen Großteil des ansehnlichen
Vermögens auszahlen lassen und den seinerzeit frisch selbstverwalteten
Inselstaat als anonymen neuen Lebensraum gewählt.

Hatte Brummer nach Jim Morrisons Vorbild seinen Tod vorgetäuscht
und sich ins Ausland abgesetzt?

Es folgte ein enorm aufwändiger Telefonmarathon durch Reisebüros,
Hotels, Flughäfen und Ämter. Die Flughafendaten von 1984 waren in
Archiven versteckt, aber Zettlmayr hatte Glück: Tatsächlich waren zwei
Fluggäste mit den Namen Harry und Gina Holst an jenem Tag auf die
Seychellen geflogen und auch das gebuchte Hotel hatte Hotelgäste mit
diesen Namen vom 2. bis zum 16. Mai 1984 im Archiv. Es hatten also
zwei Personen namens Holst vierzehn Tage auf den Seychellen verbracht.
Natürlich erinnerte sich im Hotel niemand mehr an sie und somit verlor
sich die Spur. Möglicherweise waren aber auch andere Menschen unter
falschem Namen angereist, vielleicht ja Brummer und Jüngling selbst?
Oder Freunde von Brummer. Oder seine Freundin Petra hatte sich ins
Ausland abgesetzt.

Viel zu viele Möglichkeiten.

Da kam der Bericht aus der Waffenkammer mit dem Ergebnis, dass die
Pistole nicht registriert und unbenutzt war. Vermutlich hatte Brummer
die Waffe auf dem Schwarzmarkt erworben.

Jetzt ging es auf die Straße, wie Zettelmayr die Befragung von Zeugen vor Ort nannte. Die Eltern von Petra Jüngling, beide Jahrgang 1935, wohnten in einem Seniorenstift am Westpark. Sie waren höchst überrascht, nach so vielen Jahren wieder einmal Besuch von der Polizei bezüglich ihrer verschwundenen Tochter zu bekommen. Viel wussten sie nicht zu erzählen, nur dass Petra stets sehr eigensinnig gewesen sei und das Verhältnis zu ihren Eltern schon früh schwierig war. Ihr Verschwinden sei seinerzeit niemandem seltsam vorgekommen, da Petra schon in Jugendjahren diverse Male abgehauen war.

An jenem lauen Frühjahresabend im Schweizer Hof erwartete Zettlmayr neben uneingeschränktem Biernachschub und Vertilgung seiner Leibspeise auch noch den Besuch eines wichtigen Informanten: den alteingesessenen Pasinger Kameramann Wasti Meixner, der zahlreiche Produktionen Brummers begleitet und ihm dank bester Kontakte auch viele gutaussehende Darstellerinnen für dessen Filme organisiert hatte. Der Schankkellner Elo hatte gerade wieder sein berühmtes Schweinequieken gemacht, als Zettlmayr von seinem ersten Toilettengang zurückkam – er hatte eine sogenannte Wiesnblase und musste frühestens während der dritten Maß bzw. zwischen der fünften und sechsten Halben ›für kleine Gendarme‹, wie er gerne scherzhaft sagte. Er lachte über das Grunzgeräusch und sah im Gastraum des Schweizer Hofs einen gepflegten, schlankgewachsenen Mann mit weißem Haar, schwarzer Brille und suchendem Blick. Das musste sein Besucher sein. »Herr Meixner?«

»Ja.«

»Da drüben hock ich. Wollns was trinken?«

»Gern. Bitte a leichts Weißbier, ich muss morgen früh zu am Termin.«

»Guad. A LEICHTS WEISSBIER UND NO A HELLES! Es dauert ned lang. Ich hab ihnen ja am Telefon gesagt, dass ich ein paar Fragen zum Herrn Brummer hab. Sie ham sich ja guad kennt, oder?«

»Freile! Da Loisl war mein Spezi, mir haben uns privat oft getroffen und gedreht haben wir auch einige Male.«

»Wann haben Sie ihn denn das letzte Mal gesehen?«

»Des kann ich Ihnen ganz genau sagen, des war am ersten Mai vieradachzge, beim Maibaum, da waren wir noch lang unterwegs, der Loisl und ich. Ich wollt aufd Nacht noch ein paar Weiber aufstelln, aber er war zu der Zeit ja bis übern Kragen verliebt und wollt lieber heim zu seiner, äh, Moni hat sie glaub ich geheißen.«

»Oder Petra?«

»JA! Petra! Genau, Petra hats ghoassn! Da ist er dann hin, die hat irgendwie in Moosach gewohnt oder was woaß i. Ja, und drei Dag später war er ja dann leider tot.«

»Woran ist er denn eigentlich gestorben?«

»Herzversagen, glaub ich. Weiß ich aber nicht mehr. Das ist schon ziemlich schnell gegangen, aber ein Trost war, dass er wohl nicht leiden hat müssen, weil er war ja jetzt nicht irgendwie krank oder was.«

»Hat er irgendwann mal was von Auswandern gesagt?«

»Nein, nicht dass ich wüsst. Warum? Hat er damals irgendwas angestellt?«

»Nach meine bisherigen Ermittlungen nicht. Hatte er eine Waffe?«

»Ja, er hat sich irgendwann einen Revolver besorgt, weil er der Meinung war, dass man sowas im Haus haben sollte. Ich hab ihm abgeraten, weil ja schon in der Bibel steht: Wer das Schwert benützt, kommt durch das Schwert um. Aber er hat sie ja zum Glück nie gebraucht.«

»Interessant. Weil wissen Sie, es gibt da so eine seltsame Bestätigung für einen One-Way-Flug auf die Seychellen. Zwei Personen. Die Namen auf den Tickets lauten Gina und Harry Holst. Sagt Ihnen das was?«

»Hahaha, natürlich! Harry Holst war der Rollenname vom Graf Porno! In a paar Filme hat er dann auch amal Harry Holz oder Willi Holz geheißen. Und Gina war der Rollenname der Ausreißerin im ersten Graf Porno-Film.«

»Wie? Gina und Harry Holst existieren in Wirklichkeit gar nicht?«

»Nein.« Meixner lehnte sich zurück und lachte. »Haha, und jetzt meinen Sie, er hat da was inszeniert? Wie seine Filme?«

»Sein könnts. Aber ich werd jetzt nicht extrem viel Energie reinlegen, es liegt ja keine Straftat vor. Nicht mal Versicherungs- oder Steuerbetrug. Mich würde es halt einfach interessieren, ich bin schließlich Polizist. Hatte er viele Freunde?«

»Nein, nur eine Handvoll. Der wollt sei Ruah.«

»Aha.«

Der Kameramann trank einen Schluck von seinem Weißbier. »Wissens, er war schon eher öffentlichkeitsscheu und wollt halt am liebsten mit hübsche Damen umanandschmusen, die dann später oft in seinen Filmen mitgewirkt haben. Und in den letzten Jahren hat er ja sich mehr um den Verleih von Filmen gekümmert, weil er war ein Vermarktungsgenie. Mei, sein könnts schon, dass er einfach getürmt ist, aber sein Leichnam ist ja schließlich von der jugoslawischen Putzfrau gefunden worden und der Tod vom Herrn Doktor Wallner festgestellt worden. Des war der Hausarzt vom Loisl. Und der hätte nie im Leben bei irgendwelchen inszenierten Auswanderungsgeschichten mitgemacht.«

»Wissen Sie, wie die Haushälterin geheißen hat?«

»Naa, leider ned.«

»War er eigentlich Fan von den Doors?«

»Oh ja, der Loisl mochte am liebsten Led Zeppelin, Doors und natürlich bayrische Volksmusi, also Die drei Moosacher oder Fredl Fesl.«

»Darf ich Sie auf a Saures Lüngerl einladen?«

»Naa danke, i hab scho gessn.«

Den nächsten Vormittag verbrachte Zettlmayr damit, sich im Büro einige der Videokassetten, die er aus dem Keller mitgenommen hatte, anzusehen. Unter anderem den Film ›Graf Porno und die liebestollen Töchter‹, ein Machwerk mit recht schlichtem Humor und hohem Busenanteil. Zettlmayr sah in dem Betrachten des Filmes jetzt nicht unbedingt einen Sinn, er wollte lediglich sein Bild vervollständigen. Ihm fielen schon beinahe die Augen zu, als ein Protagonist in einer Szene einen Satz aus Wilhelm Buschs ›Frommer Helene‹ zitierte: »Ein jeder Jüngling hat zumal den Hang zu Küchenpersonal«. Zettlmayrs Augen blitzten! Jüngling! Wie der Nachname der verschwundenen Frau! Aber gleichzeitig dachte er: Was für ein Blödsinn, hier irgendeinen Zusammenhang herzuleiten. Seltsamerweise waren alle Filme nachsynchronisiert, eigentlich ein sinnloser Aufwand, der zusätzliche Kosten verursachte, und bei der simplen Machart hätten die Originalstimmen wahrscheinlich viel lustiger und schräger gewirkt. In diesem Moment meldete seine Kollegin per Telefon die Ankunft des einbestellten Herrn Dr. Peter Wallner.

Dr. Wallner war relativ groß und stämmig, hatte strohweißes, gewelltes Haar und ging leicht vornübergebeugt. Er war schätzungsweise Mitte Siebzig.

»Es dauert nicht lang, Herr Dr. Wallner. Nehmens doch bitte Platz. Sie waren damals der Hausarzt von Alois Brummer?«

»Ja.«

»Wie lange war der Herr Brummer bei Ihnen in Behandlung?«

»Ja mei, seit er halt in Pasing gewohnt hat. Mein Vater war ja auch Arzt, der hat den Herrn Brummer auch behandelt und ich hab 1977 die Praxis übernommen, als mein Vater sich zur Ruhe gesetzt hat.«

»Und Sie haben den Tod von Alois Brummer festgestellt?«

»Ja. Er starb an einem Herzinfarkt und wurde leider erst viel zu spät von einer Zugehfrau gefunden.«

»Wissen Sie den Namen der Zugehfrau?«

»Nein, ich hab die ja gar nicht gekannt.«

»Kannten Sie die Frau Petra Jüngling?«

»Sagt mir irgendwas.«

»Das war wohl zuletzt die Lebensgefährtin Brummers.«

»Ach, des kann sein, wissens, der hat ja immer irgendwelche Frauengeschichten gehabt, da hab ich nicht durchgeblickt, wie die alle heißen, aber an den Namen Jüngling kann ich mich erinnern. Hab jetzt aber kein Bild im Kopf.«

»Des macht nix. Wussten Sie etwas von möglichen Auswanderungsplänen Brummers?«

»Nein. Wieso?«

»Nur so.«

»Aha.«

»Gut, dann bedank ich mich.«

Zettlmayr notierte sich noch ein paar Kleinigkeiten, bevor er den Fall zu den ungeklärten Akten legte. Weder gab es eine Straftat noch einen sonstigen Grund, der Sache noch länger nachzugehen. Ein ehrbarer Mediziner würde nicht einfach so einen Totenschein ausstellen. Die Aussage des Arztes war absolut glaubwürdig. Alois Brummer war tot.

Möglicherweise hatte es ja wirklich Auswanderungspläne gegeben. Und vielleicht war Petra Jüngling mit einer Freundin oder einem Freund geflogen. Diese Option bestand schließlich auch. Eventuell hatte sie einen Geliebten, es kam zum Streit mit Brummer, sie trat die Reise an, er blieb daheim und bekam vor Aufregung einen Herzinfarkt. Diese Lösung gefiel Zettlmayr. Und die erfundenen Namen auf den Flugscheinen? Es war ja bekannt, dass man in den Achtzigerjahren an den Flughäfen noch einiges tricksen konnte, weil beim Check-In die Pässe nicht kontrolliert wurden und man somit ohne weiteres unter falschem Namen ausreisen konnte. Es waren vermutlich alles Zufälle.

Zettlmayr lächelte, als er die Akte vorläufig für immer in den Schrank stellte und freute sich auf sein Feierabendhelles.

Ein Page brachte im Hotel Fortune auf Desroches Island die Monatsausgabe vom Bayernkurier zu den Liegestühlen mit Blick auf das azurblaue Meer.

»*Your newspaper, Sir!*«

»*Thank you.*«

Der kräftige Greis mit den grauen Koteletten nickte zufrieden. Er gab dem Pagen einen Geldschein als Trinkgeld.

Die hübsche Mittfünfzigerin neben ihm schüttelte mit gespielter Verwunderung den Kopf. »Dass dich der Schmarrn aus der alten Heimat noch immer so bewegt.«

»Ja mei, i mecht halt wissen, was dahoam so ablaft, Petramaus«, sagte er mit leicht brüchiger, aber dennoch tiefer Stimme. Für seine neunzig Jahre war er noch erstaunlich rüstig.

»Da verändert sich doch nix.«

Er seufzte. »Hier aber aa ned.«

»*Could you serve us two Weißbier, please?*«, bat der alte Mann den in der Nähe bereitstehenden Pagen und zeigte dabei eine Reihe Goldkronen.

»*No! FOUR Weißbier!*«, rief ein älterer Herr mit Glatze. Er hatte sich bei einer bildschönen Frau um die Dreißig – und damit höchstens halb so alt wie er - eingehakt und schritt langsam näher.

»*Oh, you woke up so early*«, scherzte der kräftige Greis mit den grauen Koteletten. »*So how is life, Jim?*«

»*Great, Al*«, sagte der Mann mit der Glatze. »*Spades dance best from the hip.*«

»*Don't call me Al, Jim. Try to say Alois.*«

»Alois«, quetschte der Mann mit der Glatze heraus und lachte. Er legte sich auf seinen Liegestuhl, die schöne Begleiterin tat es ihm gleich. Die Sonne schien durch die kräftig grünen Palmen. Man hörte außer dem Meeresrauschen und dem fernen Gekreische der Möwen eine Zeitlang nur das sanfte Rascheln, wenn der Greis mit den grauen Koteletten den Bayernkurier umblätterte. Dann brachte der Page endlich das Bier.

SAURES LÜNGERL NACH EINEM URALTEN PASINGER REZEPT

ZUTATEN (pro Person)

150 g gekochte Kalbslunge und
100 g gekochtes Rinderherz
1 Zwiebel
1 Lorbeerblatt
abgeriebene unbehandelte Zitronenschale
Suppengrün
1 TL Tomatenmark
einige Wacholderbeeren
Nelken
Piment
Pfeffer
2 EL Essig
200 ml Rinderfond

ZUBEREITUNG

Für eine Person schneidet man 150 g gekochte Kalbslunge plus 100 g gekochtes Rinderherz in Streifen, nachdem man die Knorpel entfernt hat, kocht sie mit Zwiebeln, Lorbeer, abgeriebener Zitronenschale, Tomatenmark, Wacholder, grob gemahlenem weißem und schwarzem Pfeffer, Nelken, Piment und Essig in 200 ml Rinderfond auf, lässt das Ganze über Nacht stehen, um es am nächsten Tag in einer dunklen, klassischen Mehlschwitze samt sehr klein gehacktem Suppengrün in Ruhe vor sich hinköcheln zu lassen. Serviert wird es mit einem petersilienbestreuten Semmelknödel, nachdem man das Lüngerl mit Thymian, Salz, Sahne und Muskatnuss abgeschmeckt hat.

Der Ruf des Kauzes
Ricarda Oertel

Ich laufe davon. Davon! Weg von einer Erkenntnis, die mich taumeln lässt, mir den Boden fortreißt unter den Füßen. Ich sehe das Schaukeln der Landschaft vor mir, endlos, ohne meine Beine zu spüren. Ich atme, ich muss ja atmen, aber was meine Lunge tut, dringt nicht vor zu mir. Das Geäst knackt unter meinen Schritten, ich höre es wie von fern. Die Wege, übersät von gelben Tupfern, rostroten Flecken, hüpfen hoch und nieder. Als bebte die Erde, als hielte jemand eine bemalte Leinwand vor mir in die Höhe, mit nervösen Auf- und Abbewegungen. Doch nicht die Welt bewegt sich. *Ich* laufe.

Wie fast jeden Morgen, um die müder werdenden Muskeln zu fordern. Meine Joggingstrecke beginnt auf der Südlichen Auffahrtsallee, mit Blick auf die prächtige Fassade des Nymphenburger Schlosses. Vorbei an den Fontänen, die um diese Zeit noch in ihren steinernen Betten ruhen, führt mich der Weg den Schlossgartenkanal entlang zum Badenburger See, wo Schwäne sanfte Bahnen ziehen.

Heute möchte ich nicht anhalten, nirgendwo ankommen. Einfach weiterlaufen, so schnell ich kann.

Ich habe sie hinter mir gelassen, die Bank im Park gegenüber des Monopteros, nicht weit von der malerischen Brücke bei der Badenburg. Die Bank, auf der ich sie das erste Mal erblickte. Nein. Wiedersah. Ich war ihr schon einmal begegnet, nur wollte mir anfangs nicht einfallen, wann und wo.

Ein junges Ding. Sie saß stumm, hielt eine klobige Kamera in den Händen, eine Filzdecke über die Beine gelegt, wie gelähmt und dazu verdammt, in diesem Park für immer still zu sitzen. Der Spätsommer lag im Sterben, das Gras wurde bleich, der frühe Morgen kühl. Ihre Finger legten sich wie Porzellanhenkel um die Kamera. Ich hörte das Klicken des Auslösers, als schlösse sich eine Falle in dem Moment, in dem ich durch ihr Bild lief. Sie lachte darüber, dass ich ihre Linse durchkreuzte, ihr Foto spaltete, die Landschaft zersägte mit meinen Schritten. Und ich blieb stehen, sah in das blasse Gesicht. Braunrote Haarsträhnen umspielten ihren Mund – seidige Fäden, die sie fort blies. Ein Rosenmund, der sich öffnete und verschloss, eine regressive Blüte, und das war der Augenblick.

Alle Geheimnisse, die um unwiderrufliche Begegnungen gemacht werden, erschienen mir bis dahin unbedeutend. Nur Momente – ein Wind, eine Farbe, ein Funkeln. Doch nun begriff ich. Etwas dringt in dein dumpfes Herz und wird es beherrschen.

Was mich zu ihr zog, war nicht allein dieser Mund. Es waren gelbe Sprenkel ihrer Iris. Und sie erinnerten mich an etwas. An jemanden. Jemanden, den ich vergessen hatte.

Ihre Beine lugten unter der Filzdecke hervor, von schwarzen Strumpfhosen umspannt.

Schweiß tropfte mir von der Stirn, den grau werdenden Schläfen. Ich kann nicht anziehend ausgesehen haben, aber ich hatte mich entschieden, innerhalb dieses schicksalhaften Bruchteils einer Sekunde, stehen zu bleiben, weil mich das Geräusch des Auslösers und ihr metallenes Lachen irritierten.

Die Frau wandte den Blick zu ihrer Kamera, legte sie schief, drückte mit den Porzellanfingern ein paar Knöpfe und hielt mir das Gerät entgegen, ohne ein Wort zu sagen. Das Foto zeigte einen verschwommenen Schemen. Ein Gespenst, das durchs Bild schwebte und von dem sich die Konturen im Hintergrund gestochen scharf abhoben.

Ich schluckte. Es war nicht höflich von ihr, einen fremden Menschen ungefragt zu fotografieren. Ihr Bild beunruhigte, aber ihre seltsam vertrauliche Geste besänftigte mich.

»Sind Sie Fotografin?«, fragte ich.

Sie nickte nur, legte die Kamera neben sich auf die Bank, wo sie sich auf einer Serviette ein kleines Frühstück bereitet hatte – ein Töpfchen

Obatzda und eine Breze. Ungewöhnlich für diese Tageszeit, nicht typisch für eine Münchnerin – das fiel sogar mir als gebürtigem Norddeutschen auf. Sie brach ein Stück davon ab, tunkte es in den Käse und reichte es mir, weiterhin schweigsam.

Sie verwirrte mich, man bekommt nicht alle Tage von einer unbekannten Frau etwas angeboten. Doch entgegen meiner Gewohnheit, eine Stunde nach dem Joggen nichts zu essen, griff ich zu. Es schmeckte herrlich.

Sie lächelte. Ich setzte mich und streckte meine Beine neben den ihren aus.

»Daniel«, sagte ich und hielt ihr meine Hand entgegen.

Sie nickte, als habe sie es gewusst, drückte schwach meine Finger, ohne ihren eigenen Namen zu verraten.

»Frühstücken Sie öfter hier in der Morgendämmerung?«

»Ja.« Sie zeigte hoch in die Bäume. »Um die Zeit erwischt man die Tiere am besten. Und das Zwielicht ist schön.«

»Sie machen Tierfotografien?«

»Ja, unter anderem.« Sie brach den Rest der Breze in zwei Hälften, gab mir die eine und stellte den Obatzdn zwischen uns. »Ich möchte den Kauz vor die Linse bekommen. Er sitzt oft in der alten Linde. Bisher habe ich ihn nur gehört«, flüsterte sie.

Als wäre ich das erste Mal hier, schaute ich mich um. Wir saßen jetzt ganz still. Es war mir unmöglich, aus dem erwachenden Gewirr von Vogellauten, dem Rascheln des Laubs, dem Knacken der Hölzer so etwas wie einen Kauz herauszufiltern.

Ich zuckte mit den Schultern. »Ich kann ihn nicht hören.«

»Sein Ruf ist einzigartig. *Ku-witt, ku-witt.* Für mich klingt es wie *Komm-mit.*« Sie wandte mir den Kopf zu und sah mir fest in die Augen. »Früher glaubte man, der Kauz brächte den Tod.«

Der Brezenbissen klumpte in meinem Hals. Ihr Blick ging durch mich hindurch. Die Sprenkel ihrer Augen reflektierten die aufgehende Sonne, die rötliches Licht über ihr Gesicht, ihre Schultern warf und das Haar zum Leuchten brachte.

Ich kannte sie.

Das wurde mir in diesem Moment klar. Ich wühlte in meinen Erinnerungen, fand aber nichts.

»Sagen Sie, sind wir uns schon mal begegnet?«

Wieder lachte sie, ohne meine Frage zu beantworten. »Es heißt, wo der Kauz im Morgengrauen ruft, stirbt jemand.«

Ihre Stimme wurde monoton und noch leiser, ich hatte Mühe sie zu verstehen.

»Sind Sie abergläubisch?«, fragte ich.

»Käuze haben sich in die Nähe von Fenstern gesetzt, hinter denen ein sterbenskranker Mensch lag, denn dort brannte auch nachts das Licht. Die Lichtquelle hat sie angezogen. Deshalb galten sie als Todesboten. Es sind Tiere der Nacht.« Sie schaute mich an, als erklärte sie mir die logischste Sache der Welt und ich sei zu gedankenlos, nicht selbst darauf gekommen zu sein.

Mein letzter Bissen rutschte stockend die Kehle hinunter. Schnell warf ich einen Blick auf meine Uhr, ohne die Zeiger wahrzunehmen, und erhob mich. Ich bedankte mich für die unverhoffte Verköstigung und verabschiedete mich, setzte meine Laufrunde fort. Die Begegnung hinterließ in mir ein unbehagliches Gefühl.

Trotzdem zwang mich etwas, am nächsten Morgen voller Erwartung den Weg zum Badenburger See anzutreten. Ich wusste nicht, ob ich hoffte oder fürchtete, sie wiederzusehen. Ihr Gesicht hatte sich in mein Innerstes gebrannt, ihr Rosenmund und was er Merkwürdiges sagte.

Und tatsächlich: Sie saß dort. Sie saß dort und sah mir mit starrem Blick entgegen. Die Kamera ruhte wie ein willenloses, dunkles Tier auf ihrem Schoß, die weißen Finger daneben. Meine Füße begannen von allein, mit größerer Kraft abzufedern, meine Knie hoben sich höher, mein Lauf wurde beschwingt. Insgeheim hoffte ich, sie würde die Linse vor ihr Auge führen und mich wieder fotografieren. Ich hob den Arm und winkte, rief ihr ein »Hallo« zu.

Sie legte nur den Finger vor den Mund, der sich wie zum Kuss gerundet hatte.

Ich deutete es als Zeichen, still zu sein, weil sie ihn hörte. Den Kauz. Und dass ich ihn nicht verjagen, ihr Motiv nicht vertreiben sollte. So sehr ich mich anstrengte, ich vernahm nichts. Vielleicht knirschten meine Schritte zu laut. Deshalb ließ ich es bei dem Gruß und entfernte mich möglichst leise. Als ich mich umdrehte, war ihr Blick von mir weg gerichtet. Er hing an einem Punkt in den Baumwipfeln über ihr, und ich kam mir töricht vor. Ein alternder Narr, der einer jungen Frau imponieren will, in der irrsinnigen Hoffnung, ihr gefallen zu können. Wie leicht ist es früher gewesen, das Spiel mit den Mädchen. Sie kamen wie von selbst. Und ich ging, wie es mir gefiel. Irgendwann ließ es nach. Fast unmerklich. Du bist nicht von einem Tag auf den anderen alt. Die Jugend, das Leben schleicht sich von dir fort, und wenn du seine fragile Hülle spürst, ist es zu spät.

In der Nacht darauf quälte mich ein Traum. Zu laufen, ohne etwas zu fühlen. Meine Füße verloren die Bodenhaftung, als schwebte ich davon. Ich verlor mich, war bloß noch ein Hauch in der Luft, löste mich auf, verdünnte mich zu einem leeren Gefäß, das schließlich am Boden zerschellte. Ich erwachte schreiend, mit kratzender Kehle. Und einem Satz in meinem Kopf, den ich irgendwo schon einmal gehört zu haben glaubte. *Schließe Freundschaft mit den Geschöpfen der Nacht.*

An diesem Morgen lief ich nicht.

Aber an allen weiteren, und immer traf ich sie an. Mal war sie mir zugewandt, mal wirkte sie abwesend und in Gedanken versunken. Manchmal setzte ich mich zu ihr und sie zeigte mir ein paar ihrer Fotos, manchmal grüßten wir nur kurz. Diese Augenblicke wurden für mich zu einem täglich wiederkehrenden Ritual, auf das ich nicht mehr verzichten konnte. Es gelang mir in den flüchtigen Minuten nie, herauszufinden, wer sie war.

Bis zur gestrigen Nacht. Die Erinnerung packte mich wie ein Greifvogel. Plötzlich wusste ich, wem die Fremde ähnelte. Und woher ich den Satz kannte, der nach meinem Traum in mir widerhallte.

Schließe Freundschaft mit den Geschöpfen der Nacht.

Es war ein Satz, den mir eine frühe Liebe einmal schrieb, nachdem ich ihr vorgeworfen hatte, verschlossen und freudlos zu sein. Barbara mit den gelb gesprenkelten Meeresaugen. Eine wundervolle Frau, doch ihre Stimmungen schwankten von einem Extrem ins andere. Ich verließ sie kurz danach, weil ihre Launen die Intensität des Irrsinns annahmen und sie mir unheimlich wurde. Von dem Tag an sprach sie kein Wort mehr mit mir. Später hatte ich sie ein einziges Mal wiedergesehen, Jahre nach unserer Trennung, im Botanischen Garten. Sie hielt ein kleines Kind an der Hand, das auf die Schildkröten zeigte und munter plapperte. »Guck mal, Mama!« Ich flüchtete, um Barbara nicht zu begegnen, tröstete mich über meine Feigheit damit hinweg, dass sie ihr Glück gefunden und eine Familie gegründet hatte. Irgendwann hörte ich, sie sei gestorben.

Eine innere Unruhe ergriff mich, als ich daran zurück dachte. Erinnerungen und Bilder tauchten auf, perlten in mir empor. Ich wälzte mich von einer Seite auf die andere, unfähig, in den Schlaf zu finden.

Heute Morgen drängte es mich mehr denn je, die namenlose Frau im Park zu treffen. Vielleicht war die Ähnlichkeit kein Zufall.

In der Frühe brach ich auf, lief am Schloss vorbei und gelangte zur Brücke nahe der Badenburg. Diesmal lag der Ort verlassen. Nur ein weißer Fleck schimmerte an der Rückenlehne der Bank. Ich näherte mich langsam und erkannte einen Briefumschlag, der mit Tesafilm befestigt war. Ich konnte die Buchstaben darauf schwer entziffern. Es war mein Name, mit steiler Handschrift geschrieben.

Mir schlug das Herz bis zum Hals, als ich das Kuvert ablöste und aufriss. Zwei Fotos fielen mir entgegen. Eines zeigte ein rothaariges Mädchen. Das andere zeigte ihn. Den Boten der Nacht, den Kauz mit seinem grau-braunen Gefieder und halb geschlossenen Augen. Ein Zettel steckte noch im Umschlag. Mit zitternden Fingern entfaltete ich das Papier.

Lieber Daniel,

ich bin ihm gefolgt, dem Ruf des Kauzes — wie auch schon meine Mutter. Ich schließe Freundschaft mit den Geschöpfen der Nacht, so sagte sie oft. Sie litt wie ich an den dunklen Farben der Seele. Ich gehe ihr nun nach.

Das Einzige, das ich vorher noch erleben wollte, war, meinen Vater kennenzulernen. Ich habe auf Dich gewartet bei der Brücke, von der ich wusste, dass Du fast täglich im Morgengrauen an ihr vorbei läufst.

Du brauchst nicht nach mir zu suchen. Wenn Du dies liest, wird es schon geschehen sein. Ich hoffe, ich finde dort, wohin der Kauz mich lockt, meinen Frieden.

Dich trifft keine Schuld, Du hast mich ja kaum gekannt.
Dir wird nichts fehlen.
Es umarmt Dich
Deine Tochter Anne

Der Brief segelte mir aus der Hand, nieder in das gelbe Laub. Die Baumwipfel über mir schienen sich zu drehen. Durch die Zweige blinzelte die rote Morgensonne, die Dämmerung wich zurück. Ungerührt zogen die Schwäne Ellipsen durchs Wasser, Vogelstimmen grüßten den Tag.
Ein Laut schälte sich heraus, schien sich zu entfernen. Aber ich hörte ihn. Seinen Ruf, leise.

Ku-witt, Ku-witt.
Komm-mit.

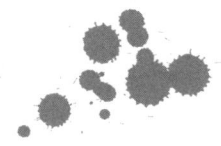

OBATZDA

ZUTATEN (für 4 Personen)
1 große Zwiebel (150 g)
200 g vollreifer Camembert
100 g Doppelrahm-Frischkäse
40 g weiche Butter
1 TL Paprika, edelsüß oder rosenscharf
Salz, schwarzer Pfeffer
evtl. Kümmel
1 Bund Schnittlauch zum Anrichten

ZUBEREITUNG
Die Zwiebel schälen und sehr fein hacken. Den Camembert mit einer Gabel zerdrücken. Frischkäse, Butter und Zwiebel untermischen. Den Käse mit Paprika, Salz und Pfeffer würzen. Je nach Geschmack auch Kümmel hinzufügen und abschmecken.

Zugedeckt etwa 30 min durchziehen lassen und kurz vor dem Servieren nochmals abschmecken. Den Schnittlauch waschen, trockentupfen und in Röllchen schneiden. Den Obatzdn nach Belieben mit Schnittlauchröllchen bestreuen.

So eine Sehnsucht

Lisa Graf-Riemann

Der Kies knirscht unter den Sohlen ihrer pinkfarbenen Sandalen, die Zehennägel sind farblich passend in hellerem Rosa lackiert. Es ist schon ihr fünftes Date, aber das erste mit IHM. Sie hat gedacht, irgendwann wird man ruhiger, man weiß ja schon, wie es läuft. Aber sie ist genauso aufgeregt wie beim allerersten Mal, vielleicht sogar noch schlimmer. Nach jedem Treffen denkt sie, so, das war jetzt das letzte Mal, noch einmal tu ich mir das nicht an. Aber wenn man eine Frau ist wie sie, so zurückhaltend und leider auch ziemlich schüchtern, dann lernt man anderswo und zufällig keine Männer kennen. In der Arbeit nicht und in der U-Bahn auch nicht, wo die eine Hälfte schläft und die andere ins Smartphone stiert. Antonia weiß einfach nicht, wie sie es anstellen soll. Sie wird so oft übersehen, weil andere lauter, frecher, selbstbewusster sind als sie. Die inneren Werte, die sind versteckt wie in einem Granatapfel. Da musst du schälen und pfriemeln, und am Ende sieht es in der Küche aus wie nach einem Massaker. Wenn sie sich eine Burka umhängen würde, würden die Leute eher schauen.

Dass dieser Nick überhaupt auf ihre Kontaktanfrage geantwortet hat. Vielleicht hat er ja ein bisschen geschwindelt. Wenn er wirklich so unverschämt gut aussieht wie auf den Fotos, dann weiß Antonia schon, wie dieses Date ausgehen wird. Die Bluse klebt ihr am Körper. Hoffentlich riecht er nicht, wie viel Angst sie hat.

Es liegen schon die ersten braunen Kastanienblätter unter den Tischen. Jetzt sagen wieder alle, dass es herbstelt. Antonia mag es nicht, wenn die Leute das Ende des Sommers herbeibeten. Sie hasst den Herbst. Er sagt ihr jedes Jahr: Du hast es wieder nicht geschafft diesen Sommer und wirst alleine bleiben. Im Herbst kann man sich gar nicht verlieben und im Winter erst recht nicht. Frühling muss es sein, oder wenigstens Sommer, dann geht es am leichtesten, davon ist Antonia überzeugt.

Beim Gewicht hat sie ein wenig geschummelt und ein Foto ausgesucht, auf dem sie schlanker aussieht als sie ist. Aber die Schneiderin hat ihr bei der letzten Anprobe gesagt, dass praktisch alle bei der Kleidergröße lügen. Die Leute merken es selbst gar nicht, hat die Traudl gesagt. Du musst immer selbst messen. Und wenn zwischen dem Messen und dem Zuschneiden mehr als drei Wochen liegen, dann musst du halt nochmal nachmessen. Weil hinterher meinen sie natürlich alle, du hast falsch gemessen. »Das kann nicht sein«, hat sich eine Kundin unlängst bei ihr beschwert. »Was haben Sie da bloß zusammengemessen?« Manchmal räumt die Traudl dann sogar einen möglichen Messfehler ein, weil es ja doch keinen Sinn hat, sich mit der Kundschaft herumzustreiten. Aber sie sagt, sie hat sich zuletzt in ihrer Lehrzeit vermessen, und das ist fünfunddreißig Jahre her.

Antonia entscheidet sich für einen Platz am Rand, bei der Hainbuchenhecke, unter einem der großen weißen Sonnenschirme. Bei den Kastanien weiß man nie, was alles runterfällt. Sie packt schon mal die Salatschüssel und die Servietten aus. Hoffentlich gefallen Nick die kleinen Rosen darauf. Besteck, eine kleine Schüssel mit Radieserl, ein Ministreuer Bad Reichenhaller Markensalz. Antonia hat an alles gedacht. Ein verstohlener Blick aufs Handy. Er wird doch nicht absagen oder einfach gar nicht auftauchen? Dann wäre sie ganz umsonst nassgeschwitzt. Ein bisschen enttäuscht wäre sie schon auch, wo sie alles so schön vorbereitet und an alles gedacht hat. Wenn sie jetzt ihren Korb wieder einpacken müsste, wäre das voll peinlich. Fast hätte sie das Erkennungszeichen vergessen. Sie holt die kleine Vase mit der rosa Rose aus ihrem Korb. Das war ihre Idee.

Knirschender Kiesel. Ein baumlanger, schlanker, fast athletischer Kerl kommt auf sie zu, mit einem Lockenkopf genau wie auf dem Foto. Er bleibt stehen, legt den Kopf schief, sieht sie an, legt den Kopf auf die andere Seite, streicht sich mit der Hand über das Kinn. Das Foto, das sie eingestellt hat, ist zwei Jahre alt und sie hat vielleicht drei oder vier Kilo zugenommen seit damals. Höchstens.

»Romy_2?«, fragt er, und sein Kopf liegt jetzt fast auf seiner rechten Schulter. Seine Stimme klingt etwas zu hoch für einen Mann seiner Größe. Aber daran könnte sie sich bestimmt gewöhnen.

»Magst dich nicht hersetzen, Nick?«, fragt Antonia.

»Was hast du denn Feines mitgebracht?«, fragt er mit Blick auf ihre Schüsseln. »Hoffentlich was Gscheites, ich hab vielleicht einen Hunger.«

Gut sieht er schon aus, fast ein bisschen zu gut, der Nick. Aber dass er jetzt ihre Schüsseln auf- und gleich wieder zumacht und gar keinen Blick für die Tischdecke, die Rosenservietten… Wahrscheinlich ist er auch aufgeregt. Manchen Menschen sieht man das ja überhaupt nicht an. Sie wirken so sicher, dabei zittern sie innerlich wie Espenlaub.

»Soll ich uns was zum Essen holen?«, fragt er. Er hat sich noch nicht einmal hingesetzt.

Der muss ja noch aufgeregter sein als ich, denkt Antonia, der hat gar nicht geschnallt, dass ich was zum Essen dabei hab. Süß!

Er schaut zur Essensausgabe hinüber. »Ich glaub, heut gibts Spareribs oder magst an Steckerlfisch?«

Antonia hätte lieber eine große Breze gehabt und vielleicht den grünen Obatzdn mit Basilikum, den sie im Taxisgarten immer machen. Aber wenn man eingeladen wird, mäkelt man nicht herum. Ist ja auch egal.

»Ja, warum nicht an Steckerlfisch?«, sagt sie mit einem Lächeln.

Sie sitzt und wartet und dreht sich immer wieder zu ihm um. Da vorn steht er in der Schlange. Groß ist er wirklich, und fesch auch. Wie ein Bub wirkt er, irgendwie jünger als auf dem Foto. Viel weiß sie noch nicht von ihm. Jetzt hat sie ihn nicht einmal nach seinem richtigen Namen gefragt, und er sie auch nicht.

Er steht immer noch in der Schlange. Wenigstens schwitzt sie jetzt nicht mehr so. Er unterhält sich mit einer zaundürren Blonden im kurzen Dirndl, die hinter ihm in der Reihe steht. Barfuß ist die. Ob die zwei sich kennen? Sie lachen miteinander und jetzt fasst sie seinen Oberarm an, während er seine Muskeln anspannt. Vielleicht kennen die sich wirklich. Antonia streicht die Tischdecke mit der lila Häkelborte glatt und zupft ein paar Krümel weg, die gar nicht da sind. Dann fährt sie sich mit den Fingern ins dunkelblonde Haar, um die Frisur ein bisschen aufzulockern. Das macht sie immer, wenn sie grad nicht weiter weiß. Jetzt bekommt er endlich die zwei Fische in Papier eingewickelt und sagt noch was zu der Dirndlträgerin, die ihm hinterherwinkt. Er kommt an den Tisch und legt die zwei Päckchen ab.

»Ich hol noch schnell das Bier.« Er sagt es in die Luft und schaut Antonia fast nicht an dabei. Jeder Spatz, der über den Kies hüpft, bekommt mehr Aufmerksamkeit. Sie ruft ihm noch hinterher, dass sie lieber eine Radlerhalbe möcht, aber sie weiß nicht, ob er sie gehört hat. Eigentlich mag sie überhaupt kein Bier, aber man kann im Biergarten ja schlecht ein Wasser trinken.

Sie wartet wieder. Schau hin, jetzt ist die mit dem Dirndl auch in der Schlange am Bierausschank. Ein neuerlicher Schwitzanfall treibt Antonia die Röte ins Gesicht. Sie kommt sich vor wie eine Sphinx, festgewachsen auf ihrer Bierbank, und der Hals wird immer länger. Worauf sie wartet, ist Nick, dessen richtigen Namen sie nicht kennt und der gerade mit einer anderen flirtet.

Sie fährt sich noch einmal mit den Fingern durchs Haar, holt sich ein Radieserl aus der Schüssel und beißt hinein. Es ist scharf, aber nicht so scharf, dass es für die Tränen verantwortlich wäre, die Antonia in die Augen schießen. Sie wischt sie rasch mit einer Rosen-Serviette ab und passt auf, dass sie dabei nicht die Wimperntusche verschmiert.

Nick kommt mit zwei Maß zurück.

»Ich hab gedacht, du trinkst vielleicht lieber ein Radler«, sagt er und schiebt den Krug mit der helleren Flüssigkeit zu ihr hinüber. Auch dazu muss er sie kaum ansehen, denn er verteilt schon die zwei Papierpäckchen mit den Fischen.

»Fang ma an, sonst wird der Fisch kalt«, sagt er.

»Prost«, sagt Antonia und hebt den Maßkrug. »Ist Nick eigentlich dein richtiger Name?«

»Ja«, antwortet er und leert den Maßkrug in einem Zug bis zur Hälfte. »Und bei dir?«, fragt er.

»Ich heiß Antonia«, sagt sie.

Er schiebt ein Fischpäckchen zu ihr hinüber. »Machen wir dann einfach fifty-fifty bei der Rechnung«, sagt er, während er seine Makrele filetiert. »Ich mach das immer so bei den Dates, sonst geht das ja richtig ins Geld. Also, wenn du einverstanden bist.«

Antonia schluckt. »Möchtest du Salat oder Radieserl?«.

»Sei mir nicht bös, aber von Radieserl krieg ich Sodbrennen«, sagt er und sticht mit der Gabel in die Salatschüssel. »Ist der gar nicht angmacht?«

»Mei, das hätt ich jetzt glatt vergessen«, sagt Antonia und holt die Schüssel mit der Salatsauce aus dem Korb. Sie hat den Salat mit blauen Borretschblüten dekoriert, die man mitessen kann. Ich gefall ihm nicht, denkt sie. Er hat mich gesehen und einen Widerwillen gegen mich entwickelt. Oder ich bin ihm zu langweilig. Das hat der Hartmut damals zu ihr gesagt, nachdem sie zwei Stunden zusammen in einer Bar im Westend gesessen waren. Tut mir leid, hat er gesagt, aber ich finde dich ein bisschen langweilig.

»Gefall ich dir nicht?«, fragt Antonia leise.

»Was?«, fragt Nick und zieht die Gräten aus seinem Fisch.

»Ob ich dir nicht gefalle.« Antonia spürt, wie ihr Gesicht glüht.

»Freilich«, behauptet er. »Wie kommst du denn jetzt darauf?« Er sticht mit der kleinen Holzgabel in das weiße Makrelenfilet. »Zefix, jetzt hab ich die Brezen vergessen«, sagt er und springt auf, noch bevor Antonia anbieten kann, dass dieses Mal sie sich anstellt und bezahlt.

Bei den Brezen geht es schneller und Nick wäre bald zurück, wenn er nicht unterwegs an dem Tisch vorbeikäme, an dem die Frau im Dirndl mit ihrer Freundin sitzt. Antonia sieht aus dem Augenwinkel, wie sie ihn anhimmelt und dann glucksend lacht, als er etwas zu ihr sagt, was Antonia nicht hören kann.

»So, endlich!«, sagt Nick, als er wieder bei Antonia am Tisch sitzt.

»Die Blonde gfällt dir besser wie ich, stimmts?«, fragt Antonia.

»Wer?«, fragt Nick. Antonia zeigt mit dem Kopf in Richtung der beiden Frauen. »Ach so, die Sonja. Mit der hab ich mich ein paar Mal getroffen, aber das war dann doch nix.«

»Hast du sie auch im Internet kennengelernt?«, fragt Antonia.

»Mhm«, macht Nick und hat schon seinen halben Fisch verspachtelt.

»Bei dir wirds auch nicht dein erstes Date sein, oder? Hast du schon viele Männer getroffen?«

»Viele nicht«, antwortet Antonia. »Drei oder vier, oder fünf vielleicht.« Der Fisch sieht sie ganz vorwurfsvoll an in seiner grauen Papierhülle. Ja, ich hab dich nicht gefangen und dich auch nicht auf den Grill gelegt, spricht Antonia stumm zu ihm. Ich hätte dich nicht einmal gekauft und essen tu ich dich auch nicht gern, das kannst du mir glauben. Sie beißt in das Stück Breze, das sie sich abgerissen hat. Der Nick ist anscheinend sehr hungrig.

Der Zweite hat sich einfach nicht mehr gemeldet. Der hat sich tot gestellt und dann, als sie ihm immer wieder geschrieben hat, weil sie so enttäuscht war von ihm, hat er sie einfach geblockt. Das war schlimm. Danach hat sie sich erst einmal drei Monate zurückgezogen und überhaupt nichts mehr unternommen, so geschockt war sie.

Innerlich schüttelt es sie, als sie den Kopf des Fisches vom Körper abtrennt, seine Schwanzflosse entfernt und ihm dann die Haut abzieht. Am liebsten hätte sie nur eine Breze gehabt und den Salat. Der Taxisgarten, das war seine Idee gewesen, weil er in der Nähe wohnt. Gleich ist er mit seinem Fisch fertig.

Der Dritte hat gesagt, sie sei nicht die Richtige für ihn. Warum denn nicht, hat sie ihn gefragt. Irgendwie fehle ihr das Temperament, hat er dann gesagt. Ja, was soll ich denn tun?, hat sie ihn gefragt, aber er hat gemeint, nichts, sie sei eben so, und da könne man nichts machen.

»Ich hol mir noch ein Bier, Romy«, sagt Nick und steht auf. »Magst du auch noch was?«

Antonia schüttelt den Kopf. »Nein, danke«, sagt sie. Er will sie weiterhin Romy nennen, weil er sowieso nichts von ihr will. Weil sie nicht die Richtige ist. Da braucht man sich erst gar nicht den echten Namen merken. Ist ja egal. Romy, Antonia, die mit den Blümchen-Servietten im Taxisgarten und mit den Radieserl und dem Reichenhaller Salz. Sie dreht sich langsam zum Bierausschank um. Da ist eine kleine Schlange, aber Nick ist nicht darunter. Antonia hält sich mit beiden Händen am Tisch fest und beißt die Zähne zusammen. Er wird doch nicht einfach … Als sie sich wieder umdreht, sieht sie ihn aus der Ecke, wo die Toiletten sind, kommen. Sie starrt auf ihre weißen Fingerknöchel und legt die Hände in den Schoß. Ihr Fisch ist mittlerweile filetiert, aber gegessen hat sie fast nichts. Sie zerkaut das letzte Brezenstück und schiebt sich noch ein scharfes Radieserl in den Mund. Ihr Unglück treibt ihr wieder das Wasser in die Augen. Blöde Kuh, es hilft jetzt auch nichts, wenn du flennst. Tu halt irgendwas. Der abgetrennte Fischkopf glotzt sie immer noch vorwurfsvoll an, bis sie ein Stück Papier abreißt und ihn einwickelt. So, das brauch ich jetzt nicht auch noch. Mir gehts doch selber schlecht.

»Schmeckts dir nicht?«, fragt Nick, als er mit einer frischen Maß Bier zurück an den Tisch kommt.

»Nein«, antwortet Antonia, »mir ist schlecht.«

»Das kommt bestimmt von den Radieserln«, sagt Nick. »Also ich vertrag die auch nicht.«

»Das glaub ich nicht«, sagt Antonia und steht auf. »Ich geh mal …«

»Ja, ja, ist schon recht«, sagt Nick. »Vielleicht kannst du dich ein bisschen erleichtern. Danach gehts dir bestimmt besser.« Er prostet mit seinem Bierkrug jemandem zu und Antonia kann sich schon denken, wem.

Auf dem Klo wickelt sie eine ganze Rolle Papier ab, wirft es zerknüllt auf den Boden und trampelt darauf herum. Dann setzt sie sich auf die Klobrille und flennt. Das wird sie hinterher mithilfe ihres Schminktäschchens schon wieder in Ordnung bringen. Sie weiß nicht, auf wen ihre Wut größer ist. Auf ihn, Nick, der sich so offenkundig überhaupt nicht für sie interessiert, auf die Vorgänger vom Nick, denen sie zu langweilig war, oder auf sich selber, weil sie einfach nicht aus ihrer Haut heraus kann oder weil sie immer die falschen Männer erwischt oder weil da immer alles falsch läuft zwischen ihr und den Männern. Andere können es doch auch, nur bei ihr geht einfach nichts. Such dir halt einen netten Mann, was Häusliches, hat ihre Oma immer gesagt. Aber sie findet nichts Nettes und auch nichts Häusliches, nichts Feines, nichts Elegantes, nichts Gebildetes, nichts Liebevolles, nichts Zärtliches. NICHTS. Nur was Egoistisches, Selbstsüchtiges, Selbstgefälliges, Sichselbstüberschätzendes, Sichfürdasgrößtehaltendes, Sichfürsowahnsinniginteressanthaltendes, Sichfürdenfixsternamhimmelhaltendes, die Krone des Universums und den Nabel der Schöpfung oder umgekehrt. Als sie mit den Fäusten von innen gegen die Klotür hämmert, fragt eine ängstliche Stimme von draußen, ob sie Hilfe brauche. »Nein«, schreit sie, sinkt auf dem Klodeckel zusammen und schluchzt hemmungslos.

Schließlich beruhigt sie sich wieder. Die Verzweiflung legt sich, aber Antonia bleibt noch ein bisschen sitzen, weil sie so erschöpft ist. Rechts von ihr gluckert es, links zieht jemand an der Klopapierrolle, draußen wird der Wasserhahn aufgedreht. Und wenn ich mich jetzt einfach verdrücke?, denkt sie. Dieser Nick weiß nicht viel von mir. Keine Adresse, keine Telefonnummer, nicht einmal meinen richtigen Namen. Bei der Partnerbörse melde ich mich sofort ab. Ich blockiere ihn, und dann lösche ich einfach mein Profil. Ich gebs auf, es hat sowieso nichts gebracht. Der ganze Aufwand für nichts. Lauter Egomanen, die da unterwegs sind.

Sie richtet sich auf, fährt sich mit allen Fingern durchs Haar, schnäuzt sich ins Klopapier und spült es hinunter. Bevor sie die Tür entriegelt, um endlich die Kabine zu verlassen, wirft sie noch einen Blick durch das schmale Fenster hinaus in den Biergarten. Die Sonne steht jetzt tief, die Blätter der Kastanien leuchten wie mit Gold überzogen. Es ist ein gleichmäßiges Gemurmel da draußen, als wären sich alle miteinander einig und mit dem Leben, das sie sich ausgesucht haben, zufrieden, und zwar rundherum.

Wenn sie sich auf die Zehenspitzen stellt und den Kopf fast zum Fenster hinausstreckt, kann sie den Tisch sehen, an dem sie bis vor kurzem gesessen ist und an dem Nick immer noch sitzt. Ja, da an der Hecke hockt er tatsächlich und sein Lockenkopf wackelt hin und her, so angeregt plaudert er mit der Blonden im Dirndl und ihrer Freundin, die bei ihm am Tisch sitzen und essen. Aus ihrer Salatschüssel. Alle drei haben eine frische Maß vor sich stehen, die sie jetzt gerade heben und sich zuprosten. Ob er den beiden wohl auch gesagt hat, ich hol die Getränke und dann machen wir fifty-fifty? Oder geht das noch auf ihre Hälfte der Rechnung?

In Antonias Kopf gibt es einen schrillen Ton, lauter als das wütende Bimmeln einer vom Verkehr blockierten Straßenbahn, ein drängender, hoher Ton, von dem alle Maßkrüge auf einmal zerspringen müssten. Sie schwankt hinaus, denkt noch daran, sich die Hände zu waschen und das Gesicht. Ein Blick in den Spiegel zeigt ihr, dass die Wimperntusche unnötigerweise gehalten hat, ihre Lider aber angeschwollen sind wie bei einem Boxer nach dem Kampf. Aber das spielt jetzt überhaupt keine Rolle. Sie muss einfach hier raus, denn jetzt weiß sie, was sie zu tun hat.

Als habe sie einen Befehl erhalten von ganz oben. Einen, den man auf jeden Fall befolgen muss, sonst stürzt der Himmel ein. Denn das Leben hat sich mit einem Mal zweigeteilt wie damals das Rote Meer. Auf der einen Seite ist das, was war, bevor sie diesen verfluchten Biergarten betreten hat, und auf der anderen Seite wird, sobald sie ihn verlassen hat, etwas anderes sein. Antonia weiß noch nicht, ob es besser sein wird, aber es wird ganz bestimmt anders sein. Denn nach der Teilung kann nichts mehr sein wie zuvor.

Sie streicht sich ein letztes Mal die Bluse glatt und greift in den Bund ihres Leinenrocks, dreht ihn, bis er wieder gerade sitzt. Dann geht sie auf ihren pinkfarbenen Sandalen mit den rosa lackierten Nägeln hinaus auf den Biergartenkies, wendet sich scharf nach rechts und verlässt durch den östlichen Ausgang diesen Ort, der ihr kein Glück gebracht hat. Hinter der Hainbuchenhecke, die den Biergarten umfasst, sucht sie die Stelle, wo sie dem Tisch, auf dem ihre Tischdecke mit der lila Borte liegt und ihre Salatschüssel steht, am nächsten kommt. Keine drei Meter ist sie von Nick entfernt, aber er kann sie durch die Hecke nicht sehen. Dann öffnet sie ihre Handtasche aus zartrosa Leder und entnimmt ihr die Walther P22 Schreckschusspistole, die sie zur Selbstverteidigung so gut wie immer bei sich hat. Sie hat gelernt, damit umzugehen, und ruft sich die Situation auf dem Schießstand ins Gedächtnis. Anlegen, zielen, feuern. So legt sie auf den Mann, der sich Nick nennt und dessen echten Namen er ihr verschwiegen hat, an und drückt ab. Auf den Rückstoß ist sie gefasst, das kennt sie vom Schießstand, aber nicht auf den lauten Knall, denn beim Schießen trägt sie einen Gehörschutz. Sie denkt, dass ihr auf einen Schlag beide Trommelfelle platzen, aber sie ignoriert den Schmerz, lässt die Pistole in die Tasche zurückgleiten und gibt Fersengeld. Sie hält sich erst südlich, in Richtung der Kleingartenanlage, dann östlich quer durch den Taxispark. Eine Joggerin in rosa Sandalen. Ohne in der Geschwindigkeit nachzulassen kommt sie nach einigen Minuten zur Landshuter Allee, umläuft eine Aral-Tankstelle und sprintet zur Dachauer Straße hinüber. Keuchend springt sie in die gerade einfahrende Zwanziger Richtung Innenstadt.

Zu Hause, bei einem Glas Rotwein, ist sie sich sicher, sie hat ihm eine Lehre verpasst. Einen Schreck wird er bekommen haben. Der laute Knall war nicht zu überhören. Und er wird wissen, wer ihm diese Lektion erteilt hat, und vielleicht sogar, warum. An ihren Namen wird er sich nicht erinnern. Nur an Romy_2, nicht an Antonia. Er hat ihr ja nicht einmal richtig zugehört. Ihr Profil hat sie sofort gelöscht. Dieses Kapitel ist zu Ende gegangen, und sie würde sogar sagen, mit Stil.

Auf dem Weg zur Dusche fällt Antonias Blick auf das Wandtattoo, das sie vor einem halben Jahr mit einer Schablone an der Garderobe angebracht hat:

Man hat halt oft so eine Sehnsucht in sich, steht da,
aber dann kehrt man zurück mit gebrochenen Flügeln
und das Leben geht weiter,
als wär man nie dabei gewesen.

Das sagt Karoline, eine Blutsschwester von Antonia, in *Kasimir und Karoline.* Die zwei Figuren aus dem Stück von Ödön von Horváth, das sie einmal im Volkstheater gesehen hat, gehen als Liebespaar auf die Wiesn, zerstreiten sich aber dort für immer.

Am nächsten Tag nimmt Antonia sich eine Woche frei. Sie fährt nach Italien und so bekommt sie erst sieben Tage später mit, dass der 36-jährige Münchner Verkäufer Nikolaus Brandel, genannt Nick, im Taxisgarten von einem Sniper mit einer 9-Millimeter-Pistole erschossen wurde. Wahrscheinlich einer Walther P22. Über das Motiv und den Täter wisse man vorerst noch nichts. Brandel sei im Biergarten mit einer Internetbekanntschaft verabredet gewesen, aber ob sie etwas mit der Tat zu tun habe, sei nicht bekannt. Die Kripo suche fieberhaft nach einer Dame mit dem Nicknamen ›Romy_2‹.

Da hat sie wohl aus einem dummen Versehen statt der Schreckschuss- die scharfe Pistole eingesteckt. Und alles wegen dieser verdammten Sehnsucht.

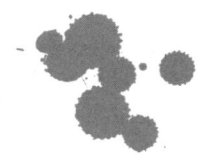

STECKERLFISCH

Wichtig beim Steckerlfisch sind vier Dinge: der **Grill**, das **Steckerl**, der **Fisch** und die **Marinade.**

ZUM GRILL: Man kann den Fisch zur Not auch auf die Grillfläche legen, aber stilecht und vor allem sicherer ist ein Aufspießen auf einen Stock. Für die meisten Gartengrills gibt es einen speziellen Aufsatz zum Steckerlfisch-Grillen zu kaufen.

OHNE GRILL geht es aber auch. Dazu brauchen Sie etwas Platz. Häufen Sie zwei Reihen nassen Sand draußen im Freien am Boden auf und legen Sie die Holzkohle in den Zwischenraum zwischen beiden Reihen. Dann stecken Sie die Steckerl so in den Sand, dass die Fische schräg über dem Feuer hängen, in ca. 20 cm Abstand zur Glut. Der Fisch soll langsam gegrillt werden, bei eher mäßiger Temperatur, damit er nicht zerfällt.

Als **Steckerl** verwendet man idealerweise einen frisch geschnittenen, noch grünen Weidenstock, von dem man vorher die Rinde abschält. Ein gekaufter Stock tuts auch, den muss man vor dem Grillen noch wässern.

Gegrillt werden in bayerischen Bier- und österreichischen Gastgärten oder auf der Wiesn gern **Renken**, **Forellen** oder **Saiblinge**, aber auch Seefische wie die **Makrele**.

Ganz wichtig ist die **Marinade**, in die man den Fisch am Vortag oder am Morgen, wenn abends gegrillt wird, einlegt. Da gibt es viele Rezepte. Sonnenblumenöl und Zitronensaft, Salz und Pfeffer gehören auf jeden Fall dazu, nach Geschmack außerdem Gartenkräuter wie Petersilie, Rosmarin, Thymian, Oregano und Basilikum, auch Knoblauch, wers mag, oder eine kleine Chilischote und etwas Fenchelsamen. Den Fisch innen und außen damit marinieren und zugedeckt einige Stunden im Kühlschrank ruhen lassen.

Auch während des Grillens ab und zu mit Marinade einpinseln, damit er innen saftig bleibt, die Haut aber schön knusprig wird. Je nach Größe des Fischs und der Stärke der Glut sollte der Steckerlfisch in 20 – 30 min fertig sein. Auf mäßige Hitze und gleichmäßige Zufuhr achten.

Zum Steckerlfisch passt eine Breze oder Semmel oder auch ein bayerischer Kartoffelsalat und natürlich eine frische Maß Bier oder ein Radler.

Ein Unfall kommt selten allein
Ingeborg Struckmeyer

»Haben Sie sich schon ein wenig eingelebt, hier bei uns in Moosach?«

Teresa Runold zuckte zusammen. Sie drehte sich um und erkannte ihren Nachbarn, der zwei Häuser weiter wohnte. Er lächelte.

Ihr fiel es schwer, das Lächeln zurückzugeben, und so beschränkte sie sich auf ein kurzes Kopfnicken. »Ach ja, es geht schon. Es ist ja sehr schön hier.« Sie ging die paar Schritte zu ihrem ›Hexenhäuschen‹, das sich zwischen hohen Bäumen versteckte, und schloss die Tür auf.

»Übrigens«, rief der Nachbar hinter ihr her, »vor ein paar Tagen hat sich jemand nach Ihnen erkundigt.«

»Wie bitte?« Teresa blieb in der Tür stehen. »Was wollte er denn wissen?«

»Ja, ob Sie hier in dem Häuschen wohnen und ob Sie ursprünglich aus Köln kommen.«

»Und was haben Sie geantwortet?«

»Na, dass Sie hier wohnen und dass Sie aus Köln hergezogen sind. Das hat sich irgendwie herumgesprochen. Ist ja auch nicht geheim, oder?«

»Nein, natürlich nicht. Aber dennoch ist es seltsam, dass jemand das wissen will«, meinte Teresa. Der Nachbar hob die Schultern.

»Wie sah der Mann denn aus?«

»Etwa so alt wie ich, also um die vierzig.« Er lächelte wieder, diesmal etwas verschämt, als wäre es ihm unangenehm, sein Alter zu verraten. »Er kam mir in gewisser Weise bekannt vor. Weshalb weiß ich allerdings nicht.«

Er schien das Gespräch fortsetzen zu wollen, aber Teresa nickte ihm zu und wandte sich ab. Aus den Augenwinkeln sah sie, dass sich in der Miene ihres Nachbarn eine gewisse Enttäuschung abzeichnete. Teresa war in seinem Alter. Suchte er etwa eine Frau? Daran hatte sie wahrlich kein Interesse.

Stattdessen ging Teresa nicht aus dem Kopf, dass jemand nach ihr gefragt hatte. Vielleicht war das Gefühl, in den letzten Tagen beobachtet worden zu sein, doch keine Einbildung gewesen. Aber wann immer sie sich verstohlen umgedreht hatte, waren da nur unauffällige Passanten gewesen, die die Straße überquerten oder ein Geschäft betraten.

Nachdenklich ging sie ins Haus. In der Diele war es dunkel. Sie hatte mal wieder vergessen, die Tür zum Wohnzimmer offenstehen zu lassen. Nur von dort hätte ein wenig Tageslicht durch die Terrassentüren in den Flur fallen können. Die Fenster der anderen Zimmer waren klein und fast vollständig von herabhängenden Ästen oder Efeu überwuchert. Da verirrte sich kaum ein Sonnenstrahl ins Haus. Sie tastete nach dem Lichtschalter und drückte. Es tat sich nichts. Behutsam tappte sie vorwärts, prallte mit der Hüfte an das Garderobenschränkchen und stieß einen kleinen Schmerzensschrei aus. Auch im Wohnzimmer war kein Licht. Offenbar war wieder einmal die Sicherung durchgebrannt und im ganzen Haus der Strom ausgefallen. Sie seufzte. Sie hasste dieses Haus.

Es war alt und krumm und dunkel und bedurfte dringend der Renovierung. Am Geld lag es nicht. Onkel Josef hatte ihr neben dem Hexenhäuschen eine hübsche Summe hinterlassen, die wunderbar für die ausgiebige und unbedingt erforderliche Verschönerung des guten Stücks reichen würde.

Aber sie konnte einfach nicht, nicht schon wieder.

Sie konnte nicht einmal daran denken.

Fast ein Jahr hatten sie und Martin herumgewerkelt, um sein Elternhaus am Stadtrand von Köln umzugestalten und nach ihrem Geschmack einzurichten. So viele Pläne hatten sie. Das zukünftige Kinderzimmer wollten sie hellgrün streichen, den alten Kamin im Wohnzimmer wieder aktivieren. Zwei Tage nach dem Einzug war Martin jedoch beim Anbringen der Esszimmerlampe von der Leiter gestürzt. Ein Sturz mit tödlichen Folgen.

Das Trauerjahr hatte Teresa damit zugebracht, die Umzugskisten auszuräumen. Sie hatte die Bilder aufgehängt, die Bücher sorgfältig in die Regale gestellt und alles so hergerichtet, wie sie beide es sich ausgemalt hatten. Mit dem Ergebnis, dass alles wunderschön aussah. Nur leben konnte sie in dem Haus nicht. Nicht ohne Martin.

Sie trug sich schon mit dem Gedanken, eine Wohnung anzumieten und das Haus zu verkaufen, als die Nachricht vom Notar kam. Teresa hatte die Immobilie in München-Moosach samt einer nicht unerheblichen Geldsumme geerbt. Das war die Lösung. Als Kind war sie ein paar Mal in Moosach gewesen und sie erinnerte sich daran, wie lustig sie das kleine Haus damals gefunden hatte. Als ob man mitten in der Stadt in einem Hexenhaus im Wald wohnen würde. Sie wusste noch, dass sie ihr Lager unter den tief hängenden Ästen der Tanne gehabt hatte, und sie hatte ihre Puppen rings um das Haus auf die niedrigen Fensterbretter gesetzt. Für sie als Kind hatte das Häuschen die richtigen Proportionen gehabt und war viel schöner gewesen als die langgestreckten Reihen- und Mehrfamilienhäuser in der Umgebung.

Auf diese schönen Erinnerungen hätte sie sich nicht verlassen dürfen. Aber sie war so naiv gewesen, einfach ihre Angelegenheiten in Köln zu regeln, ihre Habseligkeiten zusammen zu packen und nach München zu fahren. Umso größer war der Schrecken, als sie in Moosach eintraf und sich jetzt mit den Augen einer Erwachsenen umschaute. Die Möbel, die Tapeten, die Lampen, ach, einfach alles war nur grauenhaft. Sie stapelte ihre eigenen Sachen irgendwie an den Wänden entlang, was es nicht unbedingt besser machte. Und statt sich in die Arbeit zu stürzen, Pläne zum Umbau zu machen, Handwerker zu beauftragen, tat sie erst einmal nichts.

Stattdessen ergriff sie die Flucht. Lustlos streifte sie durch das Stadtviertel, in dem ihr nur noch manches vage bekannt vorkam, in dem so viel gebaut worden war, so viele neue Geschäfte entstanden waren. Sie fuhr mit der Straßenbahn, die hier Tram hieß, zum Westfriedhof, goss das Grab von Onkel und Tante, zupfte Unkraut. Dabei dachte sie an das Grab von Martin. Schweren Herzens hatte sie einen Grabpflegedienst beauftragt. Vielleicht war das falsch gewesen. Vielleicht hätte sie bleiben und sich persönlich um Martins Grab kümmern sollen. Dabei ging sie gar nicht gern auf den Friedhof. Einmal hatte sie in Köln voller Zorn die grüne Gießkanne in die Büsche geworfen und war weinend nach Hause gelaufen.

Überhaupt waren damals viele Tränen geflossen. Teresa kannte sich selbst kaum wieder. Sie war nie eine Heulsuse gewesen, hatte sich für eine starke Frau gehalten, aber mit Martins viel zu frühem Tod kam sie einfach nicht zurecht.

Auch jetzt, als sie auf Onkel Josefs abgewetztem Sofa saß, quollen die Augen wieder über. Witwe mit siebenunddreißig Jahren. Unvorstellbar. Sie hatten so viel vorgehabt, so viele Reisen machen wollen. Zu ihren gemeinsamen Urlaubsorten konnte sie nicht mehr fahren. Sie musste sich neue Ziele suchen. Das hieß, wenn sie überhaupt wieder Vergnügen daran finden sollte.

Aber nicht jetzt!

Teresa griff nach ihrer Handtasche, stürmte durch den finsteren Flur, stieß sich die Hüfte, dieses Mal auf der anderen Seite, und atmete auf, als sie draußen stand. Beinahe wäre sie mit einem Fahrradfahrer kollidiert. Und das wäre nicht das erste Mal gewesen. Sie war so unaufmerksam, mit ihren Gedanken immer woanders.

»Na, haben Sie noch etwas vergessen?« Der lächelnde Nachbar schon wieder. Beobachtete er sie etwa?

»Ja, ich wollte mir in der Bäckerei noch ein paar Ausgezogene kaufen, ähm, Auszogne. Gibt es eigentlich auch Angezogene?«, versuchte sie einen müden Witz, der mit einem diesmal etwas verständnislosen Lächeln quittiert wurde. Sie verzog ihre Mundwinkel ebenfalls und wandte sich dann mit schnellen Schritten in Richtung Moosacher Stachus. Ein Ziel hatte sie nicht. Sie wollte auch keine Auszognen kaufen. Die waren ihr nur gerade in den Sinn gekommen, als ihr Münchner Nachbar sie schon wieder mit seinen Fragen nervte. Sie wollte nur weg.

Daher überquerte sie die Kreuzung und fuhr mit der Rolltreppe zur U3 hinunter. Heute waren ungewöhnlich viele Leute auf dem Bahnsteig. Teresa registrierte mehrere Gruppen Jugendlicher, zwei Kindergärtnerinnen mit ihren Schützlingen und etwas abseits einige junge Japanerinnen, die sich gegenseitig fotografierten.

Die U-Bahn fuhr ein. Unvermittelt bekam Teresa einen heftigen Schlag in den Rücken, sie stolperte nach vorn. Ihre Fußspitzen ragten schon über den Rand des Bahnsteigs, sie ruderte hilflos mit den Armen, spürte den Luftzug der ankommenden Bahn. Im letzten Augenblick zog sie jemand mit aller Kraft zurück. Teresa fiel auf die Seite und konnte mit dem Ellbogen den Sturz gerade so abfangen. Mensch, tat das weh!

Als sie sich aufrappelte und dabei den schmerzenden Arm rieb, sah sie sich von Japanerinnen umringt, die aufgeregt auf sie einzwischerten.

Offensichtlich hatte eine von ihnen sie gerettet, denn ihre Begleiterinnen zeigten auf sie und versuchten sich mit piepsendem Englisch verständlich zu machen. Teresa bedankte sich, wehrte aber alles ab, was nach Polizei und ärztlicher Hilfe klang. Etwas ratlos allerdings schaute sie auf ihren nackten Fuß. Sie hatte einen ihrer Ballerinas verloren. Eine Japanerin kramte in ihrem Rucksack, zog ein Paar Flipflops heraus und drückte sie Teresa in die Hand. Dann hüpfte sie mit ihren Freundinnen in die U-Bahn.

Teresas Schuh blieb auch auf dem jetzt leeren Bahnsteig verschwunden. Zudem war ihr die Lust auf eine Bahnfahrt vergangen. Sie wollte nur noch nach Hause. Als sie zur Rolltreppe kam, sah sie eben noch eine Gestalt am oberen Teil der Rolltreppe verschwinden. Eine Gestalt, die von hinten dem lächelnden Nachbarn ähnlich sah.

Hatte der sie geschubst? Aber warum um alles in der Welt?

Langsam wanderte sie zu ihrem Hexenhäuschen zurück. Unterwegs kam sie am Bäcker vorbei. Vielleicht sollte sie auf den Schreck etwas essen? Süßes linderte bekanntlich den Schock. So kaufte Teresa tatsächlich ein paar Auszogne.

Mit der Tüte unter dem Arm sperrte sie auf und drückte auf den Lichtschalter. Die Diele blieb dunkel. Natürlich! Während sie sich vorsichtig an dem Garderobenschränkchen vorbeitastete, kamen ihr die Tränen. Dieses Moosach war nicht gut für sie. Das Haus war Mist. Sie kannte hier niemanden. Der Ellbogen pochte vor Schmerz. Selbstmitleid überrollte sie und sie suchte schniefend nach einem Taschentuch. Da hörte sie ein Geräusch. Eine Tür, die leise ins Schloss fiel? Ihr Mund wurde trocken.

»Ist da jemand?«, krächzte sie. Jetzt war alles still.

Sie tapste in die Küche und öffnete den Sicherungskasten. Die Hauptsicherung war ausgefallen. Teresa schob den Schalter in die richtige Position und sofort flammte das Licht im Flur auf.

Sie sah sich vorsichtig in Küche und Diele um, hatte immer noch das Geräusch der zufallenden Tür im Ohr. Es war aber niemand zu sehen.

Versteckte sich jemand etwa im Wohnzimmer? Die fast schwarze Holzdecke ließ die Mahagonimöbel ihrer Verwandten noch dunkler erscheinen. Zusammen mit ihren eigenen Kartons sah das wahrlich nicht einladend aus. Über den scheußlichen rauchgelben Lampenschirm hatte sie ein buntes Tuch geworfen. Aber das verstärkte nur den Gesamteindruck von Schäbigkeit.

Zumindest war niemand da. Wer weiß, was vorher geklappert hatte. Sie durfte nicht überall Verbrecher und Meuchelmörder vermuten. Ganz bewusst atmete sie tief durch und betätigte mit dem nackten großen Zeh den Schalter am Fuß der Stehlampe.

Ein lauter Knall – und Teresa lag zwischen Sofa und Couchtisch auf dem Boden.

Was war das! Lebte sie noch?

Sie verhielt sich ein paar Minuten vollkommen still. Da fing ihr Zeh zu schmerzen an. Wie beruhigend. Sie lebte. Zitternd fühlte sie ihren Puls. Keine Herzrhythmusstörungen, jedenfalls bis jetzt noch nicht. Wahrscheinlich müsste sie zum Arzt, um das abklären zu lassen. Aber sie hatte in Moosach noch keinen. Und sie scheute sich davor, in die Notaufnahme des nächsten Krankenhauses zu gehen. Dieser Aufwand für nichts. Denn im Augenblick hatte sie nicht das Gefühl, dass sie ärztliche Hilfe benötigte.

Im Gegenteil: Der Stromschlag hatte eine erstaunliche Wirkung auf Teresa.

Nachdem sie sich von dem ersten Schrecken erholt hatte, durchfuhr sie eine Energie, von der sie nicht angenommen hatte, dass sie sie jemals wieder spüren würde.

Teresa griff zum Smartphone. Sie fand einen Elektriker ganz in der Nähe. Er war bereit, gleich vorbeizuschauen, als sie ihm von dem elektrischen Schlag berichtete. Und tatsächlich machte er sich ein paar Minuten später durch lautes Klopfen an der Tür bemerkbar, denn durch den Kurzschluss funktionierte natürlich die Klingel nicht.

»Des is unguad«, murmelte er. »Da hat jemand rumpfuscht.« Laut fuhr er fort: »Auf alle Fälle muss hier dringend was gemacht werden, weil sonst habens den schönsten Kabelbrand, dens Eana vorstellen können.«

Er brachte das Allernotwendigste in Ordnung, und mit dem Auftrag für eine Generalüberholung ließ er Teresa zurück.

Unglaublicherweise war ihr Energieschub noch nicht wieder verschwunden. Teresa machte sich an die Arbeit. Zum ersten Mal seit sie hier hauste, öffnete sie die Schubladen in den Wohnzimmerschränken. Allerdings hätte sie die am liebsten sofort wieder zugeschoben. Was hatten Onkel und Tante da alles angesammelt! Von abgeschnittenen Gürtelschnallen bis zu Weihnachtskarten aus den vergangenen fünfzig Jahren war alles Mögliche dabei. Fotos – sogar einige von ihr als Kind mit einem jungen Onkel Josef. Die Hochzeitsanzeige von Martin und ihr. Teresa seufzte und strich liebevoll über die erhabenen Buchstaben ihrer beider Namen. Dann kramte sie weiter. Zwischen handgeschriebenen Kochrezepten, die wahrscheinlich noch von Tante Hilde stammten, fand sich sogar ein Hundertmarkschein. Den würde sie eintauschen und für einen guten Zweck spenden.

Beim Stöbern hatte sie gar nicht bemerkt, dass es draußen schon dämmerte. Und Hunger hatte sie auch. Ihr Magen meldete sich. Sie erinnerte sich an die Auszognen, die sie vorher gekauft hatte, machte sich einen Cappuccino und aß zwei Stück von dem süßen Schmalzgebäck dazu. Dann packte sie das, was sie aus den Schubladen aussortiert hatte, in Müllsäcke und stellte sie erst einmal auf die Terrasse.

Auch im Garten gäbe es reichlich zu tun. Ihre Augen schweiften über Bäume und Beete. Alles war verwildert und zugewuchert. Im Gebüsch raschelte es. War da jemand? Wahrscheinlich nur ein Igel, beruhigte sie sich selbst. Nach den Ereignissen des vergangenen Tages waren ihre Reserven an Mut jedoch erschöpft. So huschte sie wieder ins Haus und ließ die Rollläden klappernd herunter. Zwar fühlte sie sich jetzt eingesperrt, aber doch irgendwie sicherer. Sie zog aus einem ihrer Kartons CDs hervor und mit der Musik im Ohr sah sie noch einige Schubladen und Schränke durch. Rechtschaffen müde ging sie schließlich zu Bett.

Am nächsten Morgen erstellte sie eine Liste von all den Arbeiten, die zu tun waren, und begab sich dann zu einem Raumausstatter in der Nähe, um Gardinen, Tapeten und Teppichböden auszusuchen. Sie war selbst überrascht, wie zielstrebig sie plötzlich ans Werk ging.

Auf dem Rückweg – sie war schon fast daheim – kam sie an einem der höheren Häuser vorbei. In Gedanken war sie mit der Einrichtung ihres Häuschens beschäftigt, da nahm sie ein Sirren wahr. Ein Sirren, das von oben kam.

Teresa schaute an der Hausfront empor.

Schon fiel ihr krachend ein schwerer Blumentopf vor die Füße, zerbrach in tausend Stücke. Schwarze Blumenerde bröckelte auf ihre Schuhe und ein paar Geranienblüten wehten vom Himmel herab. Im dritten Stock wurde ein Fenster geschlossen.

Das alles konnte doch kein Zufall mehr sein! Irgendjemand trachtete ihr nach dem Leben!

Eigentlich müsste sie in das Haus stürmen, denjenigen suchen und zur Rede stellen. Aber ihr wurden die Knie weich. Sie lehnte sich an den nächsten Zaun und umklammerte mit zitternden Fingern ihre Handtasche, obwohl von der nicht allzu viel Hilfe zu erwarten war.

»Was ist passiert?«, fragte der lächelnde Nachbar, dieses Mal ohne zu lächeln. »Sie sind ja kalkweiß im Gesicht.«

Er musterte den zerbrochenen Blumentopf, schaute an der Hausfassade hinauf. »Haben Sie gesehen, aus welcher Etage der Topf gefallen ist?«

»Aus der dritten, aus dem mittleren Fenster«, sagte Teresa mit kleiner Stimme.

»Aber das ist das Flurfenster, da stehen keine Blumen auf dem Fensterbrett!« Der Nachbar runzelte die Stirn. »Eigenartig. Irren Sie sich auch nicht? – Obwohl ich mir ohnehin nicht vorstellen kann …«

Was er sich nicht vorstellen konnte, wollte Teresa gar nicht mehr hören. Sie hob grußlos die Hand und schleppte sich nach Hause. Vielleicht war es auch nicht das Fenster gewesen, sondern das daneben. Sie war völlig durcheinander.

Im Wohnzimmer ließ sie sich in irgendeinen Sessel fallen. Heute würde sie nicht mehr nach draußen gehen. Sie fühlte sich zu erschöpft. Müsste sie nicht eigentlich die Polizei informieren? Über den Anschlag mit dem Blumentopf und all das, was ihr in den letzten beiden Tagen zugestoßen war?

Wahrscheinlich. Aber nicht jetzt, vielleicht morgen, wenn ihr die Knie nicht mehr schlotterten. Und was sollte sie überhaupt sagen? Beweise gab es keine, Zeugen auch nicht.

Teresa blieb den ganzen restlichen Tag im Haus und verbarrikadierte sich hinter geschlossenen Rollläden. Aber irgendwann hielt sie es nicht mehr aus. Obwohl sie die Fenster gekippt hatte, roch es muffig nach Staub, alten Möbeln und Pappkartons.

Sie musste an die frische Luft.

Jetzt am Abend würde ihr schon niemand mehr folgen. Gegen acht verließ sie ihr Heim, ein Heim, das erst noch eines werden wollte.

Immer wieder sah sie sich um, konnte jedoch keine verdächtige Person entdecken. Mit schnellen Schritten ging sie in Richtung Pelkovenschlössl. Dort setzte sie sich auf eine der Bänke. Das Schlössl war hell erleuchtet. Es fand gerade eine Veranstaltung statt. Als Musik durch die offenen Fenster erklang, schloss sie für einen Augenblick die Augen.

Und hörte leise Schritte. Jemand schlich sich von hinten an. Sie riss die Augen auf, ihr Herz raste. Sie drehte sich um – aber zu spät.

Etwas Kaltes legte sich um ihren Hals, bohrte sich scharfkantig in die Haut. Verzweifelt rang sie nach Luft. Ihre Finger schnellten nach oben, spürten einen dünnen Draht, versuchten ihn zu fassen.

Vergebens. Das wars jetzt, dachte sie noch. Aber warum nur?

Dann wurde es dunkel um sie.

Als sie wieder zu sich kam, tastete sie nach ihrem schmerzenden Hals und fühlte einen dicken Verband. Das Schlucken tat weh. Sie öffnete die Augen, sah hellgraue Wände, ein leeres Bett neben ihrem. Eine Infusion tröpfelte in ihre Vene. Teresa lag ein paar Minuten so da. Sie war im Krankenhaus, soviel war klar. Aber was war eigentlich passiert? Sie bekam die Ereignisse nicht richtig zusammen.

Eine Schwester kam herein. »Schön, dass Sie wieder bei uns sind. Ich bin Schwester Monika.«

Teresa bemühte sich um eine Antwort, aber sie brachte nur ein paar undefinierbare Laute hervor.

»Ach, besser nicht sprechen!« Die Schwester tauschte die Infusionsflasche aus. »Sie haben eine Kehlkopfquetschung und auch ein paar üble Schnittwunden im Halsbereich. Ich gebe Ihnen noch einmal etwas gegen die Schmerzen, und bald wird es Ihnen wieder besser gehen.«

Damit verschwand die Schwester und ließ Teresa ratlos zurück. Während sie noch grübelte, warum ihr das alles widerfahren war, schlief sie ein.

Als sie das nächste Mal erwachte, saß ein Mann an ihrem Bett.

»Hauptkommissar Gruber von der Kripo«, stellte er sich vor. »Darf ich Ihnen ein paar Fragen stellen? Wenn Ihnen das Sprechen zu schwer fällt, dann nicken Sie einfach nur oder schütteln den Kopf.«

Teresa nickte.

Hauptkommissar Gruber zeigt ihr ein Foto. »Kennen Sie diesen Mann?«

Teresa schüttelte den Kopf, dann nickte sie.

Herr Gruber hob die Augenbrauen.

»Kenne ihn nicht, aber sieht aus wie Onkel Josef in jung«, krächzte sie und erschrak selbst über ihre fremde Stimme.

»Das passt«, meinte der Kommissar. »Es handelt sich um Ihren Cousin.

»Keinen Cousin.« Teresa legte eine Hand an ihren Verband. Das Sprechen tat höllisch weh.

»Doch, doch, der Mann, den wir festgenommen haben, heißt Heino Gretzing und ist ein unehelicher Sohn des Bruders von Josef Bauer, also Ihres Onkels.«

Da Teresa mit ihrem Denkvermögen noch nicht so ganz auf der Höhe war und man ihr das offenbar ansah, fuhr Gruber nach kurzem Zögern fort: »Vielleicht ist es das Beste, wenn ich Ihnen einen kurzen Abriss der Ereignisse gebe.«

Teresa nickte.

»Also, Heino Gretzing war eine Zeitlang im Ausland. Dann starb seine Mutter und er kam zurück nach Deutschland. In ihrer Wohnung las er in einem Brief seiner Mutter Veronika Gretzing den Namen seines unverheirateten, vor Jahren schon verstorbenen Vaters: Alois Bauer. Heino Gretzing fand heraus, dass sein Vater außer einer Schwester – Ihrer verstorbenen Frau Mutter – noch einen Bruder hatte, nämlich Ihren gemeinsamen Onkel Josef. Als er erfuhr, dass Josef Bauer tot war, erkundigte er sich gleich nach irgendwelchen Erbmöglichkeiten und stellte fest, dass Sie als angeblich einzige Erbin von Josef Bauer bereits das Erbe angetreten hatten. Was ihm nicht gefiel.«

Teresa nickte. Obwohl in ihrem Kopf die Namen Heino-Veronika-Alois-Josef-Bauer-Gretzing wild durcheinander wirbelten, hatte sie doch begriffen, dass es außer ihr noch einen Erben gab.

»Warum hat er sich nicht gemeldet? Dann hätten wir geteilt«, brachte Teresa heraus.

»Tja, ganz einfach. Heino Gretzing hat Sie nicht gleich finden können. Er hat Sie zunächst in der Gemeinde Moosach im Kreis Ebersberg vergeblich gesucht. Dann kam er nach München-Moosach. Den Rest kennen Sie. Das heißt: Einen wichtigen Punkt habe ich noch nicht erwähnt. Heino Gretzing hatte nicht die Absicht, dieses Erbe mit Ihnen zu teilen!«

Teresa nickte wieder. »Daher die Unfälle.« Unfälle, die eigentlich Mordversuche waren. Ihr lief es noch nachträglich kalt den Rücken herunter.

»Genau!«, stimmte der Kommissar zu. »Sie müssen Horden von Schutzengeln ...«

»Heerscharen!«, korrigierte Teresa ihn.

»Was?« Kommissar Gruber sah sie verständnislos an.

»Bei Engeln nicht Horden. Heerscharen.«

»Wie auch immer. Nachdem das also mit den Unfällen nicht geklappt hat, hat Heino Gretzing seine Strategie geändert. Als er Sie auf Ihrem Abendspaziergang zum Pelkovenschlössl verfolgte, stolperte er an einer Baustelle über einen dünnen Draht. Diesen Draht nahm er dann und legte ihn Ihnen um den Hals.«

»Ha«, versuchte Teresa zu lachen, hörte damit aber sofort wieder auf. »Um den Hals gelegt.« Sie schüttelte den Kopf. »Hat sich anders angefühlt.«

»Entschuldigung!« Gruber hatte immerhin den Anstand, rot zu werden. »Es war natürlich eindeutig ein Mordversuch. Keine Frage. Ein Mordversuch, den Ihr Nachbar mit einer vollen Flasche Rotwein verhindern konnte. Er zog sie Heino Gretzing über den Kopf. Dann rief er die Polizei.«

Teresa starrte den Kommissar an. Der lächelnde Nachbar hatte ihr also das Leben gerettet? Da hatte sie ihn völlig zu Unrecht verdächtigt, stattdessen müsste sie ihm dankbar sein!

»Was ist mit dem Erbe?«, fragte Teresa. Wenn das Gesetz es so wollte, würde sie wohl Onkel Josefs Nachlass trotzdem mit ihrem Cousin teilen müssen.

»Den Anspruch hat Heino Gretzing durch die Anschläge auf Sie natürlich verwirkt, aber ohnehin hätte er zunächst einmal eine gerichtliche Bestätigung seiner Erbberechtigung benötigt«, erklärte Kommissar Gruber. »Nun, das hat sich erledigt. Dafür hat Heino Gretzing selbst gesorgt. Und Sie können in Ihrem Häuschen wohnen bleiben.«

Teresa nickte ein letztes Mal. Und lächelte.

AUSZOGNE

ZUTATEN (für 4 Portionen)

250 ml Milch
500 g Mehl
30 g Hefe
60 g Zucker
60 g Butter
2 mittelgroße Eier
den Abrieb einer unbehandelten Zitrone
Fett zum Frittieren
etwas Puderzucker
etwas Zimt

ZUBEREITUNG

Aus Hefe und Mehl einen Vorteig herstellen, etwas gehen lassen. Die lauwarme Milch und die
übrigen Zutaten hinzugeben. Einen glatten Teig kneten, etwas gehen lassen. Ausrollen, etwa 1 cm
dick. Mit einem Glas Kreise ausstechen (etwa 8 cm Durchmesser), erneut gehen lassen.
Die Teiglinge in der Mitte dünn ausziehen, ohne dass ein Loch entsteht und außen ein ca. 2 cm breiter
Rand bleibt. Schwimmend in heißes Ausbackfett geben. Heißes Fett über die Mitte gießen und
goldgelb backen.
Nach dem Abtropfen noch warm mit Puderzucker oder Zimt bestreuen.

Das schönste Mädchen der Welt

Thomas Kastura

Korbinianstraße, Milbertshofen. Ein Mietshaus mit lindgrünem Fassadenanstrich, etwas zurückgesetzt von der Straße, ganz normal. Hier musste es sein.

Zweiter Stock, hatte sie gesagt, das schönste Mädchen der Welt, und intelligent dazu. Studierte Theater an der LMU, passend zu ihrer selbstbewussten Art, wie er fand. Gab es Liebe auf den ersten Blick? Bestimmt.

Er hatte sie in Schwabing kennengelernt, bei einer Shakespeare-Aufführung, kleine Bühne, intime Atmosphäre. ›Titus Andronicus‹, ein schauriges Stück mit jeder Menge Leichen, teilweise drastischen Effekten – und mit ihr als Regieassistentin. Nachdem der Vorhang gefallen war, hatten sie sich bis weit in die Nacht unterhalten. Alles stimmte. Wie sie ihn ansah, wie sie sprach, ihr Duft nach Ambra und dunklen Hölzern. Wissendes, geheimnisvolles Lächeln. Der Funke sprang über. Aber mehr als ein Abschiedskuss war nicht drin gewesen. Ein umwerfender Kuss zwar, leidenschaftlich, drängend, doch viel zu kurz. Wenigstens hatte sie ihm ihre Telefonnummer gegeben.

Nach drei quälenden Tagen – er wollte nicht aufdringlich wirken – sein Anruf.

»Ich dachte schon, du hättest mich vergessen.« Ihre ersten Worte, ein wenig enttäuscht. Dann: Er könne gern bei ihr vorbeischauen, am frühen Abend. Sie wolle etwas Leckeres kochen. Ein Essen zu zweit, sei das nicht ein netter Anfang?

Bei ihr Zuhause? Zu zweit? Netter Anfang? Das klang perfekt. Und da stand er nun mit klopfendem Herzen und schaute auf die Klingelschilder an der Eingangstür, in der Hand einen Blumenstrauß aus weißen Freesien und im Rucksack eine Flasche spanischer Rotwein. Den mochte das schönste Mädchen der Welt garantiert, vermutete er, in der Shakespearenacht hatte sie immer Rioja bestellt.

Unter ihrem Namen befand sich ein weiterer, auf dem gleichen Schild. Lars Kipping. Mit dem lebte sie anscheinend in derselben Wohnung zusammen. Merkwürdig, davon hatte sie gar nichts erzählt.

Wahrscheinlich nur ein Mitbewohner, Zweier-WG, ganz normal bei der Wohnungsknappheit in München. Er hoffte nur, dass Lars Kipping am späteren Abend ausgehen würde. Oder dass er gar nicht da war, noch in den Semesterferien oder so, und dass sie die Wohnung für sich allein hatten. Um viele Dinge zu tun.

Plötzlich öffnete sich die Haustür. Eine alte Dame kam heraus, mit einem Einkaufstrolley. Er trat beiseite, um Platz zu machen.

»Oh, sind die für mich?«, fragte sie, als sie den Blumenstrauß sah.

»Tut mir leid, ich fürchte …«, begann er.

»Schon gut, das war nur ein Spaß. Heutzutage kommt es selten vor, dass ein Mann einer Frau Blumen mitbringt. Wer ist denn die Glückliche?«

Er fand die Frage indiskret, wollte aber nicht unhöflich sein und nannte den Namen des schönsten Mädchens der Welt.

Die alte Dame maß ihn von Kopf bis Fuß, als habe er den Verstand verloren und als sei seine geistige Zerrüttung ein zwar bedauernswerter, aber letztlich irreversibler Zustand, bei dem jede Hilfe zu spät kam. Das gefiel ihm gar nicht. Er war … ganz normal, oder? Sie wollte noch etwas loswerden, schüttelte jedoch den Kopf und entfernte sich mit raschen Schritten.

Komisch. Eine Tratschtante, vielleicht eine Spießerin? Neugierig und ein bisschen unverschämt. Er gab nichts darauf und betrat das Haus durch die offenstehende Eingangstür. Oben an der Wohnung des schönsten Mädchens der Welt konnte er ja immer noch klingeln.

Beim ersten Schritt auf der Treppe bemerkte er es. Den Geruch.

Nun roch es in Treppenhäusern nach allem Möglichen, er kannte sich ein wenig aus. Nach Bohnerwachs oder Allzweckreiniger zum Beispiel, nach alten Schuhen, Zeitungen oder nicht runtergebrachtem Müll. Oder nach Essen, das in den Wohnungen zubereitet wurde, bevorzugt zur Mittags- oder Abendzeit. Suppe war der Spitzenreiter. Er hatte auch schon mediterrane Eintöpfe gerochen, Fisch in verschiedenen Zubereitungsformen, gebratenes Lammfleisch, welches ein unverwechselbares Odeur besaß, überbackene Ofengerichte wie Käsespätzle und Lasagne und vieles andere mehr. Auch Kuchen hatte er erschnuppert, Schokoladenkuchen, Apfelkuchen, Zwetschgendatschi …

Aber das, was ihm jetzt entgegenwallte, durfte man schwerlich als Geruch bezeichnen. Vielmehr war es ein entsetzlicher Gestank, ein miasmatischer Mief, Pesthauch der Hölle. Und mit jeder Stufe, die er emporstieg, wurden die Dünste stärker, durchdringender, infernalischer. Ganz und gar nicht normal.

Wie roch es? Das war schwer zu sagen. In gewisser Weise nach Verwesung, aber auch nach Fleisch, nach Lebendigem – oder vor kurzem noch Lebendigem? Gerüche wie vom Bauernhof schienen sich hineinzumischen, nach Gülle und tierischen Exkrementen, aber auch ein Muff wie von etwas tief Vergrabenem, seit undenklichen Zeiten ins Innere der Erde Versenktem. Und über allem lag eine säuerliche, suppige Note. Unwillkürlich musste er an das Gänseklein seiner Großmutter denken, das hatte ähnlich widerlich gerochen – und geschmeckt.

Als ob jemand Leichenteile auskochen würde. Er erschrak bei dem Gedanken. Aber es stimmte. Wenn er sich vorstellte, welchen Gestank siedendes Wasser verbreitete, in dem Halswirbel, Schulterstücke, abgetrennte Gliedmaßen garten und sich langsam vom Knochen lösten, dann würde es exakt so riechen.

Stufe um Stufe wurde es schlimmer. Auf dem ersten Stock verharrte er. Die Treppe schien sich ins Unendliche zu dehnen. Er nahm all seinen Mut zusammen und ging weiter. Endlich langte er an der Wohnungstür des schönsten Mädchens der Welt an, wie er aus einem weiteren Klingelschild schloss. Es zeigte jedoch nur einen Namen, den, dessen Klang er drei Tage lang über seine Zunge hatte rollen lassen, den er immer wieder laut ausprobiert oder leise vor sich hin gemurmelt hatte. Ihren.

Lars Kipping war verschwunden. Jedenfalls fehlte er auf dem Schild. Anscheinend war es frisch geschrieben, mit dickem schwarzem Filzstift, die Schrift glänzte noch.

Für diese oberflächlichen Beobachtungen hatte es nur Sekunden gebraucht. Von weitaus größerer Dauer und Intensität war der Gestank. Er verschlug einem schier den Atem. Kein Zweifel, hier war es am grauenvollsten. Was um Himmels willen machte das schönste Mädchen der Welt da drinnen?

Es gab nur einen Weg es herauszufinden. Der junge Mann klingelte. Genauer: Er wollte gerade klingeln, als er bemerkte, dass die Wohnungstür nur angelehnt war.

Sollte er, durfte er eintreten? Vorsichtig öffnete er die Tür. Und schloss sie gleich wieder, nachdem er sich hineingeschoben hatte. Eine Wohnküche. Esstisch, mehrere Stühle, an den Wänden Plakate von Theateraufführungen. Ganz normal.

Auf dem Herd machte er sogleich den Quell des Übels aus, einen großen dampfenden Topf ohne Deckel. Daneben ein Schneidbrett mit einem Messer, das schärfer als scharf war, wie er mit Hilfe des Daumens feststellte.

Er legte den Blumenstrauß auf den Tisch und behielt das Messer sicherheitshalber in der Hand.

Er schaute in den Topf.

Etwas Undefinierbares schwamm darin. Hell, weich, wie gekrümmte Finger. Viele davon. Der Gestank war nicht auszuhalten. Mit Grausen wandte er sich ab.

Dann drang ein Geräusch an sein Ohr. Stöhnen. Es kam aus einem Raum, der an die Wohnküche angrenzte.

Erneut war die Tür nur angelehnt.

Was mochte sich hier zugetragen haben? In welchen Alptraum war er hier hineingeraten? Ein Eifersuchtsdrama?

Kurz entschlossen stieß er die Tür mit einem Fußtritt auf und sprang, das Messer gezückt, ins Ungewisse.

Da lag sie, das schönste Mädchen der Welt, hingegossen auf einer aufgeklappten Couch. Die Augen geschlossen, halbnackt, ein Slip bedeckte ihre Blöße. *Kein Lärm, nur Schweigen und ein ew'ger Schlaf.* Doch aus ihrem Bauch, einem Bauch, den er sich wie vieles andere zu streicheln und liebkosen vorgenommen hatte, quollen … Eingeweide?

Starr stand der junge Mann. Er kämpfte mit dem Brechreiz.

Und ein Wunder geschah. Das schönste Mädchen der Welt blickte ihn unvermittelt an. Sie lächelte, tapfer, wie es schien, als hauchte sie gleich ihr Leben aus mit einem letzten Wunsch auf den Lippen.

»Wirkt voll echt, oder?« Sie richtete sich ein wenig auf.

»Aber ...« Das Entsetzen war ihm ins Gesicht geschrieben.

Sie legte den Kopf in den Nacken und lachte aus vollem Hals. Die Eingeweide vibrierten unschön. Nach einer Weile kriegte sie sich wieder ein und schaufelte das, was er für ihr Gekröse gehalten hatte, in eine bereitstehende Schüssel. »Sorry, du bist meine Testperson. Aber ich hab mir gedacht, wenn Titus erstochen wird, muss ein Hammer her, ein Hingucker. Okay, zuvor wird auch Lavinia erstochen. Und die Amme. Und Mutius und Bassianus. Und Saturninus. Aber für Titus brauchen wir etwas Besonderes. Nachdem er sich die Hand abgehackt hat.«

Offenbar war er Zeuge einer Theaterprobe geworden. »Was? Ist? Das?«, fragte er konsterniert und deutete auf das schleimige Zeug.

»Kutteln. Eigentlich Pansen, Rindermagen. Einer von mehreren Mägen. Sieht täuschend echt aus. Man muss ihn kochen, damit er die richtige Konsistenz hat.«

Er konnte es immer noch nicht fassen, dass er einer Scharade aufgesessen war. »Was sagt denn dein Mitbewohner zu deinen Experimenten?«

»Wer?«

»Lars. Steht auf der Klingel an der Haustür.«

»Ach so, das ist mein Ex. Hab mit ihm Schluss gemacht. Der wohnt schon seit ein paar Wochen nicht mehr hier.« Sie zwinkerte ihm zu. »Hatte was gegen Bühnenarbeit.«

So leicht wollte er sich nicht geschlagen geben. »Weißt du, wie es im ganzen Haus riecht? Deine Kutteln sind absolut grenzwertig.«

»Die anderen Mieter haben sich schon beschwert. Was solls? *Vita brevis, ars longa.* Das Leben ist kurz, die Kunst lang.« Sie erhob sich von der Schlafcouch. »Danke, dass du Versuchskaninchen warst. Von dem Rindermagen ist noch jede Menge übrig. Ich spring jetzt unter die Dusche, und dann mach ich uns saure Kutteln mit Semmelknödeln, Voressen, wie man in München sagt. Aber das gibt auch ein Hauptgericht ab. Ich hoffe, du magst Innereien.«

»Das kann man essen?«, fragte er angewidert.

»Klar. In Italien servieren sie Kutteln als *Trippa alla fiorentina*, mit Tomatensauce. Ein Gedicht! Dafür hätte ich sogar die Zutaten da.«

»Sowas schmeckt dir?«

»*Benissimo!* Oder die Franzosen. *Tripes à la mode de Caen*, in Cidre und Calvados. Das ist nicht jedermanns Sache. Am heftigsten sind Huddersfield Kutteln, die bleiben roh. Armeleutegericht aus Yorkshire.« Sie ging auf ihn zu und machte Anstalten, ihn zur Begrüßung zu umarmen.

Der junge Mann bevorzugte die britische Variante. Rohe Kutteln. Fachmännisch trieb er dem schönsten Mädchen der Welt die Klinge ins Herz, drehte sie ein paar Mal um und führte sie nach unten in den Bauchraum. Rippen waren im Weg, doch im Laufe der Zeit hatte er ein gewisses Geschick im Fleischerhandwerk entwickelt. Auch das konnte als Kunst gelten, die das Leben überdauerte. Dabei fragte er sich, welcher Wein wohl zu Kutteln passte. Ein kräftiger Roter, im Barrique gelagert? Oder ein eher mineralischer Sauvignon Blanc?

Er würde es nie erfahren. *Mein holdes Kind, die Lippen küss ich dir. Ein Zeichen gib, wie ich dir irgend helfe.* Oh ja, er hatte gut aufgepasst in der Inszenierung. Während das Blut des längst nicht mehr schönsten Mädchens der Welt eine Lache auf dem Parkett bildete, säuberte er sich im Badezimmer. Danach wischte er die Türklinken und alles, was er sonst angefasst hatte, mit speziellen Tüchern aus seinem Rucksack ab. Darin befand sich auch frische Kleidung, T-Shirt, Hose, Sneakers. Seine alten Sachen behielt er, um sie später zu verbrennen. Das Messer wanderte ebenfalls in den Rucksack. Das Billighandy, über dessen Prepaidkarte er sie angerufen hatte, war schon längst in einem Gully verschwunden.

Die Blumen ließ er auf dem Tisch liegen, das war sein Markenzeichen. Schon fünfmal hatte er weiße Freesien zurückgelassen. Inzwischen kam er auf sechs verschiedene Fachbereiche: Jura, Medizin, BWL, Psychologie, Grundschullehramt und Theaterwissenschaft. Der Studentinnenschlächter. Es gab schlechtere Beinamen. *Die Zeit, die schnell davon sich macht, ergänzt mit zarter Fantasie, was stumm im Spiel, erklär ich hie. Titus.* Ein höchst eindrückliches Drama. Dauernd kam es ihm in den Sinn.

Beim Verlassen der Wohnung wischte er noch die Türklinke von außen ab. Niemand auf dem Hausflur. Gleiches galt fürs Treppenhaus.

Um die alte Dame, die ihn beim Betreten des Anwesens gesehen hatte, musste er sich noch kümmern. Er lauerte ihr beim nächstgelegenen Discounter in der Knorrstraße auf, Kehlkopfschnitt in einer Gasse zwischen senffarbenen Häuserblocks. Zeugen konnten lästig werden.

Und dann? Ganz normal, dass sich ein junger Mann für das schönste Mädchen der Welt interessierte. Es wartete schon, irgendwo in München, in der Maxvorstadt, im Glockenbachviertel, im olympischen Dorf …

Auf ihn.

VORESSEN

ZUTATEN

500 g Rinderkutteln
3 EL Mehl
1 Zwiebel
60 g Fett
1 – 2 TL Zucker
4 – 5 EL Essig
Lorbeerblatt, Salz, Pfeffer

ZUBEREITUNG

Die Kutteln mit der kleingeschnittenen Zwiebel in 30 g Fett anbraten, mit Essigwasser aufgießen, bis alles bedeckt ist. Zucker, Lorbeerblatt, Salz, Pfeffer dazugeben und so lange kochen, bis die Kutteln weich sind. Herausnehmen und in dünne Scheiben schneiden. Aus Mehl, Fett und Wasser eine Einbrenn zubereiten, die Kutteln hineingeben und nochmal gut aufkochen. Zum Schluss mit Essig abschmecken und mit gehackter Petersilie dekorieren. Dazu gibts Semmelknödel.

Halali auf Monte Karnickel
Regina Ramstetter

Fast geräuschlos glitt die letzte U-Bahn aus der Halle. Der Bahnsteig blieb leer zurück, bis auf einen einzelnen Mann. Er zündete sich eine Zigarette an und starrte den Lichtern hinterher, die rasch kleiner wurden und schließlich im Tunnel verglühten.

Vier Monate, elf Tage und achtzehn Stunden waren vergangen.

Vier Monate. Elf Tage. Achtzehn Stunden.

Seitdem war er auf der Flucht. Seitdem lief er davon. Seitdem krepierte der letzte Funken Ehrgefühl in seinem Herzen. Aber vielleicht war das gut. Es machte Dinge leichter.

Slys Augen stolperten über die Dreiecke auf dem Boden, ignorierten die Hochglanzwände und die protzige Beleuchtung, glotzten einfach stur hinein in das schwarze Loch, wo die Wagons jetzt ihr leises Rumpeln in den Untergrund des Stadtteils schickten, in dem er seine Kindheit verbracht hatte. Im Glasscherbenviertel. Im Hasenbergl. Auf Monte Karnickel.

Wie lange war er nicht hier gewesen? Zehn Jahre? Fünfzehn? Damals hatte es nichts Glänzendes gegeben. Sein Vater hatte den ganzen Tag lang vor dem Fernseher gesessen, den mickrigen Rest seiner Würde versoffen und die Mutter ließ sich von ihm prügeln, damit die Sprösslinge seltener dran glauben mussten.

Sly war wie die anderen Ghetto-Kinder früh aus der Enge der Baracken geflohen, hatte sein Leben auf den Straßen, und nebenan auf der Panzerwiese und im Hartelholz verbracht. Die Gegend war verschrien, ist es heute noch. Sozialer Brennpunkt. Assi-Hochburg. Ausländer-Ghetto.

No-future-Zone. Definitiv. Langsam wird es besser. Sagen die Leute. Trotzdem war die Zeit damals nicht schlecht. In seiner Gang hatte Sly Anerkennung erfahren. Sie hatten sich nicht unterkriegen lassen. *Nie.*

Wenn er jetzt daran dachte, stieg ihm der miefige Geruch der alten Couch in die Nase, die sie eines Tages im benachbarten Hartelholz entdeckt hatten. Auf dem gammligen, roten Ding hatten sie Klebstoff geschnüffelt, Drogen ausprobiert und Alkohol getrunken – in einem Alter, in dem andere Jungs zum ersten Mal allein mit Freunden zelten durften.

Und sie hatten Fleischpflanzl gegrillt. Auf dem rostigen Drahtgitter über der Feuerstelle. Selten hatten sie frisch Gehacktes dafür gehabt, meistens nur irgendwelche Fleischreste von den Tagen davor, die sie von zuhause oder von den Tischen in den Gaststätten mitgehen ließen. Aber das machte nichts. Überhaupt nichts.

Eine Deckenleuchte flackerte, holte Sly zurück auf den Bahnsteig. Er schnippte die abgerauchte Zigarette auf den Boden und trat sie aus. Eine Gänsehaut kroch ihm über die Arme. Er sah auf die Uhr an seinem Handgelenk.

Vier Monate. Elf Tage. Achtzehn Stunden und sechs Minuten.

Sein Leben war Müll. Erst recht seit Lenci die Reißleine gezogen hatte. Lenci. Ausgerechnet die abgefuckte Sinti-Braut, die ihm erst aufgefallen war, als sie ihrer Lehrerin in der Förderschule ein »Du blöde Fotze« ins Gesicht geklatscht hatte.

Erst da.

Dieselbe Lenci, die ihn davon abgehalten hatte, weiter krumme Dinger zu drehen, als sie mit siebzehn schwanger wurde. Lenci, die ihm den Job in Danzers Werkstatt besorgte, als er anfing, den lieben langen Tag neben seinem Vater vor der Glotze zu hocken und sich am Sack zu kratzen. Lenci. Seine Frau. Die Mutter seiner fast erwachsenen Tochter.

Die Rolltreppe trug Sly nach oben. Er ging in Richtung MIRA-Einkaufzentrum, bog dann auf die Schleißheimer, um über den Goldschmiedplatz den Weg ins Hartelholz zu nehmen. Tausend Erinnerungen begleiteten seine Schritte. Ob die alte Couch noch da war? Nach so vielen Jahren?

Wohl kaum.

Mit dem Job in Danzers Werkstatt änderte sich alles. Ihm gefiel die Arbeit, er brachte die Ausbildung wider Erwarten ohne größere Probleme hinter sich und wurde dafür mit einer Festanstellung belohnt. Sie konnten sich sogar eine kleine Wohnung direkt neben der Werkstatt in Unterföhring leisten, als Lenci anfing, in der Tanke zu arbeiten, die der alte Danzer aufmachte, als die kleine Mila in den Kindergarten kam. Alles nicht weit vom Hasenbergl, dennoch war er nie zurückgekommen.

Kein einziges Mal.

Im Unterholz knackten Äste. Das Glasscherbenviertel schlief nicht. Niemals. Und schon gar nicht bei Nacht. Würde er den Weg finden? Im Mondlicht kamen ihm die Pfade fremd vor, doch dann tauchten sie auf, die geheimen Markierungen, die Schnitte in den Rinden. Und irgendwann stand sie tatsächlich vor ihm.

Die alte Couch.

Sie war nass vom Regen, Federn hatten sich durch den Samtbezug gebohrt. Sly konnte es kaum glauben. Behutsam setzte er sich, hörte das Quietschen und musste laut lachen. Er kannte die rostige Melodie auswendig. Hier hatten er und Lenci zum ersten Mal …

Das Lachen fing an ihn zu würgen, seine Augen füllten sich mit Tränen. Er roch ihre Haut, er roch ihren Atem und er …

An jenem Abend war sie später als sonst nach Hause gekommen. Er erinnerte sich heute nur deshalb daran, weil er Lenci ausnahmsweise mal hatte ausführen wollen und er ewig auf sie warten musste. Damals war ihm nichts aufgefallen.

Rein gar nichts.

Wie auch? Lenci war eins von den starken Mädchen. Immer gewesen. Die haute so schnell nichts um. Aber nach zwei, drei Wochen hatte er es doch bemerkt. Ihr unbeschwertes, ganz eigenes Lachen blieb stumm. Die langen Haare und die schwarzen Augen verloren ihren Glanz. Und dann sah er auch die Zeichen, hörte die Anspielungen, bemerkte das Tuscheln der Kollegen hinter seinem Rücken. Da lief was. Zwischen Lenci und Achim Danzer, dem smarten Juniorchef. Er sah gut aus, fuhr immer den fettesten Audi und war bekannt dafür, kein Kostverächter zu sein.

Sly zog das halbleere Päckchen Marlboro aus seiner Hosentasche, zündete sich eine an und inhalierte tief. Es tat gut. Eigentlich rauchte er nicht mehr. Er trank sogar kaum noch, höchstens mal ein Bier mit den Kollegen nach Feierabend. Mit den Drogen aufzuhören, war schwerer gewesen. Beinahe hätte er das nicht gepackt, doch Lenci hatte ihm geholfen.

Er ihr nicht.

Er hatte ihr nicht geholfen, als er endlich wusste, wieso Danzer-Achim-Arschloch ständig um sein Mädchen herumschwänzelte, warum Lenci nun öfter mal später von der Arbeit kam.

Die feuchte Kälte des Couch-Bezuges kroch hoch in Slys Bauch. Er zitterte. War wirklich so viel Zeit vergangen, seit er Lenci gefragt hatte, was da zwischen ihr und Danzer eigentlich lief? Seit er die Wahrheit kannte und ohmmächtig zusah, wie die Blutergüsse an Lencis Armen und zwischen ihren Schenkeln kamen und gingen? Wie die blauen Flecken auf ihrer Seele unheilbar wurden?

Sehr langsam zog Sly die Finger durch seine schmierigen Haare und lehnte sich zurück. Tage und Wochen waren ins Land gezogen, bis erst Lencis Tränen versiegten und schließlich auch ihre Wut verstummte. Es war seine Schuld, dass das Schweigen zwischen ihnen wuchern konnte wie ein Krebsgeschwür. Er fand keine Worte, er nahm sie niemals in den Arm, ja, er konnte sie nicht einmal mehr ansehen. Deshalb war Lenci mit Mila eines Tages einfach gegangen. Ohne ein Wort. Weil er nichts tat.

Rein gar nichts.

Dabei hatte er es versucht, ja, er hatte Danzer junior gleich am nächsten Tag in eine Ecke gedrängt und ihm gedroht, doch der hatte ihm nur aalglatt ins Gesicht gegrinst. Wenn er oder Lenci Probleme machen würden, dann wäre er gezwungen, sich ein neues Vergnügen zu suchen. Ein jüngeres. Was gänzlich Unberührtes wäre sowieso recht verlockend für ihn, wenn er so darüber nachdachte. Das hatte Achim Danzer junior zu ihm gesagt.

Nur das.

Sly blies den Rauch durch die Nasenlöcher in die Nacht hinaus. Ihm wurde schlecht bei dem Gedanken.

Mila. Seine unschuldige, fünfzehnjährige Tochter wäre die nächste.

Und Lenci hatte das gewusst. Von Anfang an. Deshalb hielt sie still, deshalb ertrug sie alles, solange, bis nichts von ihr übrig war. Das wusste er jetzt.

Lenci. Sein starkes Mädchen.

Sly drückte die Hände flach gegen seine Schläfen. Durch seinen Kopf zuckten wieder die Sequenzen dieses Films. Ein extrem blutiger Streifen. Die Bilder überfielen ihn oft, seit Lenci und Mila weg waren. Vorher nicht. Vorher war in seinem Inneren alles nur schwarz und leer gewesen. Irgendwie hatte Sly sich wohl auf Lenci verlassen. Doch sie war nicht stark genug gewesen. Also drehte er jetzt diesen Film. Tausendfach schlimmer als alles, was er zu Gang-Zeiten je getrieben hatte. John Rambo war ein Waisenknabe gegen das, was er dem jungen Danzer antat. Tag für Tag. Nacht für Nacht. Stunde um Stunde.

Ein Waisenknabe!

In der Werkstatt hatte Sly nie gefehlt. Vorher nicht und danach auch nicht. Er machte seine Arbeit wie immer. Genau wie Lenci es so lange durchgezogen hatte, weil sie beide einiges auf dem Kerbholz hatten. Die Polizei würde ihnen nicht glauben. Danzers Weste war reinweiß. Ihre nicht. Es stand Wort gegen Wort. Es gab keine Beweise und Mila brauchte eine Zukunft. Sie wollte Abitur machen und studieren. Am liebsten Medizin.

Sie will den Menschen helfen.

Hätte Sly damals nicht den Ausbildungsplatz bei Danzer vorweisen können, hätte ihn die Richterin sowieso verknackt. Er wäre niemals mit Bewährung davongekommen und hätte Milas Geburt verpasst. Die größte Sache in seinem beschissenen, kleinen Leben. Nach Lenci.

Das Rambo-Ding lief nicht, zur Polizei konnte er auch nicht. Sly musste einen anderen Weg finden. Er zögerte schon viel zu lange. Deshalb war Lenci weg. Weil er wieder vor der Glotze hockte wie sein Alter und sich am Sack kratzte, als ginge es ihm am Arsch vorbei, was der junge Danzer ihnen antat. Der wusste genau, dass er sie in der Hand hatte, dass sie nichts unternehmen würden, weil sie abhängig waren. Weil Mila es mal besser haben sollte. Weil Mila ein richtiges Leben verdiente. Achim Danzer wusste das und er nahm sich die Freiheit, das für seine kleinen Spielchen auszunutzen. Lenci war für ihn nur ein billiges Einweg-Vergnügen, ein Einmal-, Zweimal-, So-oft-man-wollte-Püppchen, das man im Müll entsorgte, wenn man ausgespielt hatte. Oder auch nicht. Weil es egal war. Weil es niemanden auf der Welt juckte. Zumindest nicht die, die mitreden durften.

Sly zeichnete mit den Fingern die spiralförmigen Tätowierungen auf seinem Unterarm nach. Deshalb war er hergekommen. Um der alten Zeiten willen. Um Kraft zu tanken für das, was er endlich tun musste. Dafür brauchte er die alte Wildheit, die Trostlosigkeit, die kompromisslose Entschlossenheit. Auch die Erinnerungen an all die Scheiße, die hier passiert war und immer noch passierte.

Dem alten Danzer verdankten er und Lenci viel. Sehr viel. Das machte Sly am meisten zu schaffen, denn am Ende würde er genau der Person das Herz aus dem Leib reißen, die ihm wider aller Vernunft eine Chance gegeben hatte. Damals. Dem alten Danzer, der immer nur die guten Seiten bei den Leuten sehen wollte. Bei seinen Angestellten und ganz besonders bei seinem einzigen Kind.

Dennoch würde Sly morgen wie immer zeitig in die Werkstatt gehen. So zeitig, dass er mindestens eine halbe bis eine Stunde allein wäre. Das sollte locker reichen. Der junge Danzer parkte seinen Wagen abends normalerweise direkt neben der Tankstelle bei der Waschstraße, damit die Lehrbuben das gute Stück gleich in der Früh polieren konnten, bevor er kam. Kein Schwein würde bemerken, wenn Sly sich ein bisschen daran zu schaffen machte. Er wusste genau, was zu tun war. Dafür brauchte es nur ein paar Handgriffe, und mit etwas Glück fuhr dieses Arschloch noch am selben Morgen ungebremst in einen Baum. Gegen eine Betonmauer. In einen Lastwagen. Oder in ein entgegenkommendes Auto. Mit einer Mutter an Bord, die gerade ihre Kinder in die Schule brachte? Oder einem Vater, der seinen Sohn im Kindergarten absetzte?

Wie hypnotisiert starrte Sly auf seine geballten Fäuste. Schweiß stand in winzigen Perlen auf seiner Stirn, obwohl er fror. Hinter ihm knackten Äste. Er hatte Lenci gebeten zu kommen. Schon so oft. Aber sie kam nie.

Vier Monate. Elf Tage. Neunzehn Stunden und zwanzig Minuten.

Sly blieb allein mit seinen Gedanken, die er doch nie in die Tat umsetzten würde. Er war zu feige geworden und er hasste sich dafür. Die Jagd war vorbei, ehe sie angefangen hatte.

Halali.

FLEISCHPFLANZL

ZUTATEN (für 5 Personen)

1 kg Hackfleisch gemischt (max. $^1/_3$ kann man durch gehackte Fleischreste ersetzen)
3 altbackene Semmeln + Wasser zum Einweichen der Semmeln
3 Eier
1 große Zwiebel
1 Bund Petersilie
Butter zum Andünsten
nach Gusto: Salz, Pfeffer, Muskat, Majoran, Basilikum, Thymian, Senf, Tomatenmark
Butterschmalz zum Braten

ZUBEREITUNG

Die Semmeln in ausreichend Wasser einweichen, bis sie ganz durchgesogen sind (anfangs muss man sie beschweren, damit sie unter Wasser bleiben). In der Zwischenzeit die Zwiebel sehr fein schneiden, die Petersilie waschen, abrupfen und nach Belieben zerkleinern. Beides kurz in Butter andünsten und zum Hackfleisch in eine ausreichend große Schüssel geben.

Sind die Semmeln durchgesogen, drückt man sie wirklich sehr gut mit beiden Händen aus, damit der Fleischteig nicht zu wässrig wird. Sie kommen zusammen mit den Eiern und den Gewürzen ebenfalls in die Schüssel. Wichtig ist nun, den Fleischteig sorgfältig mit einer Hand durchzuarbeiten bis er bindig wird. Dabei je nach Gusto würzen.

Das Restwasser von den Semmeln bereitstellen. In einer großen, unbeschichteten Pfanne das Butterschmalz (nicht geizen!) erhitzen, die Hände mit dem Semmelwasser befeuchten und aus dem Teig kleine Bällchen formen, die man plattdrückt und deren Ränder noch etwas nachgeformt werden. Die Pflanzl bei guter Hitze auf beiden Seiten anbraten und bei mäßiger Hitze in 10 – 15 min (je nach Dicke) fertig braten. Bei uns daheim werden Fleischpflanzl traditionell mit Kartoffelbrei und Salat serviert. Definitiv eins meiner Lieblingsgerichte.

Auf gute Nachbarschaft!
Bettina Brömme

Da war sie nun also. Dort, wo sie nie hingewollt hatte. Am Stadtrand. Im Ghetto. Modernes Glasscherbenviertel. Kaltgestellt in einer kleinen Zweizimmerwohnung mit Wohnküche wie in den 50ern. Wie hatte es nur soweit kommen können?

Missmutig zerrte sie den schweren Einkaufstrolley die Bordsteinkante hinauf und blickte nach oben. Überall weiße Fassaden. Welche davon gehörte zu ihrem Haus? Alles sah gleich aus. Abweisend und einfältig. Dabei hatten die Straßen hochtrabende Namen nach berühmten Größen. Willy Brandt. Heinrich Böll. Elisabeth Mann-Borghese. Mutter Teresa. Von den Riem-Arkaden, wo sie jetzt teuer einkaufen gehen musste, brauchte sie immer nur geradeaus marschieren, um nach Hause zu gelangen. Oder? War ja eh alles geradlinig, rechtwinklig und langweilig hier. Aber was sollte man schon von einem alten Flughafengelände als Baugrund erwarten?

Ah, da erkannte sie den hässlichen, winzig kleinen Betonkasten, den sie ihr als Balkon angepriesen hatten und der mit seinen weißen Fließen als Bodenbelag eher an einen Ort zum Schweine schlachten erinnerte. Noch grässlicher als all die anderen in der Umgebung! Aber sie hatte tatsächlich zurückgefunden! Sie erschrak beinahe selbst vor dem krächzenden Laut, der eigentlich ein Lachen hatte werden sollen.

Langsam ging sie durch den zugegebenermaßen weitläufigen Innenhof, in dem den ganzen Tag bis zum Einbruch der Dunkelheit Kinder herumkrakeelten, mit den Mülltonnendeckeln schepperten und laute Musik hörten.

In der Au, da hatte sie die Autos gehört, ja, Müllfahrzeuge und im Herbst einen Laubbläser. Aber das waren Großstadtgeräusche, die ihr ein Gefühl von Vertrautheit, Sicherheit und – doch, das durfte man so sagen – Heimat gegeben hatten. Hier dagegen: Kindergeschrei und das auch noch in irgendwelchen Sprachen, die sie nicht einmal ansatzweise einordnen konnte. War das Arabisch oder Türkisch? Russisch oder Rumänisch? Japanisch oder Chinesisch? Bayerisch jedenfalls war nicht dabei.

Überhaupt! Die Namen auf den Klingelschildern! Zwölf Parteien wohnten in dem vierstöckigen Haus und schon beim Lesen verknotete sich ihre Zunge. Hradschiwilly. Arachchige. Papageorgiou. Sadonshoev. Türegünkaya.

Wenn früher wer in ihr Haus in der Eduard-Schmid-Straße eingezogen war, dann hatte der sich allen anderen Mietern vorgestellt. Hier würde das gar keinen Sinn haben. Die Nachbarn würden gar nicht verstehen, was sie von ihnen wollte. Und reden könnte sie mit denen ja sowieso nicht. Nicht mal übers Wetter! Oder über die Zamperl, die immer den Gehweg vollkackten. Obwohl, das immerhin hatte sie hier noch nicht bemerkt. Wahrscheinlich hatte in dieser trostlosen Gegend überhaupt niemand einen Hund. Wozu auch? Die Leute fuhren morgens zur Arbeit und kamen abends nach Hause. Wie sollte da Zeit für einen Hund bleiben? Kein Wunder, dass die Kinder so schrien – komplett vernachlässigt!

Sie kramte nach dem Haustürschlüssel und gerade als sie ihn ins Schloss stecken wollte, knickten ihr die Beine weg. Ein dumpfer, praller Schmerz durchfuhr ihre linke Wade, sie ruderte hilflos mit den Armen und schon lag sie auf dem Asphalt. Das Erste, was sie erkannte, war ein schmutzig grauer Lederball, der völlig arglos neben ihre Füße kullerte.

»Ja, seids ihr narrisch!«, schimpfte sie und versuchte vergebens, sich aufzurichten. Irgendwo, meinte sie, Kinderlachen zu hören, Fußgetrappel, das sich entfernte, und Fenster, die geschlossen wurden.

Plötzlich legte sich ein dunkler Schatten über sie. Ein großer Mann mit beeindruckendem Vollbart und einem langen Kleid – Wie eine weiße Soutane? Wie ein Nachthemd? Was sollte das für eine Bekleidung sein? – baute sich vor ihr auf und sie hatte das Gefühl, er sähe sie missbilligend an. Ob er es auf ihren Trolley abgesehen hatte, der neben ihr umgekippt war?

Oder gar auf ihre Handtasche, die daneben lag? Schnell raffte sie sie an sich, zog unwillkürlich den Kopf ein. Der Mann nuschelte etwas, und sie glaubte, die Worte »Kinder« und »nix gut« zu hören. Er hatte doch sicher nicht »nichts für ungut« gesagt? Oder? Woher sollte so einer solche Ausdrücke kennen? Dann packte er sie unter den Achseln und zog sie hoch.

»Alles okay, Omi?«, fragte er und hob den Trolley auf. Der Mann war viel jünger, als er auf den ersten Blick gewirkt hatte, und jetzt klopfte er ihr auch noch den Mantel ab.

»Schon gut, schon gut.« Sie trat ein paar Schritte von ihm fort und griff nach dem Trolley. Ihre Wade pochte noch, aber der Schmerz war am Abklingen. Mit etwas Glück würde sie mit einem blauen Fleck davonkommen.

»Soll ich Ihnen den hochbringen?«, fragte der bärtige Kerl. Sie schüttelte den Kopf und sah zu, dass sie in Richtung Aufzug verschwand. Sie benötigte die ganze Fahrt bis in den vierten Stock, damit ihr Atem wieder gleichmäßig ging.

Kaum hatte sie ihre Einkäufe ausgepackt, ein paar Bratkartoffeln zum Abendessen in die Pfanne gegeben und sich für einen Moment zum Durchschnaufen in ihren Fernsehsessel fallen lassen, zuckte sie zusammen. Sie musste für wenige Minütchen eingenickt sein. Doch jetzt hatte die Türklingel sie geweckt. Was war nun schon wieder? Ihre Tochter konnte es nicht sein. Die war erst am Wochenende auf einen Sprung vorbeigekommen, natürlich ohne den Enkel, der Besseres zu tun hatte, als seine griesgrämige Großmutter zu besuchen. Sicher war es niemand aus der Familie. Sollte sie überhaupt aufmachen? Erneut schrillte die Klingel durch die stille Wohnung.

Sie schlurfte zum Türspion, konnte aber im Hausflur nichts erkennen. Wie man die Gegensprechanlage benutzte, dazu hätte man studierter Ingenieur sein müssen, fand sie. Immer ertönten nur merkwürdig roboterhafte Geräusche, wenn sie auf einen der Knöpfe drückte. Sie musste ihren Schwiegersohn unbedingt bitten, ihr wenigstens eine Kette zu montieren, wie sie sie in der alten Wohnung gehabt hatte. Vorsichtig öffnete sie die Tür einen kleinen Spalt.

»Grüß God!«, hörte sie eine tiefe Stimme und fuhr erschrocken zurück, weil sie außer zwei sehr weißen Augäpfeln nur schemenhafte Umrisse sah. Sie war kurz davor, die Tür einfach zuzuwerfen, da flammte das Flurlicht wieder auf.

»Wollte isch bringe Ihne Paket von de Post. Ist abgegeben geworden bei uns«, sagte ein sehr dunkelhäutiger Mann. Er war klein und drahtig und den Falten in seinem Gesicht nach war er bestimmt fast so alt wie sie. Er streckte ihr ein Paket entgegen. Es musste die neue Heizdecke sein, die ihre Tochter für sie bestellt hatte. Oben auf dem Päckchen thronte ein Teller mit abgesprungenem Rand und darauf etwas, das man mit viel Wohlwollen als Kuchen hätte bezeichnen können. »Und das ist kleine Gruß von mei femme. Ist Spezialität von unser Land.« Der Mann rümpfte die Nase. War das abfällig gemeint? Aber wieso sollte er ihr dann Kuchen bringen?

Sie nickte nur, überfordert und unfähig, etwas zu sagen, und nahm dem Mann das Paket mitsamt dem Teller ab. Dann schloss sie die Tür. Ihre Hände zitterten. Sie hätte sich wenigstens bedanken sollen, fiel ihr ein. Sie stellte die Sachen ab und öffnete die Tür erneut. Doch der Hausflur war leer. Nur ein merkwürdiger Geruch …

»Jessas!«, rief sie laut, warf die Tür zu und eilte zur Küchenzeile im Wohnzimmer. Wohnzimmerchen! Wie hatte sie nur die Kartoffeln in der Pfanne vergessen können? Kein Wunder, dass der Afrikaner so seltsam geschaut hatte. Hätte er nicht sagen können, dass es verkohlt roch?

Verärgert kratzte sie die schwarzen Kartoffeln aus der Pfanne und warf sie in den Müll. Würde sie den Steckerlfisch, den ihr ihre Tochter vor zwei Tagen aus dem Biergarten mitgebracht hatte, eben ohne Kartoffeln essen.

Sie setzte sich an den kleinen Tisch, der den Küchenbereich vom Wohnzimmer abgrenzte. Mehr als drei Gäste könnte sie hier niemals bewirten. Aber es würde sowieso niemand kommen. Sie schlang die Makrele herunter und spürte, dass sie noch immer großen Hunger hatte. Sollte sie etwa den merkwürdigen Kuchen aus Afrika versuchen? Bestimmt war der Mann von dort. Sie besah sich den Teller näher, schnupperte. Der Kuchen roch gar nicht mal schlecht. Nach Kakaobohnen. Nach Kaffee. Und Zimt … und irgendetwas Alkoholischem. Durften diese islamischen Leute Alkohol zu sich nehmen? Waren Afrikaner überhaupt islamisch? Behutsam teilte sie mit einem kleinen Löffel ein Stückchen ab, schob ihn in den Mund und kaute vorsichtig.

Himmlisch! Das musste sie zugeben. Süß und cremig und saftig und herrlich schokoladig. Sie schaufelte den Kuchen immer schneller in sich hinein und wischte am Ende sogar die letzten Krümel mit dem Finger vom Teller. Dieses Gebäck konnte tatsächlich mit ihrem Topfenstrudel mithalten – und sie war eine Meisterin im Topfenstrudel backen. Als sie kurz danach den Teller abspülte, hielt sie inne. Sie wusste nicht einmal, wem sie den Teller zurückgeben müsste. Woran sollte sie erkennen, welcher der allesamt fremdländisch klingenden Namen zu einer afrikanischen Familie gehörte? Sie würde ihn ganz einfach auf den Briefkasten legen. Sie konnte ja einen Zettel mit einem ›Dankeschön‹ darauf befestigen.

Noch immer war die Stille, die sie beim Einschlafen umfing, ungewohnt. Gelegentlich fuhr der Bus vorbei, ansonsten war in den verkehrsberuhigten Straßen kaum ein Auto zu hören. Sie freute sich beinahe, wenn in der Ferne ein Motorrad knatterte. In der Au hatte sie das Fenster schließen müssen, um schlafen zu können – zumindest früher, als der Rahmen noch nicht so verzogen war. In den letzten zwei Jahren hatte sie sich an den Straßenlärm gewöhnt. Wehmütig dachte sie daran, wie das Haus um sie herum zerfallen war, als lebte schon niemand mehr darin. Am Anfang hatte sie gedacht, die neuen Besitzer würden sich schlichtweg nicht um das Haus kümmern. Bis ihr klar geworden war, was tatsächlich passierte, war es zu spät gewesen. Die junge Familie im obersten Stock hatte eine zünftige Abfindung kassiert, damit sie – als erste – auszog. Der Bachmeier aus dem zweiten Stock war freiwillig ins Altersheim gegangen, die Treppner einfach gestorben und ein paar Wohnungen waren schon vor dem Verkauf leer gestanden. Am Ende waren sie nur noch zu viert gewesen. Vier alte Menschen, die alle mehrere Jahrzehnte in diesem Haus gewohnt hatten. Bei ihr waren es zweiundvierzig Jahre gewesen. Fast ihr gesamtes Leben als Erwachsene. Immer wieder hatte ihre Tochter sie gewarnt, sie solle rechtzeitig ausziehen, aber sie hatte nicht hören wollen. Sie konnte sich nicht vorstellen, dass jemand so böse sein würde, den Mietern den Strom abzustellen, die Telefonleitung zu beschädigen und die bereits leeren Wohnungen so laut zu renovieren, dass einem die Ohren abfielen. Das Hämmern und Bohren schallte morgens ab halb sechs durchs Treppenhaus, sogar am Wochenende. Irgendwann, als sich kein einziges Fenster mehr richtig schließen ließ, als der Putz von den Erschütterungen der Bauarbeiten auf ihr Frühstücksbrot rieselte und sie nur noch selten eine Badewanne mit heißem Wasser voll bekam, da ergab sie sich. Ließ sich von den Hausbesitzern eine Wohnung suchen und den Umzug bezahlen und versuchte zu verdrängen, dass ihr geliebtes Haus bald schon in neuem Glanz erstrahlen würde. So schön, nein, schöner noch als bei seiner Erbauung im Jahr 1904, aber mit Mietpreisen, die das Drei- oder Vierfache ihrer Rente verschlangen. Grad schlecht könnte einem werden, wenn sie daran dachte.

Blitzschnell fuhr sie hoch, saß starr, spürte den Speichel in ihrem Mund zusammenlaufen und schaffte es gerade noch ins Badezimmer. In einem gewaltigen Schwall ergoss sich das Abendessen in die Kloschüssel. Japsend und zitternd kauerte sie sich neben die Toilette, die Tränen liefen über ihre Wangen und ihr Magen fühlte sich an, als würde er von doppelseitigen Schwertklingen durchbohrt werden. Was war das? Ein weiteres Mal musste sie sich übergeben, ehe sie sich zurück ins Bett schleppen konnte. Doch die Krämpfe hielten über Stunden an, bis es draußen zu dämmern begann.

Bestimmt war das dieses ausländische Zeug gewesen! Wer weiß schon, was die in ihren Kuchen getan hatten, und mit der Hygiene nahmen sie es sicher auch nicht sehr genau. Allein beim Gedanken an den klebrigen, widerlich süßen Kuchenklumpen drehte sich ihr der Magen erneut um. So eine Unverschämtheit! Sie hatten sie wohl vergiften wollen!

Gerade, als sie endlich erschöpft eingeschlafen war, schreckte sie hoch. Sonnenlicht flutete herein. Sie war noch nicht dazu gekommen, ein Rollo anzubringen. Was war das für ein infernalischer Lärm dort draußen? Um diese frühe Uhrzeit! Es konnte kaum acht Uhr sein. Er kam aus dem Treppenhaus. Oder war es aus der Nachbarwohnung? Etwas trampelte, als würden ganze Ziegenherden durchs Haus gejagt, und nun hörte sie laute Musik, ein wildes Stampfen, aggressiv und fremd und es machte ihr eine Gänsehaut. Wütend hämmerte sie mit den Fäusten gegen die Zimmerwand, aber das war natürlich vergebens. Schließlich riss die Musik ab, dafür erklang nun Männergesang und dazwischen Schreie wie von gepeinigten Frauen.

Sie warf sich den Bademantel über und schlich in den Hausflur. Ganz klar, der Lärm kam aus der Nachbarwohnung rechts. Und wie es dort stank! Nach einer Mischung aus Räucherstäbchen, wie sie ihre Tochter zu ihren schlimmsten Zeiten nicht verwendet hatte, und deftigem Essen, das sie gleich wieder würgen ließ. Plötzlich wurde von innen die Tür aufgerissen und sie sah sich einer dicken, schwarzen Frau mit Korkenzieherlocken gegenüber, die ihr rotglänzendes, eng anliegendes Kleid glatt strich.

»Oh Madame«, sagte die Frau. »War zu laut bei uns? Pardon! Ist nur einmal Monat die Priester! Nicht schlimm, nicht oft. Komm, essen mit uns!«

»Einen Teufel werd ich!«, entfuhr es ihr. »Wollts mich wieder vergiften?«

Die Frau sah sie irritiert an, doch sie ignorierte dies.

Brüsk wandte sie sich ab und ging in ihre Wohnung zurück. Was hielten die da für Zeremonien ab? Wurden vielleicht auch noch Menschenopfer dargebracht? Wollten sie sie ködern, schlachten und fressen?

Schnell trank sie ein Glas Wasser, um sich zu beruhigen. Ihr Blick fiel auf die Uhr. Es war schon kurz nach elf. So lange hatte sie geschlafen?

Den ganzen Tag verfolgten sie die Magenkrämpfe noch und essen wollte sie auch nichts. Immerhin konnte sie sich am späten Nachmittag aufraffen, die letzten drei Kisten auszupacken. Weil die Wohnung so winzig war, schaffte sie die leeren Kartons gleich in den Keller.

Was war die Tür, die zu den Kellerabteilen führte, schwer! Feuertüren, hatte man ihr erklärt, aber hauptsächlich waren sie eine Zumutung.

Herrje, welches war nur ihr Kellerabteil? Ratlos ging sie zwischen den Gängen auf und ab, probierte hier ihren Schlüssel aus und dort. Ihr Schwiegersohn hatte den Keller eingeräumt, sie hatte sich nicht gemerkt, wo ihr Abteil war. Durch die Holzverstrebungen konnte sie unendlich viel Gerümpel erkennen, dabei gab es doch Wertstoffhöfe, aber so was kannte das Gesindel hier sicher nicht. Feierte lieber Voodoo-Zeremonien.

Ah hier! Dieses beinahe leere Abteil musste ihres sein. Sie steckte den Schlüssel ins Schloss, da ging das Licht aus. Stockfinster war es. Nirgends ein Fensterchen, durch das wenigstens ein paar Sonnenstrahlen hereindrangen. Sie rüttelte an dem Schloss, aber ihr Schlüssel bewegte sich keinen Zentimeter. Doch der falsche Verschlag? Sie stellte die unhandlichen Kartonpappen ab und tastete sich vorwärts. Irgendwo musste ein Lichtschalter sein! Ihr Magen krampfte sich erneut zusammen und sie hatte den Eindruck, plötzlich nur noch schwer Luft zu bekommen. Auch die Wade pochte wieder unangenehm. Dann stieß sie mit der Stirn gegen ein hervorstehendes Holzstück.

»Au«, schrie sie auf und betastete ihren Kopf. Irgendetwas Feuchtes benetzte ihre Finger. Blut?

Endlich ertastete sie etwas Kaltes, Metallisches. Die Türklinke? Sie rüttelte daran – doch sie war verschlossen. Das konnte nicht sein! Eben war die Tür noch offen gewesen. Und ihr Schlüssel steckte irgendwo in einem fremden Schloss, unauffindbar. Nirgends fand sie einen Lichtschalter, nur kaltes Gestänge an der Wand. Hatten sie den Raum verhext? Mit afrikanisch-muselmanischem Voodoo? Mit russischen Verwünschungen und chinesischem Giftgebräu? Sie rüttelte weiter und wusste doch, dass es nichts brachte. Ihr Herz klopfte bis zum Hals, Schweiß trat auf ihre Stirn und brannte in der Wunde. Ihr Magen kniff und biss erneut so stark, dass sie sich krümmte. Wie lange konnte sie dem Drang, auf die Toilette zu gehen, noch widerstehen?

»Hilfe«, rief sie in die Stille, entsetzt von ihrer dünnen Stimme. Sie klammerte sich an den nichtsnutzigen Türgriff und wagte nicht mehr, sich zu bewegen. Bestimmt gab es Mause- oder Rattenfallen, in die sie mit ihren abgelaufenen Hausschuhen geraten konnte.

Sie versuchte, gleichmäßig zu atmen. Es würde bald jemand kommen, ganz gewiss. Sie presste das Ohr an die Tür, aber nichts war zu hören. Als sei das Haus ausgestorben. Hatte sie oben die Wohnungstür offengelassen? Waren schon Heerscharen von Dieben dabei, ihr weniges Hab und Gut zu plündern? Bestimmt eine polnische Bande, die nur darauf gewartet hatte, dass sie in den Keller ging und man sie dort schachmatt setzen konnte. Oder vietnamesische Mafia. Oder so ein Roma-Clan. Gabs hier garantiert alles! Warum hatte sie nicht auf ihr Bauchgefühl gehört? Stattdessen hatte sie dem Umzug in diese schreckliche Gegend zugestimmt. Das war ein Fehler. Ein großer Fehler! Sie hätte viel stärker darauf drängen müssen, dass ihre Tochter sie in ihrem Gästezimmer untergebracht hätte. Wozu hatte man Kinder? So lange hatten sie und der Franz – Gott hab ihn selig – die Karolin unterstützt, zwei Studiengänge hatten sie ihr bezahlt, und was war der Dank? Jetzt saß sie in einem dunklen Keller fest, während oben ihre Wohnung ausgeräubert wurde und man sie hier unten ihrem Schicksal überließ. Schließlich hatten weder die Ballattacke oder der Giftanschlag mit dem Kuchen sie außer Gefecht gesetzt. Daher hatten sie sie bestimmt bei ihrer Geisterzeremonie verdammt und – nun nahm ihr Herzschlag eine noch schnellere Gangart auf – garantiert spekulierte schon jemand aus dem Haus darauf, ihre Wohnung zu besetzen, um Platz zu haben für die unzähligen Kinder von Dritt- oder Viertfrauen, für die diese Sozialschmarotzer Kindergeld in absurden Höhen kassierten, während ihre kleine Rente …

Ein Geräusch ließ sie hochfahren. Von irgendwo hinter ihr. Ein Schlüssel, da drehte sich ein Schlüssel. Das Licht flammte auf und sie bemerkte, dass sie vor der Tür zum Technikraum stand, nicht vor dem Kellerausgang. Sie hörte Schritte, jemand summte und dann erschien dieser alte, dürre Schwarze. In den Händen hielt er eine grell bemalte afrikanische Maske und er grinste sie unverschämt an. Als wollte er sagen, tja, du Deutsche, zwar haben wir dich nicht vergiftet, aber jetzt schlägt in diesem Keller dein letztes Stündlein, und er kam immer näher auf sie zu und seine Augen rollten hin und her und er sagte etwas und sie verstand nichts. Es klang drohend, unheimlich und sein schiefes Grinsen entblößte kleine, braune Stumpenzähne und um seine lockigen Haare leuchtete ein Strahlenkranz, als sei er ein teuflischer Erzengel, und sein Gesicht glich der fratzenhaften Maske und jetzt streckte er die Hand nach ihr aus …

Sie konnte hinterher nicht sagen, wie die Schneeschaufel in ihre Finger geraten war. Sie hatte sie ganz plötzlich in der Hand gehabt, als habe sie jemand hineingezaubert. Vielleicht hatte sie sie auch nur an der Wand neben sich ertastet, nach Halt suchend zugegriffen, um diesen schrecklichen, düsteren Mann abzuwehren, der ihr nach dem Leben trachtete, ihrem kleinen, alten Leben.

Sie schlug nur einmal zu, aber er ging sofort zu Boden. Die Maske rutschte hinüber bis zum nächsten Kellerabteil. Gut, dass es nicht der große Vollbartmann im Nachthemd oder die dicke Afrikanerin gewesen waren, die aufgetaucht waren, um ihr den Rest zu geben. So ein mickriges Männchen sollte genügen, hatten sie sich gedacht. Aber da hatten sie sich verkalkuliert. Schließlich war das hier ihr Land und da hatte sie ja wohl jedes Recht, sich zu wehren.

Dennoch beugte sie sich nun ängstlich über den schwarzen Mann, der wie leblos vor ihr auf dem Boden lag. War das Blut unter seinem Kopf? Hatte sie ihn erschlagen? Bestimmt würde er gleich die Augen aufreißen, dass das Weiße darin funkelte, und sich mit lautem Geschrei auf sie stürzen. Besser war, sie trat den Rückweg an.

Sie wuselte zurück, zog ihren Schlüssel vom falschen Schloss, ließ die Kartons stehen, wo sie standen, stieg mit zusammengekniffenen Augen über den leblosen Körper hinweg und stürmte mit einer Geschwindigkeit, die sie sich nicht zugetraut hätte, aus dem Keller. Auf dem Weg zurück in ihre Wohnung begegnete sie niemandem. Im Haus war es still wie in einer Aussegnungshalle.

Es war schon nach 22.00 Uhr, als die Polizei vor ihrer Tür stand. Sie hatte sich eine dreiviertel Stunde vorher ins Bett gelegt, müde, als habe sie mit dem Franz – Gott hab ihn selig – die Benediktenwand bestiegen. Doch an Schlaf war nicht zu denken gewesen. Wie er umgefallen war. Wie er da lag. Wie tot. Fast hatte sie an den Franz erinnert, aber der war tot im Bett gelegen, nicht auf dem Boden. Das Klingeln an der Tür fuhr ihr durch sämtliche Glieder und sie spürte zum ersten Mal so etwas wie Schuld. Wenn er wirklich tot war? Und sie auf ihre alten Tage zu einer Mörderin geworden? Nach dem zweiten Klingeln, diesmal schon vehementer, öffnete sie.

Es gab nichts zu verheimlichen. Sie wussten sowieso, dass sie es gewesen war. Herr Amballa, wie sie ihn nannten, hatte eine sehr präzise Beschreibung der Täterin abgegeben. Wie es ihm ging, wollten sie ihr nicht sagen, nur soviel, dass er außer Lebensgefahr war, dass er wieder gesund werden würde. Sie hatte ihnen die Hände hingestreckt und gebeten, sie gleich mitzunehmen. Da hatten sie nur gelacht und erklärt, es gäbe bisher nicht einmal eine Anzeige und Fluchtgefahr bestünde bei ihr ja ohnehin nicht, oder? Sie hatte beteuert, dass sie sich ihrer Schuld stellen würde, dass sie alles gutmachen und natürlich nicht flüchten würde. Wohin auch? Eben, hatten die Polizisten gesagt, und nach der Aufforderung, sich zur Verfügung zu halten, waren sie wieder gegangen.

Sie saß, bis der große, runde Mond vor ihrem Fenster von links nach rechts entlanggewandert war, still in ihrem Fernsehsessel. Hatte sie Schuld? Oder war sie nicht vielmehr Opfer der Verhältnisse geworden? Hatte geglaubt, sie müsse sich verteidigen. Weil da wer … Tja, wer? Ein kleiner, alter Mann, der wie sie ihre Heimat verloren hatte. Bestimmt war er genauso wenig freiwillig hierher gekommen wie sie selbst. Und er hatte bis in die Messestadt nicht nur 15, 16 Kilometer zurückgelegt, sondern Tausende. Viel größer war plötzlich das Gefühl der Scham. Wieso war ihr das nicht gleich klar geworden? Und was konnte sie nur tun, um es wieder gutzumachen?

Als sie aufstand, um ins Badezimmer zu gehen, bemerkte sie eine Nachricht auf ihrem Anrufbeantworter. Sie ließ sie abspielen.

»Du, Mama«, hörte sie ihre Tochter sagen. »Tu den Fisch weg, bitte, ich glaub, der ist nimmer so gut. Der Matthias hat den gestern gegessen und ist die ganze Nacht aufm Klo gehockt, ja? Ich hoffe, du hast ihn noch nicht gegessen! Servus, Bussi, Baba!«

Ihr Kopf war hochrot, sie spürte es genau, und die Tasche in ihrer Hand wurde immer schwerer. Im fünften Stock läge der Herr Amballa, hatte man ihr gesagt. Niemand reagierte auf ihr Klopfen und so öffnete sie zögerlich die Tür zu Zimmer 509. Es war mit sechs Betten belegt und um die meisten hockten mindestens vier Leute. Es war laut und stickig und nicht die Atmosphäre, die man einem Kranken wünschte, um rasch gesund zu werden.

»Grüß Gott«, sagte sie ins Zimmer hinein, aber keiner schien sie zu hören.

Herr Amballa hatte das Bett direkt vor dem Fenster und neben ihm saß die dicke Afrikanerin, seine Frau vermutlich. Die Kuchenbäckerin. Jeder Schritt, mit dem sie sich näherte, fiel ihr schwerer. Noch dazu, wo die beiden sie nun bemerkt hatten und ihr mit ernstem Ausdruck entgegensahen. Herr Amballa hatte einen Verband um den Kopf und sein linkes Auge war blutunterlaufen. Sie blieb am Fußende des Bettes stehen, spürte, wie ihre Tasche sie nach unten zog, und wusste nicht, was sie sagen sollte. Tränen stiegen in ihr auf. Er tat ihr leid, sie tat sich leid. Das Gewicht dieser unübersichtlichen Welt, die eine einzige Zumutung war, lastete auf ihren Schultern. Als Herr Amballa sie anlächelte, begannen ihre Tränen zu laufen.

»Ich hab …«, sagte sie unter Schniefen. »Ich hab Ihnen einen Strudel mitgebracht. Einen Topfenstrudel.« Sie fingerte an ihrer Tasche herum, länger als nötig, dann musste sie ihn und seine Frau nicht anschauen. Zunächst kramte sie nach einem Taschentuch und wischte über ihre Augen. Dann zog sie endlich die Plastikschüssel hervor, in die sie sechs große Stücke Topfenstrudel gepresst hatte. »Er ist noch ein bisserl warm.« Sie streckte Frau Amballa die Schüssel entgegen, die diese mit fragendem Blick entgegennahm.

»Ist lecker. Bayerischer Kuchen. Fast so gut wie Ihrer. Esst!« Sie holte nun auch die zwei Gabeln hervor, die sie eingepackt hatte, denn wer wusste schon, ob die im Krankenhaus Kuchengabeln hatten.

»Esst!«, wiederholte sie, reichte ihnen die Gabeln und Frau Amballa öffnete die Schüssel. Herr Amballa beugte sich über den Kuchen und versenkte sein Besteck darin. Er ließ erst seine Frau kosten, bevor er selbst probierte. Sie kauten langsam, vorsichtig, so wie sie selbst den ersten Bissen des afrikanischen Kuchens gegessen hatte. Aber dann leuchteten ihre Augen auf. Sie nickten begeistert und schaufelten den Strudel in sich hinein.

Sie sah ihnen zu, unbeweglich und stumm. Erst als das Ehepaar die Gabeln sinken ließ, streckte sie ihre Hand aus. »Ich bin die Frau Dombrowski. Und ich freu mich auf eine gute Nachbarschaft mit Ihnen!«

Herr Amballas Hand fühlte sich warm und geschmeidig an. Fast so wie die vom Franz früher.

TOPFENSTRUDEL

ZUTATEN (für 6 Portionen)

50 g gehackte Mandeln
4 EL brauner Zucker
0,5 TL Zimtpulver
250 g Butter
500 g Magerquark
3 mittelgroße Eier
2 TL abgeriebene Bio-Zitronenschale

1 Prise Salz
50 g Zucker
1 Packerl Vanillezucker
100 g flüssige Butter
8 Blätter Strudelteig oder eine Rolle Blätterteig
aus dem Kühlregal
etwas Puderzucker

ZUBEREITUNG

Mandeln ohne Fett in einer Pfanne goldgelb rösten. Dann abkühlen lassen und mit dem braunen Zucker und dem Zimt mischen.

150 g Butter zerlassen. Magerquark in einem sauberen Mulltuch (am besten einmal gefaltet) kräftig ausdrücken. Die Eier trennen. Eigelbe, Butter und Zitronenschale mit dem Quark verrühren.

Eiweiße mit 1 Prise Salz steif schlagen, Zucker und Vanillezucker einrieseln lassen und so lange weiterschlagen, bis ein fester Eischnee entsteht. Eischnee vorsichtig unter die Quarkmasse heben.

Die übrige Butter zerlassen. 1. Blatt Strudelteig auf ein sauberes Geschirrtuch legen und mit der flüssigen Butter bestreichen. Mit einem 2. Blatt Strudelteig belegen, ebenfalls mit Butter bestreichen und mit ¼ der Mandelmischung bestreuen. Ein 3. Blatt Strudelteig darüberlegen, wieder mit Butter bestreichen, wieder mit ¼ der Mandelmischung bestreuen und mit einem 4. Blatt Strudelteig belegen. Die Hälfte der Quarkmasse mittig auf den Teig geben. Diesen mithilfe des Geschirrtuchs über dem Quark aufrollen und vorsichtig auf ein Backblech legen. 4 weitere Strudelblätter ebenso übereinanderschichten, füllen, aufrollen, auf das Backblech geben und mit der restlichen Butter bestreichen.

Im vorgeheizten Ofen bei 200 °C (Umluft 180 °C) auf der mittleren Schiene 30 min backen. Etwas abkühlen lassen, mit Puderzucker bestreuen und mit Vanilleeis servieren.

BIOGRAFISCHES

Martin Arz, geboren 1963 in Würzburg, ist Kriminalschriftsteller, Künstler, Sachbuchautor, Verleger, Hardcore-München-Kenner, München-Safari-Guide und Street-Art-Fan. Er schickte als Krimiautor bisher sechs Mal den taffen Kriminalrat Max Pfeffer auf Mördersuche (*Das geschenkte Mädchen*, *Reine Nervensache*, *Die Knochennäherin*, *Pechwinkel*, *Wesend 17* und zuletzt *Geldsack*). Martin Arz veröffentlichte zudem mehrere Kurzkrimis in verschiedenen Anthologien. 2007 gründete er den Hirschkäfer Verlag.
www.martin-arz.de • www.hirschkäfer-verlag.de

Joachim Biedermann, geboren 1962 in Stuttgart, kehrte 1998 zurück zu seinen niederbayerischen Wurzeln und lebt seither in Passau. Zwar wollte er schon immer mal in München wohnen, hat es aber – zumindest bis heute – nicht realisiert. Der Vater von drei Söhnen arbeitet als Mikrobiologe im Umweltbereich. Tagsüber fahndet er nach Kleinstlebewesen, eine Jagd, die immer wieder von neuem beginnt. Nachts erweckt er skurrile Gestalten zum Leben, die in seinen Kurzgeschichten ihr Unwesen treiben.

Bettina Brömme, geboren 1965 in Karlsruhe, wollte nie nach München, sah nach zwei Jahren im Offenburger Provinzmief (Volontariat beim Burda-Verlag) und sechs Jahren in der Bamberger Touristen-Heile-Welt (Studium der Germanistik, Journalistik und Kunstgeschichte) aber ein, dass München ihr Schicksalsort ist. Jetzt lebt sie seit über 20 Jahren hier und will gar nicht mehr weg. Mehr noch: Sie ließ zahlreiche ihrer Jugendthriller, Krimis und witzigen Frauenbücher in der Isarmetropole spielen. Und obwohl sie einst überzeugte Dreimühlenviertel-Bewohnerin war, ist sie jetzt noch viel glücklicher in der Messestadt Riem – ihrem persönlichen Bullerbü.
www.bettinabroemme.de

Angela Eßer wurde in Krefeld geboren und studierte Theaterwissenschaft in München. Sie ist Autorin und Herausgeberin von Krimi-Anthologien, wie z. B.

Mordsappetit (2012) oder der *Menüthek Krimi – Ein perfekter Themenabend*, die mit dem Kochbuchpreis ›Prix Culinaire 2016‹ ausgezeichnet wurde. Zudem veranstaltet sie Krimi-Kochkurse, organisiert Krimifestivals und war langjährige Sprecherin des SYNDIKATS, der Autorenvereinigung deutschsprachiger Kriminalliteratur.
www.angelaesser.de

Werner Gerl, geb. 1966 in Mainburg, lebt mit seiner Frau in München. Schrieb für diverse Satire-Magazine und ist seit 1999 als Kabarettist (*Der pure Mannsinn*) unterwegs. Ferner schreibt er Theaterstücke (u. a. *Der Männerrechtler*). Seine kriminelle Seite lebt er mit der Reihe um die Münchner Kommissarin Tischler (*Der Goldvogel*, *Champagner für den Mörder*) aus. Außerdem veröffentlichte er Kurzkrimis in verschiedenen Anthologien. Im März erschien der neue Krimi *Mord auf Entzug*. Gerl ist Mitglied im Syndikat und Mitorganisator des Münchner Krimitags.

Lisa Graf-Riemann ist in Passau geboren, hat an der LMU München Romanistik und Völkerkunde studiert und als Autorin und Redakteurin an 20 Bänden ›Kindlers Neues Literaturlexikon‹ mitgewirkt. Sie hat für große Münchner Verlage wie Langenscheidt und Hueber gearbeitet. Ihre Einsätze als Dolmetscherin bei der Bundespolizei am Münchner Flughafen hat sie dazu inspiriert, Kriminalromane zu schreiben. Bisher sind im Emons Verlag vier Romane erschienen. Außerdem entstanden zusammen mit Co-Autor Ottmar Neuburger der Bestseller *Hirschgulasch* (2012) – seit Herbst 2015 als *Gulasch di cervo* ins Italienische übersetzt –, *Rehragout* (2014) und *Steckerlfisch* (2016).

Ursula Hahnenberg lebt seit Kindertagen in der Nähe von München. Schon damals haben Bücher sie in ihren Bann gezogen und sie hat an den ausgeliehenen Büchern aus der Bücherei jede Woche schwer zu schleppen gehabt. Sie hat in Freising Forstwissenschaften studiert und in verschiedenen Berufen gearbeitet. Seit 2009 ist sie freie Autorin. Neben Büchern und Kurzgeschichten schreibt sie Artikel und Kolumnen für Zeitschriften und lektoriert Romane. Heute wohnt sie mit ihrer Familie und zwei Katzen in einem Dorf am Rand des Ebersberger Forstes. Bei Goldmann erschien 2016 ihr Krimi-Debüt *Teufelstritt*, im Frühjahr 2017 folgte *Wolfstanz*, der zweite Band um die Försterin Julia Sommer.
www.ursula-hahnenberg.de

Thomas Kastura, geboren 1966 in Bamberg, lebt ebendort mit seiner Frau und seinen beiden Töchtern. Er studierte Germanistik und Geschichte und arbeitet seit 1996 als Autor für den Bayerischen Rundfunk. Zahlreiche Erzählungen, Jugendbücher und Kriminalromane, u. a. *Der vierte Mörder* (2007 auf Platz 1 auf der KrimiWelt-Bestenliste), *Drei Morde zu wenig* (Kurzgeschichten) sowie der Thriller *Dark House*. Thomas Kastura ist außerdem Herausgeber mehrerer Krimianthologien, zuletzt *Cocktail-Leichen*.
www.thomaskastura.de

Iris Leister geriet nach dem Studium von Biologie und Linguistik per Zufall ans Drehbuchschreiben, ging mit einem Stipendium nach Hollywood und wurde für verschiedene Drehbuchpreise nominiert. Sie schrieb für die Hörspielreihe *Der Ohrenzeuge*, den Thriller *Novembertod* und viele, z. T. preisgekrönte Kurzgeschichten, von denen eine in einem dänischen Deutschlehrbuch landete. 2016 gewann sie den Friedrich-Glauser-Preis in der Sparte Kurzkrimi. Sie lebt als freie Autorin, Schreibcoach und gebürtiger Saupreiß in München.
www.iris-leister.de

Beatrix Mannel studierte Theater- und Literaturwissenschaft und arbeitete dann als Redakteurin beim Fernsehen. Heute ist sie freie Autorin und schreibt auch unter ihrem Künstlernamen Beatrix Gurian Romane, die in viele Sprachen übersetzt wurden. Sie lebt, liebt und arbeitet seit achtzehn Jahren im Westend und fühlt sich in ihrem Viertel so wohl wie sonst nirgends in München. 2015 gründete sie zusammen mit Bettina Brömme die Münchner Schreibakademie.
www.beatrix-mannel.de • www.münchner-schreibakademie.de

Nicole Neubauer ist 1972 geboren und studierte englische Literaturwissenschaft sowie Jura in München und London. Nach zehn Jahren in einer Wirtschaftskanzlei arbeitet sie freiberuflich als Autorin, Rechtsanwältin und Lektorin. Sie ist Mitglied der Mörderischen Schwestern e.V. und im SYNDIKAT. Außerdem gehört sie zu den #BartBroAuthors. Im Jahr 2015 veröffentlichte sie ihren Debütroman *Kellerkind*. 2016 erschien *Moorfeuer*, der zweite Roman um das Ermittlerteam von Kommissar Waechter. Momentan arbeitet sie an Kommissar Waechters drittem Fall *Scherbennacht*. Neben ihren Romanen schreibt sie kulinarische Kurzkrimis. Nicole Neubauer lebt und arbeitet mit ihrer Familie im Herzen Schwabings.

Ottmar Neuburger ist in Simbach am Inn geboren, hat an der LMU München zuerst vier Semester Physik und dann Neuere Deutsche Literatur studiert. Während seines Studiums arbeitete er regelmäßig auf der Wiesn. Er kümmerte sich im Schützenzelt um den reibungslosen Betrieb von 110 Schießanlagen. Nach dem Studium leitete er ein Softwareunternehmen und begann nach der Jahrtausendwende wieder mit dem literarischen Schreiben. Bisher sind neben einigen Kurzgeschichten mehrere Romane aus der Zusammenarbeit mit Lisa Graf-Riemann als Co-Autorin erschienen: Der Bestseller *Hirschgulasch* (2012), seit Herbst 2015 als *Gulasch di cervo* ins Italienische übersetzt, *Rehragout* (2014) und *Steckerlfisch* (2016).

Manuela Obermeier kam 1970 in München zur Welt und begann mit etwa elf Jahren ihren ersten Roman. Ihre kriminelle Ader kanalisierte sie zunächst in eine ganz andere Richtung und sorgt seit mittlerweile über zwanzig Jahren als Polizeibeamtin in München für Recht und Ordnung. Im Februar 2016 erschien *Verletzung*, der erste Band der Krimireihe um Hauptkommissarin Toni Stieglitz. Band 2 mit dem Titel *Tiefe Schuld* erscheint im Juni 2017. Manuela Obermeier lebt mit Mann, Katzen und Hühnern in einem kleinen Ort in Oberbayern.
Mehr unter www.freude-am-morden.de.

Ricarda Oertel, geboren 1971 in Kappeln an der Schlei, wuchs auf zwei Kontinenten heran. Sie studierte Germanistik, Ev. Theologie und Erziehungswissenschaft. Nach mehreren Jahren heilpädagogischer Betreuung von Jugendlichen ist sie heute als freie Lektorin und Autorin tätig. Ihre Kurzgeschichten wurden in zahlreichen Anthologien veröffentlicht. Mit *Nur nicht Hein* erwarb sie den 3. Jurypreis des Nord Mord Awards 2013. Zuletzt war sie nominiert für den Krimi Nordica Award 2015. Sie ist Mitglied bei den Mörderischen Schwestern e.V. und lebt mit ihrer Familie in Schleswig-Holstein. Einem Kindheitsurlaub in Bayern verdankt sie wunderbare Erinnerungen – besonders an die schmackhaften Brotzeiten in Münchner Biergärten.
www.lektorat-oertel.de

Regina Ramstetter wurde 1972 in Niederbayern geboren. Bereits im Grundschulalter schrieb sie kleine Geschichten, verlegte sich später aufs Gedichteschreiben. Nach Schule, Au-pair-Aufenthalt in England, BWL-Studium, Auslandssemester in Nordirland, Diplom und dem ersten Job als Redakteurin der Mitarbeiterzeitschrift eines großen Münchner Konzerns verschlug es sie zurück in die niederbayerische Heimat, wo sie ihren ersten Roman schrieb, dem inzwischen drei weitere folgten. www.regina-ramstetter.de

Heidi Rehn, geboren und aufgewachsen im geschichtsträchtigen Mittelrheintal, kam zum Studium der Germanistik und Geschichte nach München. Seither ist sie an der Isar geblieben und hat nach einigen Jahren als Dozentin, PR-Beraterin, Journalistin und Texterin ihre Leidenschaft für Geschichte und Geschichten zum Beruf gemacht. In ihren letzten Romanen *Tanz des Vergessens* (2015) und *Spiel der Hoffnung* (2016) steht die Geschichte Münchens und Bayerns im frühen 20. Jahrhundert im Zentrum. Im Frühjahr 2017 erscheint mit *Das Haus der schönen Dinge* die Geschichte einer jüdischen Münchner Kaufhausdynastie über drei Generationen.
Aktuelle Informationen – vor allem auch zu Heidi Rehns beliebten Spaziergängen zu den Schauplätzen ihrer Romane in der Maxvorstadt und der Münchner Altstadt – unter www.heidi-rehn.de

B.a. Robin hat es in ihrem Leben schon weit gebracht: Vom Kreißsaal in der Maistraße bis ganz nach Haidhausen. Einem Abstecher nach Irland verdankt sie ihr Pseudonym, unter dem sie böse Geschichten verbreitet, in denen viel gelogen und gestorben wird.

Ingeborg Struckmeyer ist im Ruhrgebiet aufgewachsen. Nach Abschluss ihres Studiums in Köln war sie als Bibliothekarin tätig. Seit 2004 lebt sie in München-Moosach in der Nähe ihrer Tochter. In den letzten Jahren erhielt sie einige Kurzkrimipreise. Neben einem Märchen hat sie drei Kurzkrimibände veröffentlicht. Gemeinsam mit Friedlind Lipsky schrieb sie unter dem Pseudonym Frida Mey zwei schwarzhumorige Kriminalromane. Unter dem Titel *Liebe Mord und ein Glas Wein* erschien letztens eine Kurzkrimisammlung, die sie zusammen mit Stefanie Gregg verfasst hat.

Ingrid Werner ist seit mehreren Generationen mit München verbunden. Sie hat dort Rechtswissenschaft studiert und bei der Stadtverwaltung als Juristin gearbeitet. Widrige Umstände – so kann es kommen, wenn man heiratet – haben sie nach Niederbayern verschlagen. Inzwischen hat sie sich mit dem Exil abge-

funden und mordet eben fleißig im Rottal. Vier Kriminalromane, eine Anthologie und zahlreiche Kurzgeschichten sind das Ergebnis. Nichtsdestotrotz war es ihr Herzenswunsch, auch mal in München kriminell tätig zu werden.
www.werner-ingrid.de

Moses Wolff ist ein bayrischer Schauspieler, Schriftsteller und Komiker. Er spielt häufig in Theater-, Fernseh- und Kinoproduktionen mit (u. a. *Dahoam is dahoam*, *Soko Kitzbühel*, *Hubert und Staller*, *Polizeiruf 110* etc.), erfand diverse Bühnencharaktere (u. a. Moses Shanti und mit Richard Westermaier den Wildbachtoni, den er selbst spielt), gründete diverse Comedygruppen und Lesebühnen (u. a. die ›Schwabinger Schaumschläger‹, jeden Sonntag in der Münchner Gaststätte Vereinsheim), verwirklicht laufend Filmprojekte, verfasste verschiedene Romane (u. a. *Schrippenblues*), Sachliteratur (u. a. *Ozapft is – das Wiesnhandbuch*) und Drehbücher (u. a. mit Arnd Schimkat *Highway to Hellas*, von Aron Lehmann mit Christoph Maria Herbst in der Hauptrolle verfilmt), führt Regie bei Filmen und Theaterstücken (u. a. *Rasputin* am Münchner Hofspielhaus), arbeitet als freier Mitarbeiter für das Satiremagazin Titanic, die Oskar Maria Graf-Gesellschaft und die Süddeutsche Zeitung. Moses Wolff ist Träger des Schwabinger Kunstpreises 2015.

Danksagung

Im September 2016 hatte ich das große Glück, mit dem Tatort Töwerland Stipendium zwei Wochen bei freier Kost und Logis auf Juist verbringen zu dürfen. Nordseereizklima, Meer und viel Zeit zum Schreiben – der Himmel auf Erden für eine Schriftstellerin. Dort redigierte ich die Geschichten ›meiner‹ Autorinnen und Autoren und es entstand u. a. die Kurzgeschichte *Max der Große*. Ich bedanke mich recht herzlich für die Unterstützung bei Thomas Koch, Michael Bockelmann, der Familie Rose vom Kompass, den netten Eigentümern vom Haus Maike und dem Juister Hof. Sie und all die anderen Juister Bewohner haben dazu beigetragen, dass es zwei wunderbare Wochen wurden.

Ingrid Werner

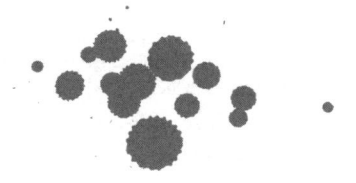

Die Max Pfeffer-Reihe im Hirschkäfer Verlag

Martin Arz
Das geschenkte Mädchen • Max Pfeffers 1. Fall

Ein aufgeschlitzter Galerist, ein afrikanischer Fetisch und die schöne Helene … Was hat Afrika mit diesem Mord zu tun? Tod nach Kolonialherrenart? Max Pfeffer muss sich mit einer dunklen Epoche der deutschen Geschichte auseinandersetzen, denn die Wurzeln des Verbrechens gehen zurück in die Zeit, als über Kamerun die Flagge des Deutschen Kaiserreiches wehte. Damals schenkte ein schwarzer Fürst einem deutschen Kolonialpionier eine Sklavin …

Hirschkäfer Verlag München, 2. Auflage, 2014, Taschenbuch, 256 Seiten
ISBN 978-3-940839-15-2 | Gibts auch als E-Book

Martin Arz
Reine Nervensache • Max Pfeffers 2. Fall

Ein körperloser Toter hält die Öffentlichkeit in Atem. Max Pfeffer hat nur den abgetrennten Schädel eines erfolgreichen TV-Produzenten und äußerst dürftige Anhaltspunkte, um den Fall zu klären. Pfeffer legt sich mit den Mächtigen an – denn eine heiße Spur führt mitten hinein in die Schaltzentrale des Vatikans. Pfeffer lässt sich auf ein gefährliches Spiel mit Tatverdächtigen ein. Er muss erkennen, dass Abenteuer am Abend teuer werden und eine Begegnung mit der Muttergottes das ganze Leben aus der Bahn werfen kann. Ehe Max Pfeffer sich versieht, steckt er mitten in seinem ganz persönlichen Alptraum. Und er muss sich beeilen, daraus aufzuwachen, denn wer immer den TV-Produzenten köpfte, hat es nun auf das abgesehen, was Pfeffer liebt: seine Familie.

Hirschkäfer Verlag München, 2. Auflage, 2014, Taschenbuch, 304 Seiten
ISBN 978-3-940839-11-4 | Gibts auch als E-Book

Martin Arz
Die Knochennäherin • Max Pfeffers 3. Fall

Fritz Roloff, einst erfolgreicher Filmemacher, verbringt mit seiner Muse Nives Marell den Weihnachtsurlaub in Thailand. Beide er- und überleben den Tsunami. Doch die Katastrophe eignet sich hervorragend, einen Mord zu vertuschen. Zweieinhalb Jahre später geschieht ein Mord im Münchner Residenztheater. Die Ermittlungen von Kriminalrat Max Pfeffer konzentrieren sich schnell auf Ensemblemitglieder sowie Angestellte des Theaters. Dann wird auf dem großzügigen Anwesen der Nives Marell im hübschen Dorf Zacherlkirchen auch noch ein Skelett gefunden …

Hirschkäfer Verlag München, 2015, Taschenbuch, 326 Seiten
ISBN 978-3-940839-46-6 | Gibts auch als E-Book

Martin Arz
Pechwinkel • Max Pfeffers 4. Fall

Schock bei der Bachauskehr: Im Glockenbach wird eine Frauenleiche entdeckt. Wurde die alte Frau Opfer einer brutalen Entmietung, weil den Haien auf dem völlig überhitzten Münchner Immobilienmarkt jedes Mittel recht ist? Max Pfeffer entdeckt Parallelen zu weiteren Morden an alten Damen, die alle augenscheinlich nur wegen ein paar Euro Beute erwürgt wurden. Pfeffer stößt in ein Rattennest aus Habgier, und beinahe wird der eiskalte Glockenbach für ihn zum nassen Grab. Denn das Haus der Toten aus dem Bach birgt ein schreckliches Geheimnis …

Hirschkäfer Verlag München, 2. Auflage, 2012, Taschenbuch, 224 Seiten

ISBN 978-3-940839-18-3 | Gibts auch als E-Book

Martin Arz
Westend 17 • Max Pfeffers 5. Fall

Ein Toter hängt an der Hackerbrücke. Was zunächst nach einem Selbstmord aussieht, entpuppt sich als regelrechte Hinrichtung. Doch warum wurde der türkische Obsthändler aus Berlin so spektakulär mitten in München erhängt? Erste Spuren führen den Münchner Bullen Max Pfeffer zum ›Chinesen‹, einem ebenso aalglatten wie skrupellosen Geschäftspartner des Ermordeten. Doch auch ein Wohnheim für obdachlose Jugendliche im Westend rückt bald ins Zentrum der Ermittlungen. Es scheint, als wären einige der Zöglinge dort auf der Flucht – zum Beispiel vor ihren Familien, die sie unbedingt zwangsverheiraten wollen … Gehen die jungen Männer für ihre Freiheit auch über Leichen?

Hirschkäfer Verlag München, 2014, Taschenbuch, 240 Seiten

ISBN 978-3-940839-33-6 | Gibts auch als E-Book

Martin Arz
Geldsack • Max Pfeffers 6. Fall

Der Erbe einer Wirtedynastie liegt mit eingeschlagenem Schädel im Gebüsch. Die Familie scheint kaum zu trauern, obwohl das Oktoberfest bevorsteht und der Filius für die familieneigene Gelddruckmaschine, sprich das Bierzelt, zuständig war. Auch die Nachbarn reagieren eher gleichgültig. Ihre Sorgen drehen sich vielmehr um den Termin für die nächste Botoxparty oder die Preise für Luxus-Sportwagen. Denn Ort des Verbrechens ist die exklusivste Luxuswohnanlage Deutschlands, deren wenige Bewohner offenbar jeden Kontakt zur Normalität verloren haben. Der Ermittler Max Pfeffer stößt auf jede Menge Motive und dürftige Alibis. Stück für Stück wühlt er sich tiefer in die Welt der Operierten und Neureichen und entlarvt am Ende dabei nicht nur einen Mörder.

Hirschkäfer Verlag München, 2015, Taschenbuch, 224 Seiten

ISBN 978-3-940839-41-1 | Gibts auch als E-Book

Die Kommissarin Tischler-Reihe im Hirschkäfer Verlag

Werner Gerl
Der Goldvogel • Kommissarin Tischler ermittelt

Mord oder Einbildung? Ein türkischer Kickboxer, der nach einem Blitzeinschlag sein Kurzzeitgedächtnis verloren hat, entdeckt neben seinem Bett eine Notiz, er habe einen Mord gesehen. Doch die Münchner Oberkommissarin Barbara Tischler findet an der beschriebenen Stelle keine Leiche. Dafür im Wald einen toten amerikanischen Kunstdieb, der vor Jahren spurlos verschwand. Die tatkräftige Polizistin stößt bei ihren Recherchen auf brutale russische Paten, suspekte Mafiajäger, überspannte Künstler – und auf einen ominösen Goldvogel, den angeblich Hitler selbst angefertigt haben soll. Zahlreiche Sammler und Fanatiker sind hinter dem Reichsadler her, aber auch ein Jäger, mit dem niemand gerechnet hat. Und dann spielt der Kommissarin auch das Herz noch einen Streich …

Der Goldvogel thematisiert den Umgang mit NS-Devotionalien und den Widerspruch zwischen Sein und Schein. Denn nichts und niemand in diesem Kriminalroman ist letztendlich so, wie es der erste Blick vermuten lässt. Ein München-Krimi mit zahlreichen Wendungen und einem verblüffenden Finale.

Hirschkäfer Verlag München, 2013, Taschenbuch, 288 Seiten, 13 x 19 cm, 12,90 €
ISBN 978-3-940839-31-2 | Gibts auch als E-Book

Werner Gerl
Champagner für den Mörder • Kommissarin Tischler jagt den Jäger

Champagner, Bussibussi – und dazu ein bestialischer Mord! Die glitzernde Welt der Bogenhausener Schickeria bekommt einen brutalen Kratzer. Einem IT-Spezialisten wurden mit einem Samuraischwert die Kehle aufgeschlitzt und die Hände abgehackt. Das japanische Zeichen für 1/4 hat der Täter noch auf die Brust seines Opfers geritzt. Kommissarin Barbara Tischler sieht Verbindungen zu einem ganz ähnlichen Mord an einem syrischen Stricher. Bald zeigt sich, dass der Computerfachmann auf höchst dubiose Weise sehr viel Geld verdient hat. Und der Mörder hat noch weitere Opfer im Visier …

Champagner für den Mörder ist der zweite Fall mit Kommissarin Barbara Tischler, der im Hirschkäfer Verlag erschien. Ein packender Großstadtkrimi, der sein rasantes Tempo bis zur letzten Seite hält.

Hirschkäfer Verlag München, 2015, Taschenbuch, 208 Seiten, 13 x 19 cm, 12,90 €
ISBN 978-3-940839-40-4 | Gibts auch als E-Book

München-Thriller im Hirschkäfer Verlag

Dieter Weißbach
Böse

Der außergewöhnliche Politthriller von Dieter Weißbach beginnt mit einer ermordeten Nonne. Einen Tag später baumelt ein totes Kind an einem Baukran. Hauptkommissarin Christine Paulig von der Münchner Kripo ahnt zwar einen Zusammenhang, doch die Spuren in beiden Fällen sind ebenso dürftig wie die Zeugenaussagen. Und dann sind da noch zwei geheimnisvolle exhumierte Leichen in der Pathologie, über deren Identität gar der Staatsschutz wacht.

Pauligs Recherchen führen sie in ein Kloster nach Niederbayern, wo sie auf die Fotos von vier spurlos verschwundenen Nonnen stößt. Schnell stellt sich heraus, dass alle fünf Nonnen in einem Kinderheim in Walenberg tätig waren. Im selben Zeitraum verschwanden auch fünf Kinder. Die Ereignisse überschlagen sich, als auf Paulig geschossen wird, eine liebestolle Tankwartin Pauligs Wege kreuzt und ein Ärzteehepaar, das offenbar zu viel wusste, ermordet wird. Dann verschwinden auch noch die vier Leichen aus der Rechtsmedizin …

Wer hatte ein Interesse daran, sie verschwinden zu lassen? Vielleicht eine der drei Parteien, die jetzt überraschend schnell die Koalitionsgespräche in Berlin zu Ende bringen? Und wer ist es wirklich, der über Jahrzehnte eine Nonne und einen Jungen nach dem anderen von der Straße gepflückt hat?

Dieter Weißbach hat mit **Böse** einen temporeichen, spannenden Thriller komponiert, der mit mehr als einer überraschenden Wendung aufwartet.

Hirschkäfer Verlag München, 2016, Taschenbuch, 344 Seiten, 13 x 19 cm
ISBN 978-3-940839-49-7 | 12,90 € | Gibts auch als E-Book

www.hirschkäfer-verlag.de